有爱的青春陪伴者

言言夫卡
——著

江苏凤凰文艺出版社

图书在版编目（CIP）数据

潦草秘密 / 言言夫卡著. -- 南京：江苏凤凰文艺出版社, 2024.12. -- ISBN 978-7-5594-9058-2
Ⅰ．I247.5
中国国家版本馆CIP数据核字第2024BE5897号

潦草秘密

言言夫卡 著

责任编辑	王昕宁
特约编辑	伍 利
出版发行	江苏凤凰文艺出版社
	南京市中央路165号，邮编：210009
网　　址	http://www.jswenyi.com
印　　刷	天津睿和印艺科技有限公司
开　　本	880mm×1230mm 1/32
印　　张	9.5
字　　数	283千字
版　　次	2024年12月第1版
印　　次	2024年12月第1次印刷
书　　号	ISBN 978-7-5594-9058-2
定　　价	42.80元

江苏凤凰文艺版图书凡印刷、装订错误，可向出版社调换，联系电话025-83280257

目 录
CONTENTS

第一章 / 001
如果一定要有重逢

第二章 / 020
北江夏日

第三章 / 045
"谁告诉你我有女朋友了？"

第四章 / 071
副驾驶是个特殊的位置

第五章 / 091
嗯，来哄个人

第六章 / 106
要试试当我的领航员吗？

第七章 / 125
你想要第一，我们就绝不会是第二

第八章 / 140
夏天潦草落幕的秘密

第九章 / 155
我很想你

第十章 / 171
理理我

目录
CONTENTS

第十一章 / 182
商时舟的商

第十二章 / 198
所隔为山海

第十三章 / 216
她在没有回头地向前走

第十四章 / 240
我想重新爱你一次

第十五章 / 261
我的愿望已经成真

番外一 / 274
生日

番外二 / 279
回国

福利番外 / 284
新年小剧场

出版番外一 / 286

出版番外二 / 292

出版番外三 / 295

第一章
如果一定要有重逢

雨很大。

偏高纬度国家的秋季来得毫无征兆,街头早已迅速褪去了夏日的五彩斑斓。

冲锋衣守旧的样式和沉闷的色彩沾染上水色,再绵延成灰白天幕之下的一道道动线。

舒桥仿佛是匆匆行色人群中的异类。

她腕骨很细,撑着一柄过大的黑色雨伞,看上去摇摇欲坠的,及小腿的吊带裙边已经难以避免地有了些水渍,米色针织衫的御寒能力在这样的雨中不值一提。

更何况,她还拽着一个 32 寸的行李箱。

——留学生专属标配的那种大小,衬得她越发单薄。

雨水冲刷着街道,车辆都不得不放慢了速度。

舒桥站在街边靠墙,松开行李箱杆,低头看了一眼手机。

未读信息不少。

有问她近况的,有问她需不需要帮忙的,有很明显看似关心,实则想要探知八卦的。

还有某位死缠烂打的学长发来的足足十六条连环信息,最后一条停留在"舒桥,别逞强了,你在哪儿,我来接你"。

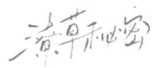

舒桥盯着"逞强"两个字，笑了一声，垂眸看了眼自己濡湿的黑色裙边，以及溅在上面的几个泥点。

毕竟这事来得实在突然。

从小没缺过钱，她自然也没养成什么存钱的习惯。等这个月的生活费迟了十天，她才想起这件事，接着就收到了来自舒远道的信息。

舒远道：家里破产了，暂时顾不到你，照顾好自己。

舒桥盯着短短一行字看了足足五分钟。

那个傍晚，她还同时收到了来自房东的催租信息和信用卡账单。

舒桥失眠了一夜，做出了决断。

她不习惯欠钱，更不打算让自己的信用出问题。所以她用身上剩下的大部分钱还了信用卡，然后写邮件给房东说明了情况，表示自己要退租。

在德国退租一般要提前三个月说明，但也许是她运气好，居然恰好有人直接出高价买下了这间湖景公寓。

是以房东心情极好，加上她过去的信誉极佳，房东爽快地退还了她三个月的押金，只扣了剩下小半个月的房租当作违约金。

突然搬家，舒桥一时拿不走那么多东西。按她平时的作风，扔了便也扔了。

可此刻正是她缺钱的时候……

舒桥不是矫情又好面子的人，她干脆在留学生群里发了一条物品转卖信息，这才让许多人窥得了些踪迹。

——舒大小姐家道中落，不得不变卖家产，从两百平方米的湖景公寓搬出来。

这已经成了这座德国南部湖边小镇的留学生圈里，近来最为人津津乐道的话题。

当然，其中的细节也变换成了各种版本。

比如，"家道中落"也可以替换为"被有钱老男人抛弃"。

而且这个说法也更被大家所接受。

毕竟舒桥那张脸，足以用"美艳"来形容。

她不打扮的时候，像是明星低调出街，盛装打扮起来更是能直接脚踩红毯艳压群星，不由得让人平白多了许多遐想。

长相带来的麻烦不是她的错。

舒桥也不至于为了些流言专门发一条朋友圈解释。

不过这样下来，倒还真的凑够了一笔能维持小半年生计的钱。

无非是生活要节省一些。

发出去询问租房的邮件都还没有得到答复。

冷风吹过，舒桥穿得单薄，忍不住打了个寒战，手指也已经冻得有些僵硬。

她刚准备按灭屏幕，一个语音电话拨了过来。

"桥桥你在哪里？还好吗？房子找到了吗？"苏宁菲的声音听起来比她还着急，"我看你那儿天气也不太好，你还在外面看房子吗？有合适的酒店能先住几天吗？"

"在找中介。还好。还没。价格合适的酒店也都没有房间了。"舒桥的声音很软，仿佛要将这样连绵的阴雨变成水乡，语调却足够平静。

不等苏宁菲再说什么，她又继续开口："你也知道，开学季找房子有多难。更何况，我要找的是能立刻拎包入住的，还要带一个车库。"

车声、雨声混杂，她的声音显得有些模糊，还带了几分安抚对方的意味："别担心，总会有办法的。前房东说，接手房子的那位先生暂时不用车库，所以还能让我在那儿多停一段时间车……再说了，实在不行，我还能先在车上睡两天嘛。"

苏宁菲要被她气笑了："你还有心开玩笑？"

"不然呢？一纸机票杀回国，看看是我爸身边的哪个小三小四的亲戚把公司搞到破产的？"

说到这里，舒桥笑了一声。

她戴上了耳机，显然是预料到了苏宁菲的这通电话不会这么快结束，而她还要去前面的几家房屋中介碰碰运气。

雨声嘈杂，她重新撑伞融入熙攘的人群。

耳机里，苏宁菲的絮絮叨叨传来，像是这寒冷中的星点温暖。

苏宁菲欲言又止："实在不行的话……你和他都已经这么多年没有联系了，又何必再留着那辆车……"

苏宁菲说到这里就停了。

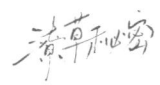

舒桥却已经明白了苏宁菲的意思。

她慢慢地向前走,雨落在黑色的伞面上溅起朵朵水花,像湖边小镇不甚清朗的奏鸣曲。

那辆车啊……

舒桥没由来地有些心神恍惚。

雨同样也打在一辆黑色的车身上。

商时舟不太喜欢雨天。

从苏黎世到康斯坦茨本不过一个多小时的车程,硬是被这场雨拉长到了三个小时。

李秘书早就在路口等着,见到熟悉的车,小步快跑过来,俯身拉开车门,再将新购置公寓的钥匙交到商时舟的手上:"商总,都布置好了。"

商时舟接过他手里的伞,浅浅颔首:"有劳。"

李秘书目送商时舟的身影消失在入口,这才收伞去停车。

其实在车位的对接上,是出了一点小问题的。卖方有提到前租客的车还要停几天,而商总从头到尾都没提过车位的事情。

李秘书默认商总会有专车接送,且并不会在这里长居,后来得知商总是自己开车后,在半小时前,他用"钞能力"协商下来了一个隔壁的车位暂用。

但这些自然不必解释给商总听。

二十一岁的商时舟远赴欧洲的时候,没有人觉得这个过于年轻且张扬的男人能有什么用。

又有谁能想到,他从分公司做起,一路业绩惊人,节节攀升,等他真正做到集团 CEO 的位置,强硬地让整个集团大刀阔斧地砍掉了几个只出不进的赔钱项目,让整个高管团队大换血时,竟是没有多少人反对。

如今的集团公司沉疴尽除,焕然一新。集团不再是当年的模样,如今二十五岁的青年,也早已褪去了当初的张扬,变得冷漠。

而商时舟,自然也站在了权力最中心,再无人有半分异议。

在这样的人面前,什么话该说,什么话不必说,如果不能拿捏其中的分寸,李秘书也可以原地辞职了。

商时舟过了一会儿才想起来，李秘书取行李的时候，忘记交代他从手套箱里取文件了。

这点小事也不必特地将他再喊回来一遍，自己去取便是。

商时舟扫了一眼落地窗外的博登湖。

阴雨天，湖面笼罩着一层雾气，让人提不起什么精神。

电梯直达车库。

他的车无论在哪里都很显眼，但此刻，这片不大的车库空间里，更能吸引他目光的，却是另一辆车。

商时舟的所有动作都停了下来。

他沉默地注视着那辆车，那辆无论是型号，还是改装的细节，都熟悉到几乎能灼伤他眼睛的车。

"真到了那一步，我会考虑卖车或者抵押的。"舒桥终于回过神来，笑了笑，"当然，也说不定会开口问你借钱。"

作为和舒桥一路从高中走过来的朋友，苏宁菲比任何人都明白那辆车对舒桥的意义。

如今她这样说，苏宁菲也终于放了点心。

说话间，舒桥已经到了目的地。

她挂了电话，才要敲门，却见办公室里已经有人起了身。

"是要租房吗？"台阶上，穿着一身工装的中年女人抱歉地摇了摇头，"除了月租八百欧以上的房子，我这里没有其他房源了。"

八百欧……不是她目前考虑的范畴。

她最多只能拿出三百五十欧。

舒桥的脸上难掩失望，却依然礼貌地道谢。

中年女人顿了顿，却又让她稍等片刻，然后很快在一次性纸杯里丢了 Earl Grey 伯爵红茶的茶包，冲了满满一杯热水递给她："小心着凉。"

冻僵的指尖得到了温热的舒缓。舒桥仰头看向对方，抿了抿嘴，很认真地道了谢。

她捏着纸杯站在街角，再次垂头看向手机。

同时接收到两封邮件。

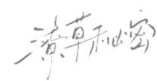

她满怀希望地打开。

在一眼扫过上面的"抱歉，此房已租出"字样的时候，她眼里的光芒微微黯淡。

这是她收到的第二十八封婉拒信了。

她端着热茶的手渐渐恢复了知觉，才刚刚抿了一口，五脏六腑都感觉到一丝温度。

身后突然有一道声音响起。

"舒桥？原来你在这里，我找你好久了。"

她的动作微顿，很快分辨出了声音的主人，神色难免有了一丝不耐烦。

是给她连发了十六条信息……不，现在应该是二十三条信息的那位陈姓学长陈乐意。

陈乐意撑着伞，也算是身姿挺拔周正。不难理解有不少学妹会对他暗自倾心。

他穿着及膝风衣，袖口随着他的动作上抬几分，露出了手腕上一块价值不菲的手表。

注意到舒桥的目光在他手腕上微顿，陈乐意眼底的笑意加深了几分，自然也多了些轻慢。

流言不无道理，否则舒桥怎么偏偏在他周身最贵的地方看了看呢？

若非常年处于某些环境里，哪能对这些身外之物这么敏感？

舒桥确实看了一眼他的手表。

原因很简单。

眼熟。

她曾经买过一块一样的，送人。

用的还是她这辈子第一次赚来的钱。

她有很长一段时间没有想起这件事和那个人了，却不料今天竟然连续两次念及，倒像是什么奇怪的征兆。

但她很快就将这个念头扔到了脑后，毕竟……应当是再也见不到了。

这样想着的时候，好似还有引擎的低沉喧嚣穿过雨幕，传入她的耳中，仿佛那个夏天还没有离开，也永远不会离开。

她陷入回忆的短暂沉默却被陈乐意误解，以为是她在看到了那块表后,意识到了他的财力,开始悔悟自己此前对他的不搭理。

风衣一角突然闯入余光的时候,舒桥愣了愣,下意识地退了半步。

陈乐意已经到了她的近前,微微俯身,一手搭在了她行李箱的拉杆上。

——距离她的手指只差毫厘。

"现在想好了吗?"陈乐意带笑看着舒桥,神色里带了几分笃定和势在必得,虚虚触碰到了她的指尖,"我虽然住的是学生宿舍,但也是一室一厅的单间。我可以对你的过去既往不咎……"

舒桥晃了晃纸杯里剩下的大半杯茶,微微皱了皱眉,已经预感到对方接下来会说什么。

果然,下一刻,陈乐意用只有两个人才能听见的声音说:"舒桥,事到如今,就不用再装什么清高了吧?谁还不知道你那点儿破事?被包养过,就认清自己,你以为你是什么东西?少在那儿待价而沽,给脸不要脸!"

回应他的,是一杯迎面浇来的热茶。

"你……"陈乐意怒极,抬手擦去脸上的水,才要说什么,却被舒桥一眼打断。

她长得明艳,这样带着薄怒的时候,竟有种灯火璀璨摇曳的美。

舒桥觉得和这种人多说一个字都是浪费时间。

她想要拉过自己的行李箱,却被对方死死扣住,明显不打算善罢甘休。

陈乐意最讨厌的,就是舒桥现在这样,好似所有人都如鱼目,根本入不了她舒大小姐的眼。

她越是对他冷漠,他越是想要强迫她为他停下。

也正是她这样的神态,才激起了陈乐意的征服欲,让他三番五次"放下身段",才等到了如今这个机会。

念及此,陈乐意深吸了一口气,耐心地说道:"舒桥,刚才是我太心急……"

他话才说了一半,路边突然传来几声鸣笛。

康斯坦茨的这条街不允许鸣笛,噪声超过一定分贝的时候,一定会有罚单送上。

这一瞬,不仅是舒桥,半条街的人都下意识地看向了声源处。

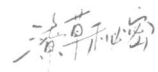

那是一辆通体纯黑的车,车头上满钻的飞翔女神闪烁着醉人的光芒,在落雨的冲刷下,惹人心怜。

雨比之前更大了些。

舒桥要收回视线的时候,那辆劳斯莱斯魅影却径直停在了距离她不过三五步的路边。

车窗缓缓降下。

车里,英俊矜贵的黑发男人戴着细金丝边眼镜,搭在方向盘上的手臂露出一小截漂亮有力的腕骨,袖扣上的蓝宝石闪烁着沉郁的光。

被蓝宝石锁住的袖口下,是一块此刻稍显低调甚至有些暗淡的表。

这本是有些突兀的搭配,却因为佩戴了太久,而让整个表身与男人之间有了一种格格不入的奇妙和谐。

——好巧不巧,恰与陈乐意刚才故意露出来的那块一模一样。

舒桥猝不及防地与对方对视。

她慢慢睁大眼。一刹那,所有的一切都变得模糊,几乎要沦为车里那人的背景色。

清晰的不仅是那张脸,还有她此前以为是幻觉的低沉引擎声。

无数嘈杂里,唯独他的那一道声音不偏不倚地传入她的耳中。

男声沉抑微哑,听不出太多的情绪。

是她熟悉的声线和完全陌生的语调。

"上车吗?"

即便此刻与对方四目相对,舒桥也并不确定,他那三个字邀请的对象究竟是不是自己。

因为与话语一样,那个人有着她熟悉的长相,但气质完全陌生,她不确定自己是不是认错了人。

舒桥愣怔在原地,黑色的伞布上落下连绵雨声,像是某种催促。

商时舟并没有再说什么,只是静静地看着她。

他肤色冷白,眉眼深邃,似带着淡淡的恹色,是极英俊锋利的亚洲长相,偏偏那双眼是灰蓝色的——这来源于他外祖母那边的高加索血统。

那双眼里映出舒桥的影子,连带着她的轮廓都带了一层阴郁却清澈的暗。

像舒桥背后蒙蒙的湖色,也像此刻灰白的天色。

道路被堵住,无数车辆在他身后排成了霓虹幻影般的长线,雨幕给这些色彩冲刷出了一层虚幻。

这样的商时舟,对舒桥来说,太过陌生。

陌生与虚幻交叠,舒桥忍不住用指甲戳掌心,在痛里寻找真实。

陈乐意清了清嗓子,突兀地开口:"这位先生,或许方才发生的一些事情让您产生了误会,但我和我的女朋友只是在闹别扭而已,您……"

陈乐意的想法很简单,他认为对方不过是一时好心,所以才停下来询问舒桥是否需要帮助。

否则,若是舒桥与这样身份的人相识,又怎么会落到如今的地步?

"好。"舒桥却蓦地打断了他的话语。

陈乐意还没有反应过来她这个字是什么意思,便见驾驶位的车门马车式开启,全手工皮鞋毫不在意地踩在了水洼中。

男人接过舒桥手里有些狼藉的行李箱,轻巧地将之塞进后备厢。

陈乐意的眼皮跳了跳。

无他,行李箱上的水渍足以将后备厢下的那一块娇嫩纯皮变得斑驳泥泞。

但显然,开车的那个男人对此毫不在意。

眼看舒桥真的要上车,陈乐意有一种煮熟的鸭子飞了的荒唐感。

他忍不住再上前两步,竟直接按住了车门!

"这位先生,可能我说得还不够明白。她不是什么好……"

雨中,那些难听的话语变得断断续续。

舒桥轻轻皱了皱眉。

商时舟的脸上并没有什么表情,好似什么都没听到。

他的手指修长,这样搭在车门上的时候,与金属和皮质碰撞出了奇异的力量感。

舒桥忍不住在上车前多看了一眼。

似是注意到了她目光的停顿,商时舟俯身为她关门的动作也迟了那么一两秒,然后才隔绝了外界的一切声音。

雨打湿了一些他的额发,也让他的肩头沾了水渍。

009

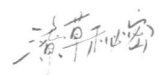

但他并不在意,只是在回到另一侧时,扫了一眼陈乐意按在车门上的手。

那一眼很淡,没什么情绪。

但陈乐意却被震慑到,下意识地松开了手,甚至还后退了半步。

最后落入他耳中的,是比眼神更平淡的三个字——

"表不错。"

车门闭合,凝滞的街道重新开始流转成动线,直到那辆车的尾灯彻底消失在视线里。

陈乐意的脸色极差,也极难堪。

他当然明白那人最后那句话的意思。

撞表不可怕。

谁假谁尴尬。

车里很安静。

一首法语歌从音响里飘了出来。

旋律很冷清,又带了点怪诞。

舒桥辅修过一小段时间法语,已经忘了大半,倒退到了只能看懂菜单的水平。

但她此刻思绪杂乱,浑身紧绷,只能装作聚精会神倾听的模样,表现得很镇定。

如此,竟被她硬生生听出了第一句歌词的意思。

"J'aime quand tu joues dans le noir."

——我在黑暗中爱你。

舒桥的心莫名一抖,不敢再认真听。

她想侧头看商时舟一眼,目光却落在了自己的手指上,再落在自己濡湿的裙边上。

终究是不太体面的再遇见。

舒桥斟酌片刻,终于开口:"谢谢你为我解围。"

车内空间狭小,她的声音纵使僵硬,也莫名显得缱绻。

商时舟低低地"嗯"了一声,似是在等她的下文。

010

舒桥未料到他这么轻描淡写，顿了顿，脱口而出报了个地址，再补充一句："就在前面不远，我……"

恰逢红灯。

商时舟微微侧头看过来，轻轻挑了挑眉，眼中带了些莫名的意味，并没有打断她。

舒桥不明所以，心微微一跳，回想了一遍自己之前的话，自觉并没有什么问题，这才硬着头皮说了下去："我就住在那边。"

末了，她又再次重复："谢谢你。"

车里有很淡的香气。

浅淡，冷清，还带着绿意。

是紫罗兰叶的味道。

从舒桥的声音落下，到红灯转绿的间隙里，商时舟的目光一直没有收回去。

舒桥能感受到他的视线在自己身上停留，却分辨不清其中的温度。

她几次想要坦然地与对方对视，但不等她侧头，商时舟已经转开了视线。

红灯跳转到了绿灯。

车重新向前，商时舟突然笑了一声："是吗？"

舒桥几乎是本能地捏紧了手指。

但商时舟竟然没有再说什么。

雨幕将窗外的风景隔开，博登湖的水岸线在驶过每个路口时出现在视线里，再迅速隐没在建筑之后。

舒桥的恍惚感更重。

曾经，商时舟的油门都是踩到底的，哪里会有像现在这样三十码的车速？

下车的时候，舒桥接过商时舟递来的行李箱，才刚悄然松了口气，便听对方开口："等等。"

舒桥僵硬地停住脚步，头顶的雨骤停。

一把纯黑的伞在她头顶打开，持伞的手与纯银的伞柄一并出现在她视线里，带着某种不由分说的意味。

011

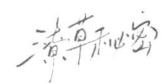

是了,她下车的时候忘记拿伞了。

舒桥下意识地接过伞,刚要开口,商时舟却已经回了车里,甚至没有给她再说一声谢谢的机会。

这样彬彬有礼又疏离的商时舟是她未曾见过的。

仿佛这场相遇真的是萍水相逢的好心贵公子帮助了在异国他乡遭人刁难的落魄女大学生。

舒桥被自己的想象逗笑,却又觉得实在贴切。

于是这一声笑就变成了某种自嘲。

舒桥感到陌生,却也不免有些惊魂未定的庆幸。

——庆幸他没有深究她的窘迫,也庆幸这一场让她难堪的狼狈重逢结束得毫不拖泥带水,如她所愿。

方才仓促之间,她脱口而出的是这一年多来的居所地址,此刻真的站在熟悉的街景里,听着雨落在伞面的声音,不禁有些恍惚。

但她很快就压下了这样的情绪。

也好,桥归桥,路归路,就让意外的相遇只是一场意外。

她低头准备去拿手机看一眼时间,却又忽然停下。

伞的手感有点奇怪。

她垂眼看过去,看到了上面过分耀眼的双R标志。

舒桥愣住了。

这不是她的伞。

本就不轻的伞越发显得重若千钧,舒桥猛地向一侧扫去,又哪里还有方才那辆车的踪迹。

舒桥不觉得商时舟会回来取伞。

即便这是一把价值昂贵的劳斯莱斯定制伞。

但她还是在原地等了足足一刻钟,直到越发浓沉的秋意压得她满身僵硬。

今天恐怕是没法再去找房子了,舒桥轻轻叹了口气,撑伞拖着箱子向前几步,拐入了不远处公寓楼的电梯口,留下身后一路水渍。

毕竟在这里住了一年多,有熟面孔的人与她打招呼。

这处湖边公寓是一梯一户，前两日她搬东西的时候，恰在电梯里遇见了住在楼下的俄罗斯情侣安东尼和列娜。

列娜看着她打湿的裙边，连呼着"小可怜"，上来给了她一个大大的拥抱，又从口袋里掏出巧克力给她："你一定度过了糟糕透顶的一天。我奶奶说，再难过的事情，只要吃块巧克力就都会过去。从那以后，我的身上就一直装着巧克力。你看，这不是用上了吗？"

舒桥当着列娜的面掰开巧克力吃了。

"倒也不算糟糕透顶，但确实差得不远。"她走进电梯，列娜下意识地帮她按了四楼，她扫了一眼，没有多解释，"谢谢你。"

很快到三楼，列娜冲她挥挥手："有困难记得随时来找我，我还有很多巧克力。"

电梯门关闭的时候，舒桥才品出了巧克力里过分醇厚浓郁的伏特加酒味。

酒渗入她的口腔，刺激着她的唇舌，电梯门上倒映出来的那张白皙的脸迅速染上了一片薄红。

舒桥猛地伸手撑在电梯壁上，慢慢转身，站在了自己清晨才离开的公寓门口。

她有重度酒精过敏，还好摄入量不多，纵使是烈酒，只要睡一觉，也就好了。

原本她是打算将行李放在车上，再去寻一间酒店的，但眼下她的身体状况并不允许她这样做。

她的意识已经被酒精侵蚀了些许，此刻浑浑噩噩地站在那扇门前，心底有个过分大胆的声音在怂恿她。

试试吧，只要密码还没换，就说明下一任房主还没来。

她只是短暂地在沙发上休息一下……就一下，等过敏症状褪去，她就立刻离开。

而倘若密码错误，她便说是走错了楼层。

舒桥的心底还有另一个声音在阻止她这样做，但她的手却已经鬼使神差地抬了起来，输入了自己的生日。

990220。

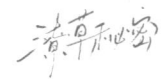

门"咔嗒"一声开了。

舒桥盯着那一点门缝，悄然松了一口气，这才发现自己不知何时已经出了一身冷汗，唤醒了一点清醒的神智。

她没有继续去推开门，而是伸出手，打算将门拉上。

酒精误人。

纵使密码没有换，新的房主还没有来，她也不可以这样。

可她的手还没碰到门把手，门却倏而从内开了。

舒桥的手指停顿在半空，有点反应不过来这是什么情况。

她慢半拍地抬起头，一句道歉卡在嘴边。

面前的人过分眼熟。

阴影打在商时舟的侧脸上，让他的五官更加立体，那双灰蓝色的眼在这样的环境中本应更灰，却偏偏透出了几分暗沉的蓝。

他显然也是刚进门，一只手还停在领结上，将松未松，西装马甲的扣子都没有解开，袖口的蓝宝石隐隐停在喉结一侧，指间还夹了一支刚刚点燃的烟。

舒桥愕然看着面前的人，大脑已经停止了运转。

商时舟的目光落在她脸上，同她对视，轻笑一声。

"这么着急还伞？"

原本是拎在手里的伞，在商时舟这一句话落下之时，伞尖已经磕在了地上，发出一声细微的闷响，变成了舒桥勉力支撑自己的倚仗。

她长发散落，发尾微湿，在臂弯下荡开一片，外搭也在方才恍惚的摇晃中滑落，露出一片细腻白皙的肩头。

但舒桥对此一无所觉。

她的眼中好似敛着博登湖上连绵的水色，偏偏脸颊殷红，像是摇曳生姿的张扬花朵被打湿，沉重，却兀自强撑。

舒桥慢慢眨眼，机械地将伞递给对方。

她堪堪扶着自己的行李箱稳住，艰难地吐出一句话："打扰了。"

这个地方是一秒钟也待不下去了。

舒桥强打起精神，掐住自己摇摇欲坠的神经，转身便要走，却被商时舟一把抓住手腕。

方才商时舟已经闻见了空气中薄薄的酒气。

再看到舒桥此时的模样，商时舟终于意识到了什么，微微拧眉："你喝酒了？"

回应他的，是舒桥的一个踉跄。

商时舟下意识地向前半步去接，舒桥却因为失去重心而一抬手，恰好撑在了他的胸膛上，纤细的手指已经有些微红和颤抖。

男人身体的温度顺着手腕传递过来，所有从第一眼见到商时舟积攒到现在的情绪终于再难强压。

"关你什么事？"舒桥深吸一口气，试图冷静，声音带上了颤抖，"这位先生，你是否管太多闲事了？今天的事我已经道过谢，伞我也还了……"

放她走吧。

她的这一天确实太糟糕了，糟糕到连巧克力都带着伏特加。

她也实在太狼狈难堪了。

而更让她难以接受的是，最落魄的两次，都不偏不倚恰好落在了商时舟眼里。

如果一定要有重逢，大可以有太多场面。

为什么偏偏如此？

舒桥垂着头，披散的发丝遮住她的面容。从商时舟的角度，只能看到她的后颈和蜿蜒的蝴蝶骨。

还是那么瘦。

不……一别四年，她分明更瘦了。

她带着有些不讲道理的怒气，却因她的音色太软太柔，又染上了一抹颤音。

"放开我。"

商时舟并没有松开，声音愈低："舒桥。"

这两个字好似带着某种魔咒，止住了她的所有动作。

他喊出了她的名字，就像是撕破了她努力想要维持的，两人不过萍水相逢，转眼便会重新淹没于人海的假象。

她撑在他身上的手终于脱力，似是喃喃，又似是苦笑般低语："不是说好再也不见了吗？怎么偏偏今天，到处都是你？"

015

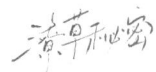

她已经连耳尖都红了，这是喝了多少？

分明和他分开不过半个小时，她竟然还有时间去喝一杯？

商时舟不打算再听她继续说下去，干脆弯腰将她打横抱起，侧身便要进门。

舒桥不料他如此动作，愕然挣扎："你要干什么？"

商时舟不回答，只沉着脸迈步。

她本就脱力，拗不过，只能眼睁睁看着商时舟抱着自己走过玄关。

"你到底要干什么？你放开……"

门依然敞开着，舒桥的声音却戛然而止。

因为商时舟已经俯身堵住了她的嘴。

紫罗兰的气息包裹了她，他的胸膛硌得她有些疼，唇却柔软。

"是不是只有这样，你才能安静一点？"

他压下的动作并不粗暴，原本只是浅尝辄止，说话的时候更是微微分开了一点，仿佛在她呼吸中呢喃。

舒桥是安静了。

只是片刻，寂静的空气很快被一声脆响打破。

"啪！"舒桥一巴掌打在了商时舟脸上。

这个姿势很难用力，但这一声却依然清脆。

她用了十足的力，在商时舟脸上留下两道红印。

"商时舟，你王八蛋。"她一字一顿。

男人的额发微乱，并没有半分动怒的意思，依然是那副沉静到几乎寡淡的周全模样。

他被打得偏过头，脚步却未停，已经走到了宽大柔软的白色沙发旁，想要俯身将舒桥放下："我还以为，我不会再从你的嘴里听到我的名字了。"

西裤、衬衣、领结将他包裹得密不透风，像是无懈可击的铠甲，仿佛从头到尾无理取闹的，都只是她一个。

舒桥深吸一口气。

她抬头看向他，眼底微红，说不清是因为酒精，还是因为别的什么。

过敏反应让她眩晕，精神却兀自紧绷，有交错的声音和画面在她的

016

耳边、脑中重叠。

一边是此刻商时舟沉静的双眼与紫罗兰的味道，另一边则是爆裂的轰鸣、扬起的尘土和漂移的离心加速度。

太割裂。

舒桥猛地抬手，拽住了商时舟尚未解开的领结，在他终于露出了愕然的眼神中，将他向下拽，发狠般拖向自己，再发泄般咬住了他的嘴唇。

四目相对。

那双过分近的灰蓝眼睛终于泛起了舒桥熟悉的汹涌，对方几次想要说什么，却尽数被她决绝地堵了回去。

直至两人的口腔里都弥漫起了淡淡的血腥味，也仍然没有任何一个人先后退。

商时舟终于反手扣住舒桥的下巴，一手撑在沙发上，更深地回吻了下去。

领结被扯下，扔在木质地面上，紧接着是西装马甲。

颠倒昏沉与清醒的交织中，舒桥听到了门被关上的声音，听到了布料撕裂的声音，听到了有什么东西清脆掉在地上的声音，连绵出一小片回音。

"舒桥。"男人卡着她的后颈，暗哑的声音在黑暗中响起。

他在她耳侧叫出她的名字，一声又一声。

脖颈后仰，几乎要缺氧，舒桥想自己是疯了。

可疯了又怎么样呢？

已经让他看尽了自己最狼狈的样子，还有什么能比这样更糟糕吗？

更何况，凭什么只有她一个人狼狈？

她就是想要扯下他这一身面具和包装，想要将他表面的平静全部撕碎，露出内里，想要看他冷淡的模样被打破，看他失去所有控制，看他额头的汗珠，看他露出往昔的模样。

交错的阴影中，舒桥蹙眉又舒展，心底茫然，却又带着得逞后宣泄般的恶劣快意。

这次是你先招惹我的。

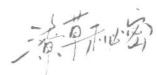

沉雨的夜总是黑得比往常更早。

十月的德国，下午五点便已经天色昏暗，到了晚上八点，伸手已经难见五指。

伞架上的黑色布料不再向下滴水，未抽完的烟被掐灭在门口的烟灰缸里，床边垂落的长发在干透后又变得微湿。

舒桥醒来的时候，只觉得喉头干涩。

她下意识地抬手，在极其熟悉的位置触碰到了水杯，几口饮尽，又跌落了回去。

意识依然有些模糊，她躺了片刻，浑浑噩噩地再度起身开门，没有开灯，熟门熟路地摸黑去洗手间。

不知为何，她购来的感应灯今日未亮，走路时也觉得似有哪里怪怪的，但她脑子里一片混沌，也很疼，仿佛大醉后断片了。

她用力思考了片刻也未果，于是从洗手间出来，只想重回卧室睡觉。

毕竟是几近一个世纪堪称古董的老房子，这样的建筑大多数在战争中被炮火淹没，甚至直到今日，鲁尔区还时不时区域性戒严，只因探得了旧时遗留的爆炸物。

唯有康斯坦茨，因距离瑞士太近，彼时覆盖式轰炸时，市长铤而走险，点燃全城灯火，与中立国瑞士融为一体，这才得以将整座城市完整地保存下来。

城区里所有建筑的外观都被列入了保护名录，不得有任何修改，因而虽说翻新过几次，却没有改变颇老旧的格局——两百平方米的湖景房有着极大的客餐厅，仅两间卧室，而洗手间虽是极宽敞的双台盆，却只有一间。

舒桥随意甩去不知为何突然变得不太合脚的拖鞋，再度扑在了床上。

一片静默。

又过了半个钟头，舒桥猛地睁开了眼。

她的眼神有点发直地看着熟悉的四周。

墙上已经没有了主灯，连钉口都被抹平，墙纸依然是素色，却与之前有明显的差异。

昏睡前的记忆与画面有些迟来地蜂拥进入脑海。

最后一幕,是那双距离她极近的灰蓝色眼睛,以及覆盖在唇上的触感。

舒桥的手指猛地缩紧。

她侧身躺着,不敢有什么动作。

视线再向前,是她的吊带裙。

窗帘未拉,朦胧的光线落入房间,裙边有一抹幽蓝流转。

而她的腰上,还搭着一截漂亮有力的手臂。

身后有细微的呼吸声与炙热的体温传来,那只手臂甚至还将她向后带了带。

"舒桥。"

一声低喃响起。她浑身僵硬,半晌才小心翼翼地回头,确认对方没有醒,不过是梦中呢喃后,悄然松了口气。

近在咫尺的那张脸在沉睡时依然极具侵略性,眉目极深,鼻子高挺,唇薄,轮廓如刀刻般利落漂亮。

这是与她分别了四年后,二十五岁的商时舟。

第二章
北江夏日

　　舒桥高二升高三的那个暑假，北江市的气温创下了近五十年来的新高。沿路的绿植都蔫蔫的，柏油地面几乎被烤化，大货车碾过的路面凹凸不平。

　　舒远道打着方向盘，从梨台山的盘山公路向下而行。

　　日光太盛，车里虽然开着空调，也逃不开让人心烦意乱的炙热。

　　"最近生活费还够吗？"车里的空气寂静得过分，舒远道到底还是找了个话题，"要我说，住校也不是个事儿，你马上高三了，不如搬回家里，免得别人打扰你学习。"

　　舒桥坐在后座，扎着高马尾，很规矩地系着安全带。她看着窗外掠过的风景，轻声说："谢谢爸爸，住学校宿舍挺好。"

　　"有什么好？上次你们宿舍的那个女生不是还找你麻烦？你们班主任的电话都打到我这里来了！"舒远道拧眉，意图说服她，"家里有什么不舒服……"

　　"不会有下次了。"舒桥的语气依然很轻柔，"我住学校就好。"

　　舒远道被不软不硬地顶了一下，下意识地想要去摸烟，又想起舒桥在车里，硬生生地忍住。

　　末了，他语气弱了许多，竟然说了一句："我新女朋友饭做得不错。你妈走后的这十几年里，我就觉得她的饭做得最好。你不来尝尝吗？"

舒桥有些不可置信地转过头来。

这话实在是太过荒唐。

舒桥就是再习惯舒远道的不着调和不靠谱，都差点没忍住。

尤其他们二人刚刚经过的，是葬着舒桥母亲的梨台山陵园。

在祭日里提别的女人，这种事情舒远道也不是一次两次了。

他边说，还随口报起了菜名："东坡肘子、宫保鸡丁、麻婆豆腐、鱼香肉丝、水煮牛肉、冷锅鱼……"

舒桥忍了又忍，到底还是听不下去了。

"爸爸。"她依然是那副让人生不起气的嗓音，落在舒远道耳中就是最乖巧的女儿，"就放我在这里下车吧，你去忙，我自己回学校。"

一阵短促的刹车声后，舒桥从车上下来，抚平裙摆，很是乖巧地说了一声："爸爸辛苦了，爸爸再见。"

舒远道正好在这时接了个电话，他说了句什么，舒桥也没听清，只是片刻后，她的账户里又多了两万块钱。

阳光晃眼，舒桥看着消失在视线里的车尾，脸上的乖巧逐渐敛去。

每次都是这样。

明明连她妈妈的相貌恐怕都记忆模糊了，却每年还要带她来扫墓，郑重地叮嘱她不要忘了生下她的母亲。

他注重这些仪式感，也算是履行了些身为人父的义务——供她上最好的学校，予她大额生活费，校方请家长时也从不缺席，会在朋友面前不吝啬地夸赞她优异的成绩与乖巧的脾性，也时而有诸如"天冷添衣"的絮叨叮嘱，虽然女朋友不断，却没有再婚。

但也仅限于此。

他会在扫墓返程的路上这样语气自然又轻慢地提起新一任女友，在她说要下车的时候，真的停在这郊区山边，被一通电话叫去忙生意，再转一笔钱来。

仿佛这样就能填平两人之间所有的隔阂。

舒桥多少怀疑，就算妈妈还在，两人的婚姻恐怕也难长久。像舒远道这种能随手将四处收集的前女友们塞进公司各个岗位的离谱荒唐性格，很难让人对他有婚姻家庭观方面的期待。

021

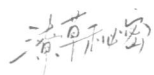

　　天色还早，舒桥买了罐冰可乐，心情郁郁地沿着看不到尽头的山路继续向前走。

　　柏油路边树少，烈日炎炎，实在灼热难当。

　　舒桥脚步一转，从小岔路钻入林荫之中，择了梨台山的旧路向下而行。

　　幼时她并不少来这里。

　　那时舒远道的深情倒是比现在还多一些，当然，更重要的是，早年他还尚未发达，因而上下山都是步行。

　　旧路狭窄，地面倒算平整，若是有两辆车交会，恐怕也要其中一辆停下，另一辆再小心翼翼地错身。自从盘山公路修好后，这边就少有车往来了。

　　舒桥知晓这一点，但还是规规矩矩地走在路的一侧，也并不害怕迷路。

　　她从小就格外认路，且不论这条山路她来回多次，就算只来过一次，她也确信自己的方向感绝不会出错。

　　手中的可乐见底，对侧路边有敞开的垃圾桶，她驻足饮尽最后一口，试图向马路对面"投篮"。

　　有隐约的轰鸣声传来，舒桥只当是盘山公路上有车路过，并未在意。

　　可乐罐在半空划出一道弧线，风声呼啸，随之而来的，是刺耳的炸裂声。

　　她的马尾随风高高甩起，格子裙边飞扬，干燥的尘土与汽油味扑面而来，原本就灼热的空气仿佛在熊熊燃烧。

　　然后是一道急促的刹车声。

　　被撞飞的可乐罐恰好落入了另一个垃圾桶里。

　　舒桥顿在原地，手还停留在半空，目光却已经愕然转向了前方。

　　路面被轮胎摩擦出了长达数米的擦痕，足见方才从她身边呼啸而过的那辆车的速度之快、刹车的力度之大。

　　而现在，那辆车就停在舒桥的视线范围内。

　　那是一辆底色大约为蓝色的车。

　　——之所以用了"大约"这个词，是因为车身上覆盖了许多以舒桥的审美来说不太能理解的东西。

　　歪歪扭扭、色彩不一的英文字母和数字，落在舒桥眼里，就像是小学生的课桌。

车尾有点冒烟，可能是刚刚刹车太猛了。

舒桥有点拿不准车上的情况，却也不打算冒昧上前去询问是否需要帮助。

踟蹰中，有另外几辆车的发动机声传来，随之而来的还有一片大呼小叫。

"追上了，追上了……欸，我没看错吧？舟爷怎么停车了？还没到终点啊！"

"指不定是舟爷心善，在等我们。"

"等个屁。我打赌，舟爷这一路上油门都是踏到底的，但凡松了半厘米都算我输！"

"那怎么……"

话语又戛然而止。

"今天的清场是哪个做的？怎么有其他人在这儿，还是一小姑娘？"

小姑娘舒桥确信自己听见了他们的话，但连起来又什么都没听懂。

四五台车停在她附近，汽油味更重了一些，却与之前那辆车掠过时有微妙的区别。这区别是什么，舒桥形容不上来，也无暇去思考。

原本就狭窄的路因为这些人的到来而变得拥挤。

最关键的是，这些人看起来气势汹汹的，怎么也不像好人。

舒桥悄悄后退半步，默不作声地翻开手机，准备随时拨通报警电话。

骂骂咧咧的那个人距离她最近，打开车门，露出一张意外清秀的脸和一头不羁的蓝头发，向她看来："你从哪里来这儿的？"

舒桥没打算理他，目光乱飘，显然已经在找迅速离开这里的路线了。

但很遗憾，除非她不要命了，从路边近乎倾斜七八十度的土坡滑下去，否则只有面前这一条路了。

方才隔着车窗只看到了一个人影，这会儿蓝毛才看清舒桥的长相，原本因为她不答话而微微抬起的眉毛挑得更高了些。

"哟，我懂了。"他用肩膀撞了撞身后的人，"舟爷停车的原因这不就找到了吗？"

其他人循声看过来，目光齐齐落在舒桥的脸上。

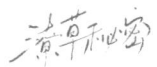

蓝毛的声音继续响起:"这么漂亮一小姑娘,这一脚刹车,值得。"

外加一声口哨。

是漂亮。

站在那儿的少女皮肤极白,头发梳起,露出光洁的额头,一双凤眼带了些天然不自觉的媚,又因为此刻的茫然和警惕而格外灵动。翘鼻红唇,五官精致又带了点儿锐利,脖颈线条如天鹅,格子百褶裙边在风里微动,一双腿笔直纤细,穿着一双小白鞋。

蓝毛拍了拍身上的灰,露出一个自以为和善的笑容,问道:"这位妹妹,怎么一个人在这儿啊?"

舒桥心里一紧:不能更确定了,这种开场白,绝对不是好人!

她脑子里走马灯般闪过自己看过的社会新闻和自救指南,已经准备扯开嗓子呼救拔腿就跑了。

但还不等她抬起脚,一道有些散漫的声音响了起来:"怎么说话呢?字典里那么多字,到你嘴里就只剩这些了?"

舒桥抬眼。

方才那辆自停下就一直没有动静的车的车门不知何时被打开了,驾驶位上的人此刻正抱胸斜倚在花里胡哨的车身上。

那人的黑发有些被汗湿,他随意地往脑后薅了两把,露出五官过分优越的一张脸,宽肩阔背窄腰,长腿下是一双黑色马丁靴,姿态懒散却又透出一股带着疏离的倨傲。

他的语气并不严肃,蓝毛却顿时敛了神色,整个人都变得规规矩矩:"舟爷,是我错了。"

"哎哟,吓死我了!"又有一人从副驾驶下车。那人扶着眼镜,一脸惊魂未定的模样,"时舟那个速度你们也知道,谁能料到突然有个东西砸在窗户上!"

商时舟走过来,在舒桥面前站定,再向路对面的垃圾桶看了一眼:"扔得挺准啊。可乐罐?"

舒桥这才发现他的身量极高,她一米六八的身高在他面前完全不够看,她要仰头才能与之对视。

这么多句话,足够舒桥反应过来是怎么回事了。

搞半天,她才是这群人聚集在这里的始作俑者。

是她的可乐罐好巧不巧砸人家车窗上了。

那么快的车速,确实难免被吓一跳。

舒桥蜷了蜷手指,有点心虚。但她头也不抬,只当没懂:"听不懂你在说什么。"

商时舟挑了挑眉,心头原本的恼火倒是因为舒桥这缱绻的嗓音弱了几分。

"不承认?行,我车上有行车记录仪。"

舒桥面不改色:"那想必行车记录仪上都是你的超速记录吧?"她一边说,一边终于抬起了头,对上了商时舟那双灰蓝色的眼睛,看出那双眼中闪过了一抹讶色。

四目相对。

商时舟看着面前的小姑娘,第一次没有反驳蓝毛的话,在心底下了结论。

确实漂亮。

漂亮极了的那种漂亮。

商时舟定定地看了舒桥三秒,然后扬唇笑了笑,稍微俯身逼近她:"是吗?那你打算怎么办呢?"

舒桥心道:那不是交警叔叔的工作吗?关我什么事?

但她也明白,自从一侧的盘山公路修好之后,这条废弃山路上的监控恐怕早就年久失修,所以这一行人才在这里如此有恃无恐。

"我可以短暂眼盲。"舒桥眨了眨眼,"只要……"

商时舟好整以暇地等着她的下文。

舒桥有点卡壳,多少有点没底气。

说他超速,她又没有证据。

行车记录仪的证据也在人家车上。

可要说只要他们不追究她可乐罐的事情,又岂不是变相承认了自己刚才的举动?

但话已经扔出去,再收回来也迟了。

她抬手捂住了因为心虚而微闪的眼睛,一字一顿:"只要你也……

025

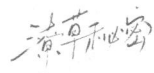

"高抬贵'眼'。"

回到北江一中学生宿舍的时候，已经有点晚了。

暑假留校住宿的人很少，食堂关门也早，舒桥在落锁的食堂门口愣了愣，提步向校外走去。

她也可以点外卖的，但外卖也得自己去校门口取，都要走这一段路程，不如直接去买。

北江一中就坐落在北江市中心的CBD里。夏日的夜晚，人声鼎沸，巨大的商业体上，霓虹灯照亮半边天，让人难辨黑夜与白昼。

舒桥一个人，也不想去路边小排档和苍蝇馆子，干脆去了商业体的负一楼。

她嗜辣，越热越想吃点辣的，便点了份加辣的钵钵鸡，又买了一杯酸奶水果捞，这才慢悠悠地回学校。

暑期孩子们放假，广场上的人群摩肩接踵，摊贩在热情叫卖，广场舞阿姨们分了三个阵营，热火朝天、旁若无人地舞动着。舒桥看了一眼穿着轮滑鞋盘旋冲刺的小学生们，犹豫再三，还是默默掉头，试图从还未来得及拆迁的居民区小巷穿回学校。

巷子不深，灯也挺亮，一群老大爷坐在路边的小马扎上，点着线圈蚊香，借着路灯的光下象棋。

舒桥路过的时候，忍不住扫了一眼。

姥爷还在的时候，也是路边象棋圈的一员悍将。小时候无数炎热的夏日，她都是蹲在姥爷的象棋盘旁度过的。姥爷打遍白柳巷无敌手的时候，她也跟着学会了挂马角杀、双马饮泉和白脸将杀。

就像此刻。

观棋不语真君子，舒桥憋了好久才忍住了指点右侧大爷斜插一步马的冲动。眼睁睁看着大爷输了，她幽幽叹了口气，抬腿打算继续往前走。

岂料大爷一眼就锁定了她："哟，这一声气叹的，小姑娘年纪轻轻，懂象棋？"

舒桥顿住。

现在说不懂还来得及吗？

大爷哪里管她的心理活动，吹胡子瞪眼地朝她招招手："来来来，坐这儿，我倒要看看你刚刚叹的那口气有多少分量。"

舒桥哪里肯，正要推辞，大爷打量她一眼，已经话锋一转："北江一中的？高几了？"

舒桥不解：现在的老大爷都这么闲了吗？哪有上来就问这个的？

她正要脚底抹油拔腿就跑，老大爷拿起茶碗，悠然问道："路程认识吗？我儿子；李文元呢？我隔壁邻居。"

舒桥被定在当场。

何止认识，可太熟了，世上哪有这么巧的事儿？

路程，她班主任。李文元，她教导主任。

老大爷眼看掐住了舒桥的死穴，得意扬扬地用下巴点了点自己对面空出来的座位，手里的茶盖和茶碗碰出一声清脆："坐吧。"

两座大山压下来，舒桥像只鹌鹑一样坐在了老大爷对面，这才想起来，这条位于北江一中北侧的巷子，正好挨着一中的家属院。

然后，她一边机械地回答着老大爷的话，一边把对方杀了个对穿。

"高二。住校。成绩还行吧。不偏科。学理科。"

老大爷盯着自己被逼成白脸笑杀的棋局："……再来！"

落棋声响彻小巷，在舒桥的"将军"两字之间，插着老大爷不服输的大喝。

——"再来！我就不信了！"

——"来！再一局！最后一局！"

——"最后一局！"

旁边的其他老头子嗤笑起来："老路啊，行不行啊？几十年的棋龄了，被你儿子班上的学生逼成这样？"

路老爷子连输五把，气呼呼地捞起老年机："你等着！我喊个外援！我就不信了，我赢不了你，我老路家的人必须得赢你一次！"

舒桥万万没想到这老爷子还有这等操作。

路老爷子电话打得快，人到得也快，舒桥还在低头整理棋盘，耳边已经传来了一阵莫名有些耳熟的轰鸣。

街上噪声那么多，对轰鸣耳熟本来就是一件很奇怪的事情。

027

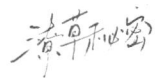

她下意识地侧头去看，围在一边的其他老大爷已经开始嘘声一片。

"嚄——老路你是不是玩不起？"

"而且这小子也不算你们老路家的人吧？"

"当了一辈子人民教师，最后你把作弊玩明白了？"

在几位端着大茶杯的老大爷的嫌弃声里，舒桥随意地从人缝里向外瞄了一眼，然后就愣在了原地。

下午才见过的那张过分优越的脸，明晃晃出现在了她的视线里。

那双黑色马丁靴停在面前时，舒桥都还有点没反应过来，并在脑子里第二次冒出了同一句话。

世上哪有这么巧的事！

突然，一道声音落下来。

"行啊你，这么晚了不回家，在这里下象棋。"

还是那种散漫怠懒的音调。

舒桥下意识坐直了身子，抬头反驳道："我下象棋和你……"

"大晚上的，不下象棋干吗？"

几乎是同一时间，路老爷子的声音也响了起来。

舒桥一愣。

哦，不是和她说话啊。

老爷子中气十足、理直气壮，嗓音盖过了舒桥有些气若游丝的声音，但她还是尴尬到迅速红了耳根。

啊！人家问的是路老爷子！和她有什么关系？

她在自作多情些什么？

她装作若无其事地闭嘴低头，却还是在低头之前对上了商时舟似笑非笑的眼睛。

显然他听到了。

舒桥更尴尬了，正要说时间不早自己该走了，路老爷子却已经站起身，把自己的小马扎让给了商时舟："来来来，替我下两把。这小姑娘年纪轻轻，棋下得挺老辣，你可别丢了我老路家的威风！"

商时舟平时哪有这个闲心，这次来得快也不是真的为了帮路老爷子下这局棋。

但他盯着面前耳根微红、头快要埋到土里的小姑娘，眼底带了点笑意，没推辞，坐了下来。就是一双无处安放的大长腿实在有些委屈，几乎快要碰到舒桥的膝盖。

舒桥压了压裙角，有些别扭地挪开了腿。

事已至此，那、那就下一把吧。

就一把。

摆棋再开的时候，舒桥执红，只抬手不抬头，便要先行。

"等等。"商时舟却打断她的动作，"我是我，路老头是路老头，谁红谁黑也要重新来过吧？"

这种小事也没什么好争的。

舒桥二话不说，就要旋转棋盘。

一只手落在棋盘上，按住了她的动作。

手指很长，很干净，骨节分明，让人很容易对这双手的主人心生好感。

除了舒桥。

她警惕地盯着那双手，心想他又要干什么。

"公平一点，"商时舟依然是那漫不经心的调子，"石头剪子布吧。"

舒桥腹诽：幼不幼稚啊！

她面无表情："我出剪刀，你呢？"

商时舟哭笑不得，到底还是说道："……布。"

舒桥点点头："哦，那行，我赢了，我先。"

棋局铺开以后，有几个老大爷在旁边你一句我一句地拱火，外加路老爷子说是旁观，实则一直在旁边指点江山，倒是遮掩了棋盘两侧两人之间难以言喻的气氛。

舒桥这一局下得很冒进，带着点儿难言的火气。

平心而论，对面这个男人的棋艺比他爷爷好多了。

就不知道班主任那张苦瓜脸是怎么生出基因仿佛中了八千万大奖的儿子的。

老班，您儿子开车超速您知道吗？

等到棋盘上的棋子都七零八落，舒桥"啪"地按下一枚棋子，眉目之间多少带了点儿杀气时，对面那人终于又在老大爷们的讨论声中插进

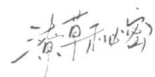

来了一句话:"你是打算一直都不抬头吗?"

舒桥依旧头也不抬:"下棋有规定要抬头吗?将军。"

商时舟无言以对。

路老爷子带头开始对商时舟进行"嘘"声攻击。

一片唏嘘中,商时舟也不恼,只闲闲地捞起一枚粗粝的棋子在指尖转了一圈。

"下棋没规定,但看我还是需要……高抬贵'眼'的。"

最后几个字加了点重音。

谁要看你啊?

一些不太美妙的记忆袭上心头,舒桥脚趾抠地,还是迅速抬了下眼,然后对上了一双意味深长还带着点笑的灰蓝色眼睛。

舒桥默默在心里加了一句。

行啊,老路头,您儿子还能长出一双混血眼,而且是会自己开屏的那种。

要不是因为路老爷子和路程的关系,她早就拔腿走了。

还好商时舟的话应该只有她一个人听到了。

路老爷子对商时舟的表现明显恨铁不成钢,叫嚣着要再来。其他几个老头子都是老棋迷了,这会儿观棋上瘾,也都开始拱火。

但终究还是没能再来一局。

打断他们的,是带了点怒气的老年女声:"是谁给我保证七点前回家的?老路你个死老头子!多大年纪了还说话不算话!"

只见刚才还在指点江山的路老爷子突然噤了声,然后急中生智地和蔼一笑,拍了拍舒桥的肩膀,说:"这不是在给路程班上的小姑娘辅导功课嘛。"

路老夫人背后冒出了一个已经秃了小半的脑袋。

路程的目光先是落在了舒桥身上:"舒桥?你怎么在这儿?"

然后他才意识到路老爷子嘴里的"小姑娘"指的是谁,啼笑皆非地说道:"爸,您可得了,我们年级第一需要您辅导功课?"

路老爷子临危不乱,随机应变地胡说八道:"顺便帮小舟相看一下女朋友。这事儿不重要吗?不值得我在外边待到七点半多看两眼吗?"

030

舒桥愣住了。

路老爷子悄悄拽商时舟的衣角，再在其他人看不到的角度对舒桥挤眉弄眼，完全一扫刚才的耀武扬威、能屈能伸。

舒桥到嘴边的辩解生生卡住。

商时舟垂眼，将舒桥的表情变化尽收眼底，然后在路老夫人和路程杀过来之前，俯身在她耳边轻声说："尊老爱幼是中华民族的传统美德，咱俩都不能眼睁睁看着路老头回去跪搓衣板吧？冒犯一下。"

顿了顿，他又似笑非笑地叫出了她的名字："舒桥。"

这两个字刚落音，他的手就轻轻落在了她的肩头。

——并没有真的贴在上面，而是悬空了一些，但他掌心的温度依然隔着一层衣料传过来。

夏夜的凉意都仿佛被这样一只悬空的手掌驱散。

错过了最佳的解释时间，有些话再说就显得欲盖弥彰。

舒桥浑身僵硬，有口难辩。

她说不清这种僵硬究竟是来源于商时舟，还是自己班主任路程投来的死亡视线。

这一天，商时舟深刻地让舒桥明白了一件事——

人生，不能抄近道。

夏夜总是喧嚣。

但从小巷到一中宿舍的这一段路却极静。

舒桥面无表情地走在前面，商时舟落后一两步地走在后面。

脚步声未停，路灯照下来，让他身高腿长的影子砸在她身上，难以忽视。

就这么两步路，偏偏路程还非要身后这个人送她回来，说是晚上她一个人回去不安全。

完全不给她任何一点尴尬的缓冲期。

舒桥狠狠地踢飞了脚下的小石子，听到身后传来一声轻笑，顿时更气了。

刚才其实她没有完全放弃挣扎。

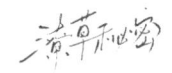

毕竟在短暂的愣神后，她已经反应过来。

若是在陌生人面前帮忙搪塞一二也就算了，但她面对的，可是她的班主任路程！

可商时舟在她出声之前，对她说了三个字。

"可乐罐。"

舒桥的话卡在了嘴边。

"你不是问我要怎么样才能高抬贵'眼'吗？"那道散漫好听又无比可恶的声音萦绕耳边，"看你表现了。"

不是赔不起商时舟车上被可乐罐刮出来的那不到指甲盖大小的划痕。

那车看起来也没什么了不起的，想必舒远道今天给她转的钱都足够了，更不用说平日里他大把大把转的钱都还在卡里，她只用了个零头。

可是商时舟竟然还要和她算精神损失费。

说什么自己在练车，超高速下出现障碍物，险些就要人仰马翻一车两命，这笔账可不是抬抬眼就能过去的，还强迫舒桥留下了学校名称。

走出小巷，再左拐一段，"北江市第一中学"几个字在夜幕下清晰可见。

身后的阴影顿了顿，在蝉鸣声里闲闲开口："不是说北江三中吗？"

舒桥咬咬牙。

是的，在对方询问学校的时候，她当然不会傻到自报家门。

但谁能想到，还没多久就被拆穿了呢？

当时她还心思缜密地想过，三中和一中不在一个行政区，就算这群人真的要找她，那也得找上一段时间。

现在再回想，只觉得脸很疼。

"学校太老了。"就算被拆穿，气势也不能输，舒桥捏着手心的汗，自暴自弃，"'三'掉了两条，变成了'一'。"

她明显在胡说八道，商时舟却竟然长长地"哦"了一声："这样吗？"

舒桥腹诽：路老师的儿子难道不知道自己爸爸在哪里工作吗？

她狐疑地回头去看商时舟，他脸上的表情很是平静，还在认真打量夜色下的校门。

他是信了吗？

舒桥张了张嘴，又把话咽了回去。

总不能去解释自己刚才是信口胡诌的。

这短短的时间里尴尬积累得太多,她只想离商时舟远一点。

"谢谢你送我回来,已经到了,再见。"

再也不见的那种再见。

"嗯。"

好在对方也没什么挽留的意思,只点点头,目光在她身上转了一圈便移开,依然是一副散漫模样。

舒桥没料到他竟然这么轻巧就放过自己,但也不愿多想,脚步不停地进了校门。

等快要到宿舍楼下的时候,她终于顿住了脚步。

她出校门是做什么来着?

买晚饭。

晚饭呢?

她的钵钵鸡和酸奶水果杯呢?

记忆的画面缓缓回放。

她转身走进校门的时候,身后那个人是不是手里提了点什么?

舒桥深吸一口气。

她觉得自己终于明白商时舟最后那轻飘飘的一眼是什么意思了。

肚子里传出的悠长"咕噜"声放大了饥饿感。

舒桥悲愤地迈步走上宿舍楼的台阶,在饥饿和尊严之间选择了后者。

不回头,今天她就是饿晕在宿舍里,也绝不回头!

暑假住校的学生其实很少,除了部分外地生,本地还留校的,就只有舒桥一个人。

北江一中的宿舍是双人间,舒桥的舍友早就回家了,她一个人倒也乐得自在。

冲完澡以后,饥饿感越强,舒桥没有一刻如现在这样痛恨自己从来不囤零食的习惯。

连泡面都没有。

天色已晚,但舒桥还没有睡意,决定再刷一套题。

翻开题册之前,她看了眼手机。

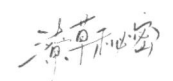

微信里冒出了一个新好友申请。

点进去,是一个纯黑的头像,微信名是一个大写字母"Z"。

舒桥正在想这是谁,就看到了验证信息。

Z:可乐罐。

舒桥震惊了。

这个人阴魂不散吗?

他是怎么拿到自己微信号的啊?

她这辈子都不想喝可乐了。

舒桥想装作没看见,退出去的前一秒,对方竟然又发了三个字过来。

Z:钵钵鸡。

……钵钵鸡也戒了!

为了不让不想吃的东西再多一样,舒桥在对方发来"酸奶水果杯"之前,眼疾手快地点了通过。

黑色头像很快发了一张照片过来。

图里是拎至半空的钵钵鸡和酸奶水果杯的包装袋。

紧接着是一笔 58.5 元的转账,备注"饭钱"。

钵钵鸡 43.5 元,酸奶水果杯 15 元。

舒桥如鲠在喉。

接受吧,显得她很在意这点儿吃的。

不接受吧,又觉得好亏,仿佛赔了夫人又折兵,四舍五入就是请他吃了顿饭。

所以他就是故意来气她的吧?

她正进退维谷,页面显示"对方正在输入"。

片刻后,一条语音发了过来。

舒桥定了定神才点开。

依然是那散漫的嗓音,背景有点嘈杂,却足够清晰。

"我给老路解释过了,不过他不太相信,非要你亲口说,所以我要了你的微信。来,你发条语音和他说。"

舒桥愣了愣才反应过来他在说什么。

她清清嗓子,按住说话键:"路老师,我和您儿子路先生确实不熟,您看我俩连微信好友都没有。"

发完她才反应过来,她直接发给路程不就得了,为什么还要绕这么大个圈?

对面停顿了一会儿才有一条语音回复。

点开以后,传出来的却是路程气急败坏的声音。

"商时舟你个小兔崽子,你套路我!你别跑,你现在就把舒桥的微信给我删了!我告诉你……"

紧接着是商时舟不紧不慢打断他的声音:"走了,路叔。"

隔着手机都能感觉到路程的怒火,舒桥脑子里浮现了路程撸袖子的样子,忍不住笑出了声。

她又回想了一遍两个人的对话,笔在草稿纸上乱画了几道,仔细分辨出了路程说的前三个字的发音。

原来他不姓路,也不是路程中基因彩票生出来的儿子,难怪会相信她胡诌的三中的"三"掉了两横。

看他的年龄,可能是在念大学,说不定是暑假从外市来北江旅游的。

舒桥做出了大约合理的推断,稍微松了口气。

商时舟。

她的脑子里浮现了一句诗。

应物云无心,逢时舟不系。

也不知道是不是她想的这个"时舟"。

不过,这个名字她总觉得莫名有点熟悉,也不知道在哪里见过。

她正在发呆,对面又发过来一条语音。

"舒同学,不收钱是打算请我吃夜宵吗?"

三秒后,舒桥愤愤地点下了收款,再甩出了一个微笑表情包。

谁要请你吃夜宵啊!

舒桥很自律,就算是暑假,她的生物钟依然让她早上七点就站在了食堂门口。

前一天没吃晚餐,舒桥觉得肚子已经饿扁了,多吃了一碗豆腐脑和两个包子才停下来。

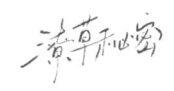

去图书馆自习室刷了几套高考真题后，舒桥有点打瞌睡。

前一天经历了那么多乱七八糟的事情，晚上她有点失眠，最后有些不安稳地睡着后，梦里都是些奇异的嘈杂声。

图书馆没有卖咖啡的，舒桥在外卖软件上点了杯冰美式。接到电话后，她放了书包在自习室占座，溜达去校门口取外卖。

天气不错，回程的路上，舒桥没着急，在学校礼堂前的树荫下坐了会儿。

北江一中的体育馆、操场和图书馆在暑假也都是对外开放的，才十点，操场上就已经有了奔跑的身影，不远处的体育馆里也隐约有球类撞击地面的声音。

不断有人从校门外进来，有舒桥相熟的同学和她点头打了招呼，就匆匆去图书馆找座位了。

舒桥喝着冰美式却还有点昏昏欲睡，目光从操场漫无目的地移动到了校园荣誉墙上。

作为北江市最好的高中，北江一中的荣誉墙上内容丰富。

别的学校出个状元能用一面墙来表彰，北江一中就不一样了，有一面专门的状元墙，上面都是历届状元的照片和对学弟学妹的寄语。

寄语通常都是什么"学海无涯苦作舟"一类的鼓舞话语，没什么新意，舒桥看了几句就没了兴趣。准备移开目光的前一刻，一句话落入了她的眼睛里。

广告位招租。

舒桥呆看了几秒，大为佩服，心道这位状元可真是有些猖狂。

更离谱的是这句话居然能挂上去。

她带了点好奇，抬眼去看这句话上面的名字和照片。

瞳孔"地震"。

不得不说，一墙的人像照片里，这张照片实在太过优越，仿佛清晰度都要高几个档次。其他同学都朴实无华平平无奇，唯独这张照片的主人眉目恣肆，这样的死亡角度和光线都难以遮掩他五官的精致，简直像是哪个明星流出的封神路透图。

照片下面还有两行字。

商时舟
北江市 2014 届理科高考状元

舒桥不可置信地盯着那两行字，喃喃爆了句粗口。

与此同时，一道熟悉的声音在她身后响了起来："怎么，你要租我的广告位吗？"

舒桥被呛到了，咳得天昏地暗，冰美式的味道弥漫在口腔和鼻腔里，喝出了沉浸式体验。

瞌睡早就一扫而空，纯粹是被吓没了的。

商时舟递到第三张纸巾，舒桥才堪堪缓过来。

不用照镜子，她都知道自己现在的脸有多红。

尤其是想到自己昨晚说什么"三"掉了两横，这人还煞有介事地点头，一副真信了的样子，搞得她以为他是外地人。

舒桥的脚趾已经在不自觉地蜷缩了。

小丑竟是她自己。

偏偏商时舟还气定神闲地在荣誉墙前欣赏了会儿自己的照片，屈指在上面敲了敲，似笑非笑："这么好看吗？"

舒桥愣了一秒才反应过来他在说什么。

这人怎么这么自恋啊？

"你……你怎么在这里？"舒桥不想理他，但人都在面前了，只得哑着嗓子问了一句。

商时舟提了提手上的球拍袋："打网球。"又像是顺口一提，"来两局？"

"局"这个字触动了舒桥某根承载着不妙记忆的神经。

人不能在同一个地方摔倒两次。

舒桥这才看到他今天确实穿得十分运动，于是挤出假笑，飞快地拒绝："不了。你快去吧，别让朋友等急了。"

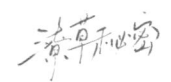

阳光从树叶的缝隙里洒落，商时舟这样站在舒桥面前，逆光勾勒出他优越的轮廓。有那么一瞬间，舒桥觉得自己几乎要被他整个人的阴影笼罩。

但商时舟很快侧身退了半步，冲她点了点头："走了。"

好似这次相遇真的只是又一个巧合。

只是舒桥还没松口气，他又停了下来，回头看她一眼，那双灰蓝色的眼睛里带着不加掩饰的笑意："叫一声学长，广告位给你半价。"

舒桥看着他的背影，又差点被一口冰美式噎住。

她就不该掉以轻心！

这人绝对是故意的！

舒桥愤愤吸完手里的冰美式，起身将杯子扔入垃圾桶，决定以后出门之前还是多看一眼皇历。

临走的时候，怀着某种微妙的心情，舒桥又抬头看了一遍整个荣誉墙，然后不得不沉着脸承认，这满墙的人，确实没一个能和商时舟那张高冷脸抗衡的。

商时舟进体育馆的时候，许深已经做了两遍热身。

原本坐在篮球场边的几个女生看了过来，互相推搡了两下，显然是注意到了刚走进来的这个男生帅气的外表。

"场地总共就开了两个小时，舟爷居然能迟掉四分之一，大清早的也不至于堵车吧？"许深接过商时舟手上的球拍袋。

商时舟活动了一下手腕、脚腕，接过球拍随意弹了几下球，才冷不丁问了一句："当初荣誉墙上我那张照片是谁拍的？"

许深回忆了半天才想起来："当初不是学校让你交照片你没理，最后学校硬是从某张毕业合照上抠了半截下来的吗？怎么了？"

商时舟抬手扯了扯发带，调整了一下位置："抠得不错。"

许深咬咬牙。

当初死活不交照片的是你。

现在夸照片不错的也是你。

合着里里外外的话都让你一个人说完了呗。

他们两个人虽然考到了一个城市,但也有一段时间没见了。许深醉心科研,实验项目一个接一个,才大二就已经是 SCI 的第一作者了,每天都在实验室里醉生梦死,根本约不出来,才二十出头,发际线已经开始后退。

至于商时舟……

许深抽了一个球过来:"最近有比赛吗?"

"下个月有一场。"商时舟稳稳接住,网球接触球拍发出一声脆响,再划出一道凌厉漂亮的弧线,"这两天我都在梨台山练车。"

许深被这个北江著名墓园所在地的地名震了一下,心里控制不住地冒出了"灵车漂移坟地蹦迪"一类的吐槽,一言难尽地看了他一眼。

商时舟看出了许深的想法,笑了一声:"正式比赛也在那儿,放心,每次都有清场。"

许深欲言又止。

清场也清的是人,而不是他想的那些东西吧?

商时舟挥出一拍,语调越发散漫:"这不是也挺好,就算出了事儿,梨台山也能就近解决。可以说主办方是深思熟虑、精打细算了。"

"吉利点儿好吗?"许深扶了扶眼镜,"我又不是没去过梨台山,墓园都在前山,下了车还得走一公里,距离你们拉力赛的路少说也有三五公里吧?你们拉力赛不都是哪儿的路不好走,偏要走哪里吗?"

商时舟还是那副表情:"这不是你在乱想吗?"

许深无言以对,转而又想到一件别的事:"一会儿打完我还有点事,午饭怕是不能一起吃了。"

"什么事?"商时舟顺口问了一句。

"老路给我安排的活儿。"许深走到场边擦了擦额头上的汗,"说是让我帮忙辅导一下他这一届的得意门生。"

商时舟喝水的动作顿了顿:"男的女的?"

许深向来充满学术气息的脸上第一次出现了点儿带着遐思的笑意:"男的谁去啊?老路还专门给我看了照片。"

他边说边翻开手机,递给商时舟看。

商时舟垂眸。

039

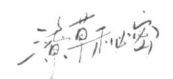

和他荣誉墙上的照片有点异曲同工之妙，即使是一张明显截图出来的侧影小像，也足以让人看清高洁的额头、挺翘小巧的鼻尖——低头玩手机的少女脸上还有一丝笑意，带着一股惊艳的秾丽。

照片的背景是一中的篮球场，有些模糊，但能明显看到几个打篮球的男生的目光都有意无意地落在她身上。

他的目光还没挪开，许深已经把手机挪开了。

"还好你对学妹没什么兴趣，"许深手指滑动屏幕，放大又看了一眼，这才关掉，"不然还能有我什么事儿。"

说话间，商时舟觉得自己的手肘好像被人轻轻戳了戳。

他侧头去看，是刚才在不远处的几个女生。她们显然是好不容易等到了他们休息，这才结伴过来。

"要一起打吗？"为首的漂亮女生扎着高马尾，也不扭捏，大方地发出邀请，"本来我们今天也想约网球场的，晚了一步。我们都学过几年，不会拖后腿。"

这场面，许深也算是见得多了。

初中、高中六年以来，大着胆子来搭讪商时舟的女生数不胜数，当然铩羽而归的也不计其数。

许深拧开一瓶水喝，没当回事儿，反正商时舟也会驾轻就熟地礼貌拒绝。

他甚至还有闲心想，也不知道大学这两年来，商时舟的婉拒功力有没有下降，毕竟商时舟考的大学和他的一样，都算得上是知名"和尚庙"。

他正这么不着边际地想着，却听到商时舟说："好啊。"

许深一口水差点喷出来。他一边咳嗽，一边侧头去看商时舟。

他同时看到了几个女生带着明媚笑容的脸和商时舟慢条斯理往球拍袋里放球拍的动作。

商时舟从女生的高马尾上收回目光，不知想到了什么，眼神里竟隐约带了点儿笑意。

许深怀疑自己看错了。

"你们来得正好，我刚好有点事儿。"商时舟的手落在许深的肩膀上，不轻不重地拍了拍，声音低了点儿，"老路的差事我替你去。"

许深腹诽：不是，商时舟，你什么时候这么闲这么热心了？

这发展实在始料未及，毕竟想打网球是假，想一起打网球才是真，几个女生不由得面面相觑。

商时舟却已经毫无留恋地往外走了，临走前还虚点了一下许深的手机："记得把照片发我一下，免得我认错人。"

被扔下的许深独自一人风中凌乱。

做完第二套卷子的时候，舒桥的手机开始振动。

一中在睡少女：我醒了。

一中在睡少女：别告诉我你已经在图书馆并且做完两套卷子了。

一中在睡少女：理理我理理我理理我。

是苏宁菲。

假期中，她和舒桥约了每日早上八点在图书馆见，但每每醒来都十点半了，也算是十分准时的生物钟了。

舒桥弯了弯唇角，把做完的卷子拍了照，发了过去。

一中在睡少女：我就知道！你是想卷死谁？等着，我这就来了，给我占个座位！

木乔：继续睡吧。

木乔：老路给我安排了一个学长辅导功课，等我学会了来教你。

一中在睡少女：你就是我苏宁菲的女菩萨！那我睡了！886！

舒桥被这个收尾的"886"土到，嫌弃地皱了皱鼻子，又忍不住笑了一声。

路程早就推送了那位名叫许深的学长的联系方式过来，两人约好了十点半见。舒桥收了笔，四处看了看，没看见人影，也不知道对方能不能找到自己这张桌子。

她正要礼貌地发微信询问一声，就感觉自己旁边和对面的空椅子同时被拉开。

许深还有点微喘，迎着舒桥望过来的目光笑了笑，打了个招呼："舒桥学妹是吧？我是许深。"

"许学长好。"舒桥站起身，就要越过桌子去与他握手。

许深的目光却落在了她身边。

也不知是不是她的错觉,对方黑框眼镜下的眼中明显带了点儿无奈,再指向了她的旁边:"这是我朋友商时舟,你不介意一起吧?"

舒桥一时没反应过来,下意识地接话:"不介……"

谁?

舒桥猛地转过头。

那张才见过不久的脸出现在了她旁边。

商时舟已经坐了下来。

他明明刚运动过,身上却没有什么味道。一阵微风从打开的窗户吹了进来,拂动他还带着点湿意的额发,仿佛他看向她的眼睛里散漫的笑意都染上了雾气。

舒桥胡乱收回目光。

也不知道为什么,她的心猛跳了两下。

"怎么不说'商学长好'?"商时舟显然没打算放过她,声音和阳光一样,懒洋洋的,"许学长是学长,商学长就不是吗?"

舒桥愣了愣。

一提到学长,她的脑子里就莫名冒出了商时舟之前的那句"广告位半价"。

她悄悄瞪了他一眼才开口:"……商学长好。"

只是她自己都没有注意到,她的嗓音有多别扭。

——也因为刻意压低了声音,显得更加绵软。

商时舟的眼神深了深。

许深完全没注意到两个人之间有些不同寻常的气氛。

毕竟商时舟这个人随心所欲惯了,嘴毒也不是一天两天。

方才商时舟留他一个人,他才不会没眼色到真的与那几位女生打网球,匆匆收拾了东西,找了个借口,紧赶慢赶才追了上来。

一中的图书馆就这么大,舒桥对自己的位置描述得也足够准确,许深找得很快,完全没发现自己身边的人也没有走弯路。

不仅没有注意,许深还正在心底深深感慨。

难以置信,老路介绍的学霸学妹竟然长得这么好看,比照片上还要好看。

许深清了清嗓子，直入主题："我们先从哪一科开始？有什么不会的问题都可以问我。"

舒桥怎么也没想到商时舟会出现在这里。

她抬手拢了拢头发。她今天没扎头发，长发散落下来，正好可以遮住商时舟的视线。

努力忽视了商时舟的存在，她定了定神，抬手从一侧的学习资料里拿出几本书。

路程前两天就给舒桥提了学长辅导的事情，所以她早就圈画出了一些问题。

只是才翻开书，一道散漫的声音就在她身边响了起来。

"不对啊，2014届的状元是我吧？怎么补课这种好事儿轮不到我？"

许深一脸莫名，又接着腹诽：明明去年老路也问过你能不能给学弟学妹们做下辅导，是你冷嘲热讽地让老路不要乱做白日梦的吧？

许深表情微妙，一言难尽。

舒桥假装没有听见。

就在这个时候，舒桥的手机亮起，而她的手机正搁在她和商时舟之间的桌面上。

几条信息接二连三地冒了出来。

一中在睡少女：等等，我突然意识到一件事。

一中在睡少女：学长？什么学长？哪个学长？帅吗？

一中在睡少女：能辅导你的怎么也得是个状元吧？该不会是我男神商时舟吧？

一中在睡少女：女菩萨你理理我，你不回我，我睡不着。

图书馆里一片寂静。

舒桥心底猛地一跳，眼疾手快地按灭了屏幕，再把手机倒扣在桌子上。

应、应该没看见吧？她速度够快了！

可惜手机屏幕就在商时舟眼皮子底下，想不看都难。

他掀起眼帘，入目的是舒桥故意用长发遮住的侧脸，脑海中顿时浮现出了她扎着马尾的样子。

嗯,还是扎起来比较好。

他面不改色地移开目光,半晌,翻过一页书:"不用回复吗?"

舒桥咬咬牙。

她捏着手里的笔,第一次有了想把苏宁菲拉黑的冲动。

第三章
"谁告诉你我有女朋友了？"

宿舍的门已经掩不住苏宁菲的笑声了。

听完舒桥的遭遇后，苏宁菲觉得隔着微信已经不足以纾解情绪，连夜打车到了学校，给舒桥的舍友打了电话，借睡两天她的床。

舒桥无语极了："所以你来就是为了笑的吗？微信六十秒语音还不够你笑？"

苏宁菲不仅没半点儿反思的意思，还点开了两个人的对话框，和自己之前发出来的六十秒语音一起笑。

简直是回音绕梁魔音贯耳。

舒桥抬手捂住耳朵，满脑子的SOS（救命）。

后悔，为什么要讲给苏宁菲听？

苏宁菲笑得肚子疼，终于停下来的时候，眼角还带了点儿泪花："所以真的是商时舟吗？"

舒桥不想理她。

但苏宁菲当然不会这么轻易就放过舒桥。

她跳下床，拉过椅子坐到舒桥的书桌旁，撑着胳膊，眼巴巴地看向舒桥："我男神帅吗？和照片比呢？低分辨率是不是遮掩了他的美貌？他讲题思路清晰吗？下次上课能带上我吗？"

舒桥腹诽：你问了这么多，就是为了最后一句吧？

045

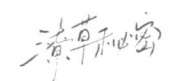

她想了想，到底不想扫了苏宁菲的兴，捞起手机："我问问看。"

岂料苏宁菲猛地按住舒桥的手，十分严肃："不不不，我就是口嗨一下。桥桥啊，你不懂，男神就是用来远观的。接近他的任务就交给你了，我只负责围观……"

她又缓缓扬起嘴角，补充："和笑。"

舒桥无语了。

别说了，这朋友是做不下去了！

而且什么叫接近他的任务？这东西什么时候成任务了啊？

苏宁菲围观心切，来得匆匆，啥也没带，这会儿被舒桥硬逼着做了半张卷子就开始叫苦连天："饿了！桥桥，我饿了！我要吃夜宵！我要吃钵钵鸡！我要和（喝）阔（可）乐！冰阔（可）乐！"

舒桥假装自己没听懂她话里的深意："那我点外卖。"

"不！我要去CBD那边！就是你没吃到被商时舟拿走他还付了你钱的那家！可乐要砸了商时舟车的那种红罐罐！"

舒桥无奈地叹气。

后悔的感觉又上来了！她到底为什么要告诉苏宁菲？

这个感觉直到她坐在钵钵鸡的店里都还没有完全散去。

苏宁菲对舒桥过分了解，就算舒桥拒绝去柜台点单，她也能准确无误地估摸出舒桥的喜好，不一会儿就端着两个小桶过来了，顺便还开了两罐可乐。

这两样东西放在一起，舒桥觉得就像是对自己无声的嘲讽。

"不是吧？还真不吃了？"苏宁菲捧着脸坐在舒桥对面，"面对生活的痛，我们要学会戒断。知道什么是戒断吗？就是吃一口。"

舒桥没好气地说："吃吃吃，我看我不吃是堵不住你这张嘴了。"

苏宁菲笑得幸灾乐祸。

但这个笑并没有持续很久。

因为她笑着笑着，突然觉得自己腹部右下方开始疼。

一开始只是轻微的不适，但还没过多久，这种痛就像浪潮一样席卷而来。

"菲菲？"舒桥很快发现了苏宁菲的不对，她绕过桌子，撑住苏宁菲的身子,"你怎么了?"

苏宁菲额头冷汗密布,脸色苍白,几乎说不出话来:"疼,嗯……"

疼到这个程度,不能再等下去了,舒桥毫不犹豫地打了120。

救护车来得很快,医护人员在车上就已经初步判断是急性阑尾炎,等到了医院一拍片子,果然确诊是的,情况比较紧急,手术就安排在了第二天早上。

好巧不巧,苏宁菲的家人报了个出国游的团,这会儿刚降落,就算连夜买回程机票,也得十几二十个小时以后才能回来,怎么都来不及了。

她只有一个在邻市的姑父,紧赶慢赶能第二天来术前签字。

所以舒桥就留下来陪床了。

苏宁菲瘫软在病床上输液,为第二天的手术做准备。

这会儿痛感稍微降下来了些,她握住舒桥的手,气若游丝地说:"桥桥啊,这钵钵鸡,这可乐,果真是吃不得啊……"

舒桥扔给她一个白眼:"你好好反思一下吧。"

"可实在太好笑了嘛。"苏宁菲仰面朝天,"谁能想到一个人短短两天里能遇见这么多巧合啊。"

苏宁菲喃喃的声音渐弱。入院的时候都已经快十二点了,这会儿又是抽血又是化验折腾了大半个晚上,她早就累了,就这么睡了过去。

舒桥反而了无睡意。

她们来得急,什么都没带,她去洗了把脸,更精神了,左右无所事事,只能玩手机。

鬼使神差地,她的目光停留在了商时舟的头像上,然后第一次点进了他的朋友圈。

背景图是一辆蓝色的车。

车身上布满了与那日她用可乐罐误砸到的、如出一辙的贴纸涂鸦,似乎又有些微妙的区别。

平心而论,比起那些广告和电视里常见的超跑,这辆车实在是朴素了许多,除了尾翼大得夸张,其余看起来就像平时大街上随时可以见到的家用车。

但她却莫名觉得它是不一样的。

047

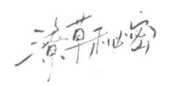

甚至和那天她与商时舟第一次见面时,他所开的那辆车,也不一样。

就像分明有着同样的外壳,却有着截然不同的内里。

更有张力,更有生命力,像蛰伏的野兽。

舒桥不太懂车,却忍不住多看了一会儿。

哪怕依旧不知道这是什么车。

她继续往下翻。

内容并不太多,几条转发的时事新闻,间或穿插着一些照片,无一例外都与车有关。

无人机的视角下,在并不平坦的长路上疾驰的蓝色车身有些虚化,足以可见捕捉的这一刻车速有多快。

路边卡的机位里,尘土乱飞,隐约可以看到驾驶位上戴着头盔的身影。

又或是路边的风景。

夕阳,山峦,峭壁,悬崖,大海,星辰。

雪原,草甸,砂石。

并没有什么精心的构图,舒桥眼前却莫名浮现了一幅画面。

青年随手捞起手机,散漫地按下快门,不是为了给任何人分享,只是为了给自己留下这一处的记忆,证明他来过。

舒桥的耳边仿佛响起了比那一日所听见的声音更加爆裂的声响,她竟然就这样将商时舟的朋友圈从头翻到了尾,甚至还对着其中几张照片发了会儿呆。

等反应过来的时候,舒桥猛地抬头,带着莫名的心虚看了一眼苏宁菲,发现她并没有醒来,再看了一眼输液瓶里液体的进度,起身去护士站喊换药。

夜晚的医院也并不安静,时而有其他病房的呻吟声传来,家属与护士的脚步声轻,却急匆匆的。

已经到了后半夜,还有病患在这个时候紧急入院,看起来也是和苏宁菲一样的症状。

舒桥开灯安置之前,用两张纸巾盖住了苏宁菲的眼睛,见苏宁菲只是皱了皱眉,并没有醒来,她才松了口气。

疼痛的时候,睡着了时间会过得比较快。

一旦醒来，想要再入睡，可不是一件容易的事情。

她抬头看了一眼隔壁床，只看到一名年轻男人，并未多在意。只是拉开陪床椅后没多久，她就听到了隔壁床的呼唤。

"妹妹，这位妹妹。"男人的声音带着虚弱和沙哑，"可以帮我倒杯水吗？"

舒桥这才发现隔壁床居然没有陪床。

举手之劳而已，她去开水房帮忙打了水来，迟疑开口："术前要禁八小时食水……"

她说完才发现对方好像正在发语音，连忙停下，怕打扰到他。

头发微乱的年轻男人发送完语音，接过水猛喝两口，嗓音明显舒展很多："我也未必就要做手术。下个月我有个重要比赛，术后恢复不好的话，很可能会影响到状态。已经和医生沟通了，尽量保守治疗。"末了又添一句，"谢谢。"

舒桥摆摆手，让他如果还需要什么的话随时喊她，便坐了回去。

客厅空旷。

因为没有任何多余的摆设而显得缺少人气。

但很显然，房子的主人也没有任何想要为这里增添生气的想法，连盆绿植都没有摆。

空调开得很大，将所有的热意都驱散了。

商时舟刚刚冲了个澡，头发还没吹，一手撑在盥洗台上，一手随意点开了柯易发来的语音。

"我人生地不熟的我容易吗？连个陪床都没有！想喝水都要拜托隔壁床的妹妹……但凡你有点良心都应该来看我！"

声音干涩可怜却义愤填膺。

商时舟的心里却毫无波澜。

他嗤笑一声，正要回复点什么，却又带着点疑惑地皱了皱眉，然后点开这条语音重新听了一遍。

终于在柯易的声音之外，他听清了另外一道轻柔耳熟的女声。

"……术前要禁八小时食水。"

049

商时舟顿在了原地。

半晌，他头上的水珠顺着脸颊往下，"啪"地滴落到了台面上。

舒桥还是打了个短暂的盹儿。

手忙脚乱大半夜，她也睡不踏实，稍微让瞌睡的意思过去，就已经早上六点半了。

眼看苏宁菲还没醒，她去洗了个脸，让自己彻底清醒过来，再去走廊另一头的自动贩卖机买包饼干和速溶咖啡。

付完款后，电机转动，饼干和咖啡依次从货架掉落。

舒桥正要俯身去拿，就听到一道带了点疑惑的声音在她身后响起："舒桥？"

她指尖顿了顿，有些怀疑自己是不是幻听了。

她回过头，看到商时舟站几步之遥的地方，手里拎着一袋水果，在晨光中向她看来。

许是前一夜没怎么休息，舒桥站直的时候，眼前有一瞬间的眩晕。

她伸手想要扶住自动贩卖机，以稳住自己的身形，但抬手抓住的，却是商时舟的手臂。

他的声音更近了一些，好似响在她的耳侧："你没事吧？"

这是他们之间的距离第一次拉到这么近。

舒桥重新睁眼的时候，她的鼻尖前一寸就是商时舟的胸膛。他穿着简单的白T恤，肌肉的流畅线条透过布料映入她的视线。

这一刹那，连带着她掌心的触觉都被无限放大。

她几乎能感觉到对方的血液喧嚣流淌，以及心脏强有力地跳动。

年轻男人的气息铺天盖地地包围着她，带着某种她不太熟悉却十分好闻的味道。

舒桥觉得自己的脸有些升温，声音也弱了下来："没事，可能有点低血糖，我缓一下就好。"

她想要松开，对方却似乎并没有放开她的意思，声音依然离她很近："你怎么在医院？"

他顿了顿才继续问："是家里人还是朋友住院了？"

这也没什么好隐瞒的，舒桥如实说："我闺蜜昨晚急性阑尾炎，她家里人赶不回来，所以我陪床。"

商时舟在听到这句话后，似乎松了口气。

"这么巧吗？"他笑了一声，终于松开她，"我也有朋友昨晚急性阑尾炎住院。"

他抬了抬提着水果的手示意："我来看看他。"

舒桥"哦"了一声，就要继续去拿还在自动贩卖机里的饼干和咖啡："确实好巧。"

商时舟却轻轻按住她，先她一步帮她取了出来，递给她。

"低血糖就不要弯腰了。"

舒桥抿了抿嘴，接过来："谢谢。"

两人并肩往前，穿过医院走廊。

还没走两步，商时舟突然问："你朋友在几床？"

"8床。"舒桥说完，就看到商时舟突然意味不明地挑了挑眉。

直到这个时候，舒桥因为熬夜而有些迟钝的脑子都还没有反应过来什么。

但很快，她就发现这个世界上的巧事还能更多一些。

商时舟和她在同一间病房门口停下了脚步。

昨晚隔壁床的年轻男人那么狼狈，她礼貌起见，没有多看，而此刻，光线大盛，她终于看清了。

躺在苏宁菲隔壁床的，正是那天从商时舟车的副驾上下来的戴眼镜的男人。

这会儿他依然不能下床，却还有力气和不知何时醒来的苏宁菲搭话："哎哟，可真是疼死我了。你们北江凌晨的火锅可真是吃不得！"

苏宁菲还没开口，就听到了门这边的动静，侧过头，刚要露出笑容，就看到了舒桥和一个男人并肩站在病房门口。

苏宁菲的所有表情和动作都僵住，下一秒，倒吸一口冷气。

偏偏隔壁床的柯易很是高兴地抬手挥了挥："哦哟，真没想到时舟你这么大清早就来了！"转而重新看向苏宁菲，继续刚才的话题，"欸，对了，说说看，妹妹你是怎么发病的啊？也是吃引发的吗？"

051

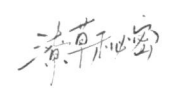

苏宁菲愣了愣。

说什么？

要当着商时舟的面说，她是因为听到了舒桥和他的几次"抓马"相遇后，非要去吃那家钵钵鸡，然后边吃边笑引发了阑尾炎所以被送到了医院吗？

丢不丢人哪！

柯易话音落下，病房内外一片寂静。

舒桥和苏宁菲对了个眼色，已经决定搪塞过去。

舒桥："串串香。"

苏宁菲："冒菜。"

舒桥硬着头皮找补："串串香式冒菜。"

苏宁菲艰难地吐字："也可以说是冒菜式串串香，总之就是……一种很新的东西。"

柯易一脸云里雾里，却还是选择了相信："那还真是一种很新的东西，听起来怪有趣的。"

舒桥觉得这天是很难聊下去了。

而且不知道为什么，自己身边站着的人虽然完全没有动，但舒桥觉得他肯定浅浅弯起了嘴角。

芒刺在背。

"是这间吧？苏宁菲在这儿吗？"一道中年男声从两人身后响起，又透过人缝看到了要找的人，"菲菲，你还好吗？"

苏宁菲猛地回过神："姑父，你来了！"

再堵在门口就不合适了，舒桥如释重负般逃了进去，和苏宁菲互相递了一个心有余悸的眼色。

房间里多了长辈，大家说话的声音都小了许多。

护士正等着家属来签字，这会儿拿了手术同意书和一沓其他须知过来，细细讲解一番。

等到最后一份签完字之后，苏宁菲的姑父突然问了句："欸，对了，菲菲你这是怎么引起的啊？"

舒桥和苏宁菲心头同时一跳。

还没来得及回答,就听到护士姐姐冷不丁开口:"听说是钵钵鸡吃到一半就叫了救护车?"

苏宁菲和舒桥都愣住了。

隔壁床的柯易和商时舟的小声对话不知何时停了下来。

又或者说,是听到了护士姐姐的话后,有了短暂的沉默。

偏偏这时姑父"哦"了一声,无意识般重复一遍:"钵钵鸡啊——"

余音绕梁。

久久不散。

好像还带起了点儿"鸡——啊——"的回音。

舒桥和苏宁菲同时转开脸,一个躺在床上闭上眼睛,一个垂眼去玩手机,又发现经过一夜,手机的电量不知何时悄然变成了1%,然后彻底熄灭。

舒桥在心底爆了句粗口。

苏宁菲是第一台手术,签了字就有护士来推床。临走前,苏宁菲还沉浸在脚趾蜷缩的尴尬里,完全忘记了即将面临手术的紧张,甚至有种终于要离开这里的放松感。

再想到自己走了,就要留舒桥一个人在这里直面寂静的空气,苏宁菲一个没绷住,笑出了声。

走在旁边的护士垂眼看到了她脸上的表情:"咦,你这个小姑娘心理素质还挺好,要去做手术了,怎么还笑起来了?"

苏宁菲心道:我哪里是心理素质好,这搁谁,谁能忍住不笑啊?

舒桥很难说服自己盯着一部没电黑屏的手机做出认真玩的样子。

可形势所迫,她除了盯手机,别无选择。

回想起来,心底多少有点后悔。

钵钵鸡怎么了?喜欢吃钵钵鸡有错吗?

大方承认又有什么问题呢?

坏就坏在她俩心虚,弄巧成拙,这下就算是再迟钝的人也能感觉到不对劲了吧?

苏宁菲的病床被推远,轮子骨碌碌的声音彻底消失后,病房里缓缓响起了一声轻笑。

053

紧接着的是商时舟意味深长的声音:"钵钵鸡啊……"

柯易感觉到了一丝气氛的奇妙,百思不得其解,忍不住问道:"钵钵鸡怎么了?好吃吗?所以是串串香式冒菜里还有钵钵鸡吗?这么厉害的吗?"

商时舟顿了顿,看着舒桥努力假装若无其事的样子,明显想到了什么,这下连声音里都染上了笑意:"嗯……确实很厉害。"

舒桥霍然起立,落荒而逃。

这病房是一秒钟也待不下去了!

阑尾手术的时间并不长,舒桥身上的尴尬劲儿还没彻底散去,苏宁菲就已经被推了回来。

这会儿她全麻的劲儿还没完全过去,堪堪能开口说话,但声音很微弱。

舒桥以为是什么要紧事,连忙俯身凑近去听,然后就听到苏宁菲气若游丝地说:"你快回去吧……"

熬了一夜,舒桥确实十分疲惫,但她想要等到苏宁菲麻药劲儿过,术后观察期结束再走。这会儿听到苏宁菲主动关心,她心底还是有些感动。

结果苏宁菲又说了下半句:"……不然我怕你尴尬死。"

舒桥咬牙:那可真是谢谢你啊!

苏宁菲的姑父姑母都在,舒桥也确实快撑不住了,在苏宁菲幸灾乐祸的眼神中向长辈们告了别,特地挑了个商时舟恰好不在的时机,麻利地溜了。

结果走到医院门口,舒桥就默默停住了脚步。

这一天的阳光依然很好,早早就将前一夜积攒的凉气都蒸腾一空。

树叶蔫蔫,蝉鸣恹恹。

舒桥也蔫蔫的。

因为她手机没电了。

还身无分文。

也不是不能走回去……以她的认路能力,迷路倒是不至于。

就是医院距离学校少说也有六七公里,在这样的烈日下走回去,舒桥觉得自己得掉层皮。

真的勇士，就要敢于直面惨淡的现实。

而此刻的现实，一个是尴尬，一个是累趴。

她在掉头回医院借两块钱乘公交车和勇敢踏上六七公里的征程之间难以抉择，陷入了挣扎。

还没做出决定的时候，身边突然多了一个人。

商时舟也熬了一夜，去抽了支烟提神，等散了散身上的味道，才要回病房，就看到舒桥站在医院门口的树下发呆。

盛夏没有一丝风，她的百褶裙边服帖地垂落，T恤上的可爱小兔子耷拉着一只耳朵。

她明显陷入了某种游移不定的沉思里，脚下无意识地画着圈。

她依然扎着高马尾，但经过一夜后，鬓角有些松散凌乱，随着她身体的晃动，马尾的发梢也微荡。

某一个瞬间，商时舟觉得自己的心态回到了小学的时候——

很想对她的马尾做点什么。

不仅仅是手痒，更多的是想要吸引她的注意力，让她看向他，看她那张发呆时依然十分漂亮的脸上露出点羞恼的表情。

他在心底哂笑一声，就这么静静地看了她的侧脸片刻，然后走了上去。

舒桥万万没想到，自己是逃离了尴尬现场，但尴尬源竟然是可移动的。

她动，他也动，简直像是插翅难飞。

她眼底一闪而过的慌乱被商时舟尽收眼底，惹得他刚刚强压下去的心情又冒了头。

"是我的错觉吗？"他敛着眼皮看她，带着点明知故问，"怎么觉得你见到我……好像很紧张？"

舒桥顿了顿，哪肯承认："啊？有吗？我什么时候紧张了？"

简直像是欲盖弥彰的反问三连。

话音未落，舒桥自己也觉得生硬，于是又添了一句："我有什么好紧张的？"

……完了，说完显得更紧张了啊！

她的声音细软，带着一股天然的嗔意。商时舟看了她片刻，看得她快要立正站好了，才散漫地说一句："没有吗？"

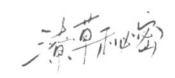

舒桥飞快地摇头："没有没有没有。"

商时舟愣愣的。

树上的蝉鸣在这一刻突然更加聒噪，震动着舒桥原本就已经很尴尬的神经。她明明在树荫下，阳光照射不到她身上分毫，此刻脸上却带了点日照般的火辣辣。

见她脸皮这么薄，还慢慢低下了头，耳垂微红，仿佛是个做错事情的小学生，商时舟勾了勾唇角，转开话题："怎么一个人在这里？"

"打算先回去了。"舒桥没抬头，盯着地上的一小片阴影，"菲菲的家人都来了，我回去休息一下，明天再来看她。"

商时舟"嗯"了一声。

半晌，舒桥盯着两个人几乎重叠的影子，忍了又忍，终于侧头看了他一眼："你怎么还不走？"

商时舟迎着她的目光，笑了起来："送送你。"

舒桥一开始还没反应过来，眨了眨眼，突然又想到了什么，大惊道："你怎么知道我手机没电了？"

商时舟有些莫名："我不知道啊。"

舒桥有一瞬间的茫然："那你说送送我……难道不是因为知道我手机没电没法回去，所以……"

她的声音越来越小。

商时舟语气淡淡的："目送。"

舒桥深吸一口气，心想，只要她走得快，商时舟就什么都不知道。

结果她才迈步，商时舟带着点疑惑的声音就在她身后响起："所以你刚刚在病房里玩的，是没电的手机？"

舒桥猛地睁大眼睛。

啊！

毁灭吧！

离开树荫不是一件简单的事情。

舒桥小步跟在商时舟背后，一路泄愤般悄悄踩商时舟的影子，连商时舟稍稍偏头看了她一眼都没有发觉。

两人一路走到停车场，在那辆醒目的车前驻足。

这么近的距离再次看这辆车，依然觉得张扬得有些过分，在一片纯色的车里，显得特立独行。

解了车锁，商时舟拉开舒桥这一侧的车门。

他的手指搭在车门上，屈指轻轻敲了敲，掀起眼皮看她，问道："上车吗？"

舒桥犹豫了片刻。

因为商时舟开的是副驾驶的门。

去年有一次舒远道来接她，她如往常一样拉开副驾驶的门。

那日也是假期，她没有穿校服，换了条新裙子，结果才刚坐下，车门就被一个妆容浓厚的女人一把拉开。

来不及开口，她就一脸蒙地被拉到了车外，再被劈头盖脸扣上了"不知廉耻、年纪轻轻就出来勾引男人"的帽子。

虽说舒远道当场就绕过来给了那个女人一巴掌，解释清楚后，对方也红着脸落着泪羞愧道歉了，而且舒远道不久就和对方彻底分了手，但从那以后，舒桥就不愿意再坐副驾驶了。

她抬手指了指后座的门："我坐后面吧。"想了想，又认真解释，"副驾驶比较特殊，万一被你的女朋友误解就不好了。"

商时舟却没有让开路，也没有给她拉开后座门的意思。

他垂着眼，看她："谁告诉你我有女朋友了？"

没了树荫的遮挡，日光盛极，这样的灿烂下，他眼眸中的那一层灰几乎彻底褪去，剩下的是如深海般的蓝。

他的五官本就立体，此刻的这一片蓝，又给他的轮廓刷了层带着混血味道的锋利。

他这样掀起眼皮看过来，双眸中只有一个人的影子时，就好像深情与薄情同时出现在了这双眼里。

舒桥被这样的眼神看得有些莫名，因为她的重点压根不在商时舟有没有女朋友。

电光石火间，她想起来一件事。

在梨台山初遇的时候，从他副驾驶下来的，此刻正躺在苏宁菲隔壁

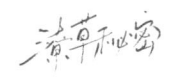

床的,名叫柯易的那一位,是个男人。

舒桥觉得自己知道了什么了不得的事情。

于是商时舟睁睁看着舒桥的神色从茫然变成恍然大悟、意味深长。

细品,里面还带了点鼓励之意。

商时舟不解。

这姑娘是不是想去了什么奇怪的方向?

"想什么呢?"他略略一顿,觉得舒桥的眼神有些古怪,却没有深究,但也没让开,只笑了一声,"副驾驶确实是个特殊的位置。

"但你要是坐后面,岂不是显得我像个司机?"

舒桥眨了眨眼。

她倒是完全没有从这个角度想过。

毕竟她除了出租车,也就只坐过舒远道和舒远道派来的司机开的车。

"……哦。"舒桥慢吞吞应了一声。

话都说到这个份上了,她也不再矫情,收了自己的胡思乱想,矮身坐进了车里。

坐在车里,舒桥控制自己不要乱看,但空间总共就这么大,只是一扫而过,就已经一目了然。

很难形容。

车身的拉花太过张扬,而内里却极干净。

内饰是纯黑与金属银的碰撞,没有任何挂饰摆件。有极淡的烟味,却被车里另外的味道冲散。

是商时舟身上的味道。

舒桥有一点不自在,这让人很难不想起此前那次接触。

除此之外,她总觉得这座椅、这中控台,甚至这车内里所有的一切,都不像是本来的样子。

等到商时舟坐进来,发动车子,这种感觉就更浓烈了。

出于好奇,刚才她走过来的时候,看了一眼车标。

她认识的车标不多,这个上面有小星星的车标不是她熟悉的,但这不代表她没见过。

印象里,街边、停车场、马路上,这个车标好像也不少见。

只是……她之前见到的底色好像是蓝色，商时舟这辆车标的底色怎么是红色？

舒桥陷入了短暂的沉思，并不知道底色不一样代表着什么。

巨大的发动机声音里，商时舟搭在方向盘上，手指微垂，侧脸看向她："去哪里？"

"北江一中。"

商时舟却没有立刻踩下油门，而是问道："暑假不回家？你不是北江本地人吗？"

舒桥抿了抿嘴："我是。"

她的目光不自觉地飘向了窗外，留给商时舟一个只能看得见鼻尖的侧脸。

这是不想再说下去的姿态。

商时舟没有窥探别人家事的爱好，刚刚也不过顺口一问，很快换了话题："要充电吗？"

舒桥去接他递来的充电线，低声说了一句"谢谢"，再认真系好安全带，坐得很端正。

商时舟的眼神在她身上扫过，显然也没想到居然有人在车上坐得这么……乖巧。

"不知道的还以为我要在车上给你讲课。"踩下油门的同时，余光看到舒桥的手猛地握紧了安全带，商时舟饶有兴趣地再看她一眼，"放心，不超速。"

舒桥有种紧张又被抓包的感觉。

车辆行驶过程中确实很平稳，与舒桥那日在梨台山见到的速度简直不能相提并论，舒桥本来还有点悬着的心缓缓放下。

手机很快重新开机，同时响起的，是一通微信电话。

舒桥垂头看了一眼，接了起来。

她前面都是"没事""行""好的"一类的应和之语，商时舟并没有在意。

"谢谢许学长关心，那就麻烦许学长了。"

挂了电话，舒桥松了口气。

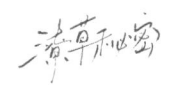

上一次在图书馆讲完题以后，许深也提到了下一次辅导的事情，但被其他话题打断，暂时没有定下来。

她手机关机之前，许深就发了信息来约时间，她回了两句，手机就没电了。算算也已经过去好长一段时间了，许深这才打了电话来，难免格外关心了两句，毕竟之前听路程说过她一个人住校，听到她说没事才放心。

她挂了电话以后，发现窗外的风景向后退的速度好像更快了一点。

商时舟的手机开始振动，他抬手从裤袋里摸出来，看了眼屏幕，漫不经心地随手按掉，直到振动到第三次的时候，他才带着不耐烦的神色按下了接听。

手机连着蓝牙，于是听筒那边中年男人的声音就从车载音响里传了出来。

"你是不是又要去参加那个不要命的比赛？臭小子，我警告你……"

后面的话对方并没有机会说完，因为商时舟已经"啪"地挂断了电话，然后随手将手机递到了舒桥面前。

"帮忙关下机。"

舒桥恰好看到了屏幕熄灭前，上面闪过的几个字。

秦茂典。

莫名有点眼熟，但想不起来在哪里见过。

手机这种很私密的东西，他居然就这么随手递给了她。

舒桥压下心底的异样，有些僵硬地接过他的手机，再侧过头。

商时舟依然是那副毫不在意的样子，眉宇间却明显多了几分阴郁，连带着踩油门的力度也更大了些。

她还没收回视线，他就若无其事般散漫开口："你们什么时候已经到了互发语音的关系了？"

他的声音在发动机的轰鸣里显得很低沉。

舒桥愣了下才反应过来他在说什么。

"许学长来约下一次辅导的时间而已。"她低头帮他的手机按下关机键，颊侧的头发垂落下来，随口道，"……而且，你也有我的微信啊。"

空调吐出冷气，喷洒在商时舟松散握着方向盘的手指上。

不知道为什么，听到她这句话的时候，商时舟带着火气的心，竟然慢慢被抚平了。

再开了一段路，他才想起来问："所以你们约了什么时候？"

身侧却没了回应。

等待红绿灯的间隙，商时舟侧头一看，这才发现舒桥浅浅闭着眼，睡着了。

……睡着了的时候，坐姿也依然很端正。

双手认真叠握着他的和自己的手机，平平地放在腿上，压住裙摆。指甲修剪得很干净，有些凌乱的马尾从肩头垂落，阳光透过玻璃，将她脸上的绒毛照得几乎透明。

他就这么看了她一会儿，心底因为那一通电话带来的最后一点戾气被彻底抚平。

可能连他自己都没有注意到，他眉眼间此刻的神色有多温柔。

北江一中门口的马路两边种着一整街的槐树，枝叶舒展开来，在街道两边投下层叠的阴影。

商时舟向来不会把车停在槐树下，这种树在盛夏的时候会滴落树胶，粘在车身和玻璃上，尤其难擦洗。

这是他第一次破例。

舒桥醒来的时候，还有点恍惚。

但她很快反应过来，本来就没怎么歪斜的身子顿时挺得更直了。

等看清面前的街景，她才回过神来："啊，已经到了吗？不好意思，我睡着了。"

她低头解开安全带："怎么不叫醒我？等了很久吗？"

一只手帮她把垂落的发拨到了耳后。

舒桥愕然抬头，对方已经收回了手，轻描淡写地回答："刚到。"

手指带过的气流里有极淡的烟草味。

不知为何，她的耳后开始有些滚烫。

几乎是仓促地道了谢以后，舒桥打开车门下车。

过了几分钟，车窗玻璃又被敲响。

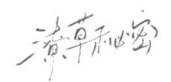

商时舟掀起眼皮，向外看去。

舒桥气喘吁吁的。她手上提着一小袋饮料，有红牛、可口可乐和矿泉水，都是冰镇过的，另外还有一盒奥利奥和一包薯片。

"谢谢你送我回来。"她将那袋零食从车窗塞进来，再双手递过他的手机，有些不好意思地压低声音，"刚才忘了给你。"

少女离开的时候，裙摆随着她的步伐漾出一个弧度。似是觉得头发已经太乱了，所以她一边走，一边抬手将发带扯落，再随意抖了抖长发。

长发几乎盖住了整个肩部，发尾垂落到腰际。

商时舟的视线里有好几道轻盈的弯。

他垂眸，看了眼堆在自己怀里的零食和饮料，脑海中却浮现了舒桥递给他手机时，闪烁的眼神和微红的耳根。

小姑娘脸皮真薄。

许久，他低笑了一声，然后单手弯指打开了那罐可口可乐，发出"呲"的一声响。

上宿舍楼台阶的时候，舒桥才想起来看一眼时间。

竟然已经下午两点了。

她有点恍惚，愣了一会儿，打开之前许深和她的通话记录，居然是早上十点三十八分。

从医院到一中的这段距离，就算有堵车，也绝不会超过一小时。

也就是说，她……她居然在商时舟的车上睡了至少两个半小时！

舒桥的脚步顿住。

还未褪去的红晕顿时从耳根蔓延到了全脸。

啊！

她就不该相信他"刚到"的鬼话！

当初问他借两块钱不好吗？

非要自作多情，觉得他的"送送你"是身体力行的那个送。

直到梳洗完躺在床上，舒桥还尴尬得翻来覆去睡不着。

简直印证了苏宁菲说的话，她迟早要被尴尬死。

后来她迷迷糊糊进入浅眠，还做了个梦。

梦里,她买了足足一整墙的可口可乐,层层叠垒起来,一边吃着钵钵鸡一边挑衅商时舟,让他开车撞过来。

车头与红色易拉罐接触的瞬间,大量液体喷洒出来,让整个梦都充满了碳酸饮料的味道,淋了站在旁边的她一头一脸。

她狼狈不堪地去看商时舟,只见他好整以暇地坐在车里,挑衅般原地踩了脚油门,看着尾气喷洒在她身上,挑眉向她一笑……

舒桥猛地坐了起来。

宿舍里的空调不知何时停了,她身上出了一层薄汗,光线已经没有之前那么盛了,暮色将至。

枕边的手机发出"嗡嗡"的振动声。

她摸到手机,也没仔细看就接了起来。

未完全醒的梦里的声音与听筒传出来的声音重叠。

"醒了吗?"

舒桥一个激灵:"商时……学长?"

脱口说出名字的前一刻,她又想起了之前商时舟逼着自己叫学长的事情,顿时想改口。

对面的人已经听清,忍不住笑了一下。

笑声很低,却像带了钩子,让舒桥握着手机的手指不经意间缩紧。

舒桥问:"有什么事吗?"

商时舟的声音很舒展:"没有啊。"

舒桥一愣:"……啊?"

没有打什么电话?

似乎听到了她心底的疑问,商时舟应道:"你自己说的,我也有你的微信。"

刚睡醒的脑子有点蒙,舒桥停顿了一下才反应过来。

她哑口无言。

偏偏对面的人也在同一时刻停了下来。

无声的沉默里,舒桥觉得自己心跳的声音越来越大。

她深吸一口气,想到下午的事情,一只手无意识地抠着身下的床单,终于鼓起勇气打破这片奇异的寂静:"今天……谢谢你,我不知道让你

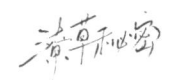

等了那么久。改天请你吃饭。"

"好啊。"他的声音更加喑哑,与此刻的沉光暮色一样难辨,"不过,为什么要改天?不如就今晚。"

顿了顿,他继续道:"或者说,现在。"

舒桥飞快冲了个澡,发尾还微湿,就一路跑了出去。

之前让商时舟在车里等她睡醒等了那么久,这次她可千万不能迟到。

到商时舟车前的时候,她有点上不来气地扶着车门:"这、这次没有等太久吧?"

商时舟斜倚着车身,看着发顶微乱的小姑娘。她这样像风一般冲过来,沐浴后还没散去的橙花味道打在了他脸上,比夏日的任何一种味道都更好闻。

他正要说话,舒桥又开口:"不要骗我!"

于是商时舟临时改口:"确实没有太久。"

然后他在舒桥肉眼可见地松了一口气的时候,带了点恶劣地补充一句:"就没走。"

舒桥愣住。

刚才来得急,还没发现,这会儿仔细看,这车……好像还真没有挪动位置。

看到她眼中写满了无措和茫然,商时舟终于笑了起来,抬手揉了把她的头发:"骗你的。这次是真的刚到。想吃什么?"

舒桥并不能分辨他哪句是真哪句是假,又被他的动作吓了一跳,抬手捂住头顶,后退半步,狐疑地看了他片刻,直到发现他好像确实换了件衣服。

她忍不住瞪了商时舟一眼,才说:"我请客吃饭,当然要以你为先。你选。"

想到了什么不妙的回忆,她又飞快补充一句:"……除了钵钵鸡!"

"那可真是可惜了。"商时舟的手指在立柱上敲了敲,直起身,绕到另一边,在舒桥僵硬的目光中,展眉一笑,俯身拉开了车门,"上车吗?"

舒桥小步挪过来。

商时舟给她关上车门,这才转去另一边,系安全带:"真要请客?"

舒桥抬眼:"说话算话。"

他发动车子,熟悉的轰鸣声响起:"我吃饭很挑,等下要是后悔可来不及了。"

舒桥心想:你连我几十块的钵钵鸡都吃,再挑能挑到哪儿去?

她又想了想自己卡里的余额,觉得应该再怎样都够了。

北江的市中心就这么大的地方,舒桥在这里土生土长到十七岁,走街串巷早已很熟,但还从未去过这条小巷。

青石地板被车胎碾压,雅致的院墙与这辆车格格不入,但商时舟起身往那儿一站,这样的格格不入就又消失了。

院落中有穿着长褂的人急急迎来,看样子似乎是听到这车响就知道是谁来了。

"商先生。"长褂男人语气恭谨,眼神一下都没往舒桥这儿落,"今儿怎么有雅兴来了?院子一直给您空着的,还是老规矩吗?"

商时舟说了一句:"拿菜单来。"然后才绕去给舒桥开门。

舒桥打量过了面前这地方,用脚指头想都知道,能在闹市区开出这样一隅清静,是怎样的本事。

她本来觉得是商时舟故意刁难,但听刚才的对话,他明显是这里的熟客。

重新掂量了一下自己钱包的分量,舒桥觉得再贵也不至于付不起。

她下车,走在商时舟身边。

这院子确实极雅致。

平地造景,错落有致,长径有桥,桥下流水潺潺,有莲花模样的精致灯火顺着水流而过,每一片花瓣的边缘像似乎还有金线勾勒,越发显得华贵。

舒桥多看了两眼,被商时舟发现,他停下脚步:"有人喜欢在这里许愿,据说挺灵。"又问她,"你有愿要许吗?"

自然是有的。

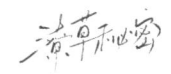

谁能没有愿望呢？

但舒桥只是弯下腰，出神地看着那些精致的小灯："那就祝菲菲和你的朋友早日康复吧。"

"那是祝福，又不是许愿。"

他们在这里才驻足片刻，就有人送了一个提篮过来，里面放了三盏莲花灯。

商时舟递过来："给你三个愿望。"

这样近距离去看，提篮里的莲花灯更栩栩如生，精致到令人震撼，明显是不计成本的工艺水平。

舒桥接过提篮，垂眸仔细看了会儿，也没推托，拿起提篮里的笔，"唰唰"写字。

商时舟凑过来想看，她一把捂住，瞪他："被人看到就不灵了。"

"谁说的？"商时舟抽身，拨了拨没被她捂住的金粉色莲叶，"没人看到的话，谁来实现你的愿望？"

"圣诞老人，福禄寿星，阿拉神灯，厄尔庇斯，哆啦A梦……"舒桥边说边写完了三张字条，分别塞进莲花灯底座精巧的暗格里，"总不可能是你。"

商时舟挑了挑眉，也不反驳，帮她拎着提篮，看她蹲下身，把莲花灯一盏一盏地放进桥下流水中。这三盏莲花灯混入其他莲花中，在静夜里燃出星点火光。

昏暗灯光垂落，与夕阳余晖搅在一起，将她的周身镀上一层柔和的光晕。

这样蹲着的时候，她看起来小小一团，皮肤更白皙，因为向前弯腰的动作，衣料恰好勾勒出腰线。

商时舟的目光一顿。

一只手好像就够圈住了……

舒桥盯着自己那三盏漂到水中央的灯，发了会儿呆，这才起身。

蹲太久，她有点站不稳，但商时舟已经在她趔趄之前递了手臂过来，让她稳稳抓住。

颇有种一回生二回熟的感觉。

指下的肌肉很僵硬,舒桥莫名红了耳根,小声说:"谢谢。"

踏入院门的时候,她抬头看了眼。

门匾上写着"燕归"两个字。

和她想的不一样,房间里并没有能容纳十八个人的大圆桌,偌大的空间里只有流水旁的一张玻璃桌,刚够两个人。

菜单已经放在桌子上,商时舟倒转过来,递到她面前:"你来。"

舒桥翻开。

她早就有了心理预期,看到菜价还是略略吃惊。

她抬眼时,商时舟的目光穿过一侧巨大整面的落地窗,落在夕阳褪尽的远方,不知在想什么。

"你说你吃饭很挑,有什么忌口吗?"

"逗你的。"商时舟收回了目光,整个人也变得鲜活起来,"钵钵鸡都吃,能有什么忌口?"

舒桥在心底笑了一声。

没想到他会这样轻描淡写地说出自己刚才心里的吐槽。

她没有太计较价格,也没有问,点了四个只听名字完全猜不到是什么东西的菜和一道汤,然后合上菜单:"我也不知道我点的是什么,开盲盒吧。"

商时舟什么也没说,只是笑。

结果等到上菜的时候才发现,那些菜分别是做得格外精巧的夫妻肺片、凉拌海蜇丝、桂花糯米藕和白切鸡。

舒桥愣住了。

商时舟笑得直不起来腰:"可以啊你,盲盒开了四道凉菜。"

舒桥愤愤捞起还没收走的菜单翻开:"哪有店里的菜单不把凉菜热菜分开写的!"

再想到之前她报菜名的时候商时舟的笑,她不由得又瞪了他一眼。

灯光下,她眼波流转,那些闪耀的莲花灯都不及她这一眼明媚。

未等他看够,她起身,说要去洗手间。

没别的,纯粹是她感觉到了有些熟悉的腹痛。

算算时间,也到了该来"姨妈"的日子。

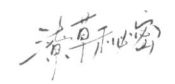

洗手间在燕归院门口,她走过去的时候,却听到了院外传来的有些耳熟的声音。

她顿了一下,循声多走了几步。

是燕归院旁边的院子,连院名也没有,灯火更辉煌一些,远远就闻见一点酒气。落地窗的帘子并未拉拢,她看过去的时候,正好与房间中某个端着满杯酒的人对上了视线。

她站着没动。

不一会儿,满身酒气的舒远道就走了出来,看目光应该还是清醒的:"桥桥?我还以为我看错了。你怎么在这儿?"

"和朋友来吃饭。"舒桥被他身上冲天的气味刺到,下意识后退半步,"饭局?"

"男生女生?"舒远道没注意她的动作,向她身后看了一眼,什么也没看见,但显然也不是真的在意这个问题的答案。

身后有人喊他,他转头笑着应付两句,不等舒桥回答,就冲她扬了扬酒杯:"酒桌上那些人不好应付,我回去了。"

舒桥在原地看着他。

走了两步,舒远道又想起来什么,回头叮嘱:"你吃完饭了就早点回去。"

这就是全部了。

她看着舒远道重新走进觥筹交错之中,在树下站了会儿才被腹痛唤醒神思,拧着眉去了洗手间,打电话叫前台送了应急的卫生巾来。

等舒桥再回到饭桌时,商时舟已经添了几道热菜,室内的温度也调高了些。

她面前还有一盅带红枣的温汤。

"看你脸色不太好。"他这样解释,"又熬了一夜,补补。"

手机振动了一下,是舒远道又转了八千块过来。

还有简单的三个字。

舒远道:多吃点。

舒桥用勺子搅着面前的汤,垂着头,眼眶突然有些酸。

舒远道明知这里的消费和隐秘,却不问她从何知道这里,到底和谁来这里，要怎么回去，何时回去，甚至都没有时间停下来听她说出一个答案。

冰冷的数字和面前蒸腾的热气对比太强烈，来自父亲的关爱，竟然比不上面前才认识不到一周的人。

商时舟也不知道舒桥是怎么了，只看着她头上的发旋。

直到她抬起头，她的眼眶还是有点红。

但她却是笑着的："商学长，谢谢你。"

商时舟看她片刻："叫许深也是学长，叫我也是学长，还是叫我的名字吧。"

说"许学长是学长，商学长就不是学长了吗"的，是他，不让她叫学长的也是他。

舒桥不随他的意，学之前长褂男人的称呼，说道："商先生，您事儿可真多。"

她声音软，这样喊一声，连此刻空调吹来的浅风都变缓了。

商时舟愣了愣，笑出了声："别调皮，吃饭。"

不去想舒远道的那点儿插曲的话，这顿饭吃得其实很顺心。

他们聊了些北江一中的事，开了路程的玩笑，甚至回顾了一番那日的棋局。

不得不说，抛开之前的一些成见，商时舟是个很好的聊天对象。

贵有贵的道理，虽然道理里带着些离谱，但这里菜色的味道确实很值得回味。

末尾的时候，舒桥借故去结账，回来的时候带了点惊异："说好是我请客的，你怎么……"

"让你一个未成年人买单？"商时舟起身，笑了笑，推开门，让她先走。

舒桥捏了捏手机，有些不甘心地小声说道："只有半年就成年了。"

"那也要再等半年，半年后你请回来。"商时舟跟在她身后，还认真算了一下，"二月？"

"二月二十。"她说完日期，又笑了笑，"不过不重要。"

商时舟垂眼看她。

路过之前的岔路时，舒桥目光很淡地从舒远道那边一扫而过。

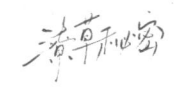

酒气更浓了些,里面的几个中年男人都已经红了脸。她这次并没有看到舒远道。

商时舟顺着她的目光看了一眼,又听舒桥冷不丁问道:"你呢?"

他反应了一下才知道她在问什么:"我?我很少过生日,下次又是四年后。"

舒桥惊讶:"二月二十九?"

"反应挺快。"商时舟点头,又笑了笑,"想过也没法儿过。"

舒桥顺口一接:"和我挺近,不如下次我们一起过。"

身边的人半天都没有回应。

等她后知后觉地意识到这一点,停下脚步去看的时候,正好落入商时舟的深眸里。

他不知已经这样看了她多久,也许是她说出那句话之前,也或许是之后。

依然是那双灰蓝色的眼睛。

夜色让灰更浓,也让缱绻更稠,里面的深情仿佛能溢出来。

明知他这样漂亮的眉眼,就算是看路边的流浪小猫,恐怕也是这样的眼神,舒桥的心却还是狂跳几下,不敢再看。

舒桥要移开视线的前一刻,他突然笑了笑,回道:"好啊。"

第四章
副驾驶是个特殊的位置

再见到商时舟，是几天之后。

舒桥痛经向来不轻，那日撑完整个晚餐而不露异常，已是超常发挥。

也不知是不是那一盅汤起了作用，接下来的两天，除了去吃饭，她基本都没怎么下过床。

连许深学长的辅导课都推了。

苏宁菲出院的前一天，舒桥又去了一趟医院。

几天前还无精打采的小姑娘脸色已经明显好转，自己下床走路的速度和之前一样风风火火，突然牵动伤口，怪叫一声，路过的护士都要叮嘱一声让她慢点。

见舒桥来，苏宁菲很高兴："憋死我了！嘴里也好淡！你给我偷偷带杯奶茶嘛，我就喝一口！一小口！"

舒桥还没答话，隔壁床就传来了沙哑的声音："医生让你忌口，你是都忘了吗？"

她吓了一跳，回头去看，就见柯易奄奄一息地躺在那儿，输着液。

见她视线落过来，柯易有气无力地抬了抬手，算是打了招呼："还是没撑过去，割了。"

苏宁菲坐在床边，晃着小腿："就喝，馋死你！"

舒桥再问，才知道之前几天苏宁菲严格忌口的时候，柯易在旁边床

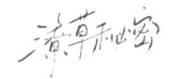

大吃大喝，外卖点得花样百出，还时不时套话问北江有什么好吃的。

一来二去，算是把苏宁菲爱吃的点了个遍，还做了个喜好排序出来。

苏宁菲好不容易等到这会儿风水轮流转，就差在柯易床头支一口火锅了。

见苏宁菲已经生龙活虎，舒桥放下心来，陪她聊天，间或夹杂着柯易奄奄一息的几句。

只是过了午时，柯易开始发烧。

护士频繁进出，说这是术后常见情况，但最好还是有人陪着才好，又问舒桥和苏宁菲有没有见到柯易的家人。

苏宁菲茫然地摇头："除了那天商……来看他，后面就没有了。连手术同意书都是他自己签的。"

护士皱眉："有那个人的联系方式的话，最好叫他来看护一下。"

苏宁菲的目光缓缓落向舒桥。

这种时候也没什么好犹豫的，舒桥拿起手机去翻商时舟的微信："我问问。"

暑假有不少群聊得热火朝天，又有各大公众号的消息推送，她一时没有翻到那个纯黑的头像。她还在继续找，旁边的苏宁菲就已经带着惊喜地"啊"了一声，再拽拽她的胳膊："不用翻了，他来了！"

商时舟从门口走了进来，目光在舒桥身上浅浅一落，先去看柯易的情况。

护士跟进来，给他叮嘱了一堆注意事项。他颔首记下，见柯易一时半会儿也醒不来，抽了旁边的椅子坐下。

房子里忽然多了一个人，连苏宁菲都安静了下来。

舒桥还没找到商时舟的头像，这会儿也不找了，却莫名有些别扭，于是起身："我去买水，你要什么吗？"

苏宁菲："奶茶！"

舒桥敲了她的头一下："你想得美。"

站在自动贩卖机前的时候，舒桥明显感觉到身后有人靠近。

手机振动了一下，她无暇去看，先回头。

商时舟的手越过她的头顶，也点了一瓶矿泉水，不等舒桥反应过来就付了钱，再俯身把东西一起拿出来。

他应当没看到她之前选了什么，自动贩卖机里有五六种不同牌子的矿泉水，这会儿拿在他手上的两瓶，偏偏一模一样。

有一种奇特的默契。

他停顿片刻，不知在掂量什么。

片刻后，他拧开一瓶，递给舒桥："身体不舒服还来？"

舒桥愣愣接过。

他怎知自己不舒服？

转而，那盅汤又浮现在脑海，她终于了然。

恐怕那日在餐厅时，就有人与商时舟说过她要卫生巾的事，他却体贴地只字不提。

手里的矿泉水瓶并不冰冷，她忽然明白，刚才商时舟在掌心掂量，是在感受水温。

"已经好得差不多了。"到底是私事，她声音有些低，眼神也偏开来，并不想讨论。

商时舟看了她一眼："那就好。"

矿泉水钱最后是商时舟付的，舒桥低头翻他的头像，想转他水钱。

最上面是苏宁菲刚刚发来的提醒，告诉她商时舟也出去了。

她笑了笑，继续往下翻。

找到纯黑头像，点开才发现，对话框里静静躺着对方发来的几条消息。

但头像右上角并没有未读消息的红色小数字。

没有什么具体的内容，都是些照片。

其中一张是暮色下的北江一中，放大去看，还能看到宿舍楼与图书馆亮着的灯光。

那许多中，也有她的一盏灯。

她在灯下昏睡，他驻足在灯火之外。

仔细回想一下，好像是她睡得昏沉又醒来的间隙里，看时间的时候顺手看了信息，但不及回复就重新睡了过去，再醒来的时候，连自己醒过的事情都忘了。

这会儿回忆起来，她顺便也想起了自己好似还做了关于商时舟的梦。

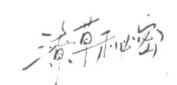

梦境斑驳，记不真切，只能记得梦里有一双深情的眼。

再与面前的这双眼重叠。

舒桥想了想，点开那张照片，不断放大到几乎模糊，才指着其中一点亮光给商时舟看："这间是我。"

商时舟真的俯身来看，还伸手划两下，仔细看了位置："知道了。"

舒桥笑了："这有什么好知道的？"

商时舟也笑："下次拍准点儿。"

舒桥喝了一口水，一本正经地说："那我会记得拉窗帘的。"

他没问她为什么不回信息。

她也觉得没必要解释。

回病房的时候，护士刚量完体温，柯易的烧退了些，虽然还没醒，但也算是过了危险期。

躺在病床上的男人睡得并不安稳，嘴里还喃喃说着些什么，开始时并不清楚，慢慢就有了完整的字句。

"……左2不要切弯，借坡……坡后接右30，400……"还夹杂了点英文，"Over jump，over jump……bad camber……"

苏宁菲听得目瞪口呆："这是什么咒语吗？为什么每个字我好像都懂，但连起来什么都听不懂了？"

回答的是商时舟。

这也是舒桥第一次听到他说与他自己有关的事情。

"他是我的领航员。这是在梦里还在背路书呢。"

领航员？

路书？

都是舒桥第一次听说的东西。

她是个善于提问的人。

在学校时，她一直都是好学生，下课便会抱着题集去问老师。

许深来辅导的时候，她也早早备好了问题。

偏偏这个时候，答案就在面前，她却低头打开搜索引擎，去查这些陌生的词。

一种奇特的情绪阻碍了她开口。

后来，舒桥回想起这一刻，已能更好地剖析自己的内心。

无非是她想了解他，却不想让他知道她的这份"想"。

商时舟不知何时凑过来了，他垂眼，视线正好在刚刚跳转出来的页面上扫过："想知道怎么不问我？"

舒桥看到了"拉力赛"三个字。

未来得及多看，商时舟已经从柯易的床头拎了个带毛边、不知翻阅了多少次的线圈本出来，翻到某一页，递到她面前："这就是路书。"

舒桥顿了顿，按灭手机，接过来。

苏宁菲有些好奇地凑过来一起看。

上面是非常凌厉的笔锋。

并不是严格按照本子的线格写的字，算得上随心所欲，带着勾画、英文字母、数字和零星几个汉字。

里面还夹了一张打印的大约是比对参照标准的纸。

苏宁菲看了一会儿就头晕眼花，倒在床上老老实实输液去了。

舒桥倒是仔细看了半天："这是柯易的字？"

"我的字。"商时舟声音懒散，"我写，他记，到时候再念给我听。"

于是舒桥看的时候又多了些认真，目光也在一笔一画上勾勒。

1到6是弯道等级，数字越大，弯道越缓，意味着车速可以越快。

箭头有直角弯、发卡弯和锐角弯，还有些特殊路段。

"L"和"R"表示方向，后面加上弯道数字和持续长度，就是一段路程精准的纪录。

商时舟没想到舒桥会感兴趣地埋头看这么久，更没想到，她在一页一页翻完以后，手指在半空比画片刻，拧眉又展开，最后带着点茫然地抬头看向他："这是……梨台山的路吗？"

舒桥不知道自己看了多久，也不知道柯易是什么时候醒来的。

她开口的上一秒，柯易还在不满地对商时舟使眼色，怨他就这么拿了重要的路书给别人看，然后在听到她话语的时候，愕然抬眼。

舒桥没有注意柯易的表情，又后知后觉想到了什么："所以那时……你们是在……"

她不知该用什么词语，顿了顿才有些生涩地将刚学的新词语说了出

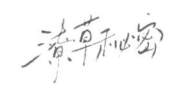

来:"写路书?"

"你说真的吗?"柯易还沉浸在她之前的话语里,不可置信地看过来,又看向商时舟,"一定是你告诉她的吧?哪有人第一次看了路书就知道是哪儿的路的?"

商时舟不知何时拿了个苹果,这会儿正在慢条斯理地用一柄小刀削皮,削了两圈,皮还没断。

闻言,他抬抬双手,懒洋洋地做了个清白的动作:"我可没有。"

柯易不信,追问舒桥:"你对梨台山的路很熟?"

舒桥点头:"嗯,算是吧,走过几次。"

柯易盯了她几秒,觉得她不至于拿这种事情来骗他。

他"啧啧"几声,感慨道:"那就是天赋了。舒妹妹,你有这认路记路的本事,天生就该来坐我舟爷的副驾驶。"

说者无意,舒桥的心却猛地一跳。

她又想起那天与商时舟的对话。

她说副驾驶是个特殊的位置,他没有反驳,原来是因为柯易是他的领航员。

她那时还不能真切地明白"领航员"这个词到底是什么意思,但毫无疑问,她那时确实是想岔了。

"叫谁妹妹呢?"商时舟睨了柯易一眼,并不反驳,在舒桥抬眼的时候递了削好的苹果过来。

舒桥下意识接过来,递到嘴边咬了一口,顿住,然后垂眸盯着形状被削得近乎完美的苹果,缓缓抬眼。

商时舟手指夹着小刀,姿态随意,注意到她的视线,语气淡淡地问:"怎么,不甜吗?"

"……甜。"

很甜。

无处闪躲的甜。

舒桥那日回去的时候,依然是商时舟送她。

到了一中门口,他下车绕过来,给她开了副驾驶那边的车门。不等她下车,他突然旧事重提。

"所以那时你在想什么?"

舒桥一时没有反应过来:"什么?"

商时舟扬扬下巴,点了点她坐的副驾驶位置,笑得意味深长:"以为我喜欢男的?"

舒桥瞬间涨红了脸,就要解释:"我……"

他不听,比了个"嘘"的手势,俯下身,慢条斯理地帮她解开安全带的扣子。

"我不喜欢男的。"

他离得太近,舒桥脑子反应不过来,下意识地接话:"那你喜欢什么?"问完立马反应过来,觉得唐突。

夜色不深,蝉鸣连绵,天际稠蓝如他的双眸,他的嗓音也像是蒙了一层软绸。

"我喜欢扎高马尾,皮肤白,眼睛漂亮,穿裙子好看的。"

接下来的几天,舒桥觉得平日游刃有余的题似乎都变得模糊。

还好她技巧纯熟,笔尖游走,正确率并没有降低。

那日回来,她在电脑里敲下"拉力赛"三个字。

视频里,崇山峻岭,茂林荒野,雪原冰河,窄路蜿蜒出冷寂的弯,沸腾的咆哮闯入宁静的道路,仿佛单刀赴会,尾气掀起一路不落的尘土与飞雪。

贴着巨大广告牌与杂乱色彩的车辆贴地飞行,仿佛生来就不知恐惧为何物,也好像这世间无论如何都无法阻挡那一脚油门向前的锐意。

这漫漫长路,路途也有观众无数,但自始至终,这只是一场车手与自己的搏斗。

所有的宁静里,这是唯一的硝烟。

她忽然又想到了自己在商时舟朋友圈里看到的那些照片。

再与面前视频中的一幕幕重叠。

等她反应过来,她的眼眶已经湿润。

这几次午夜梦回里,都是引擎的喧嚣,她有时会惊醒,梦里的纷扰

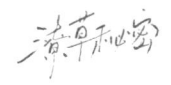

与现实之间落差太大,许久才能进入下一场沉睡。

这几日,商时舟都没有再联系她。

她点开过几次那个黑色头像的对话框,指尖垂在上面片刻,又划开。

那天商时舟说完,她心跳如雷,却还强撑着镇定看他的眼睛,平静地"哦"了一声。

他俯身撑在她这一侧,不让开车门。

她抿了抿嘴,情急之下胡乱开口:"所以是要我帮你介绍一个吗?"

很久以后,舒桥回想起商时舟当时的表情,都忍不住有点想笑。

他先是定定地看了她几秒,然后短促地笑了一声,让开了。

也不知道是不是气笑了。

舒桥有些心虚,又有些理直气壮地想,谁知道他说的那句话是什么意思。

只是这之后,她扎头发都鬼使神差地往低了绑。

苏宁菲出院的第二日,她爸妈终于赶了回来。苏宁菲倒是心大,并不觉得自己病床前没有至亲是什么难过的事情。

没几天她就给舒桥打电话,说为了补偿,她和她爸妈决定再报个团去大洋彼岸转一圈。

也不知是补偿她自己,还是她爸妈。

她登机之前,舒桥发信息要她多注意身体,毕竟才做完手术,总要好好休息。

苏宁菲满口答应下来,突然又问了一句:"对了,你和商学长还有联系吗?"

舒桥滞住,半天才摇头,摇完又想起苏宁菲看不见,这才有些轻飘飘地说:"没有啊。"

"我出院那天,柯易说等他好了要请我吃饭,结果到今天我才想起来没留他的联系方式。"隔着电话都能听出苏宁菲语气里的雀跃,"等你见到他了,记得帮我说一声,等我回来再请我,别想赖账。"

舒桥想说自己哪有机会见他,对面却已经挂了电话,显然是要登机了,最后还发了一条信息来,说会给她带礼物的。

舒桥笑了一声,把手机扔到一边,继续埋头做题。

这一周,北江的温度终于降下来了些,蝉鸣依然聒噪,听久了还会产生困意,舒桥手边的咖啡就没断过。

卷子一沓一沓地摞起来,错题集却越来越薄。

许深确实是一位极擅长讲题与辅导的学长,虽说是路程安排的,但白占用人家这么长时间,舒桥还是有些过意不去,便订了餐厅,请他吃晚饭作为答谢。

她到得早了些,埋头玩了会儿名叫《纪念碑谷》的手游。

里面戴着尖尖帽子的小人穿梭跋涉。

对面的椅子被拉开,舒桥带着点礼貌的笑容抬头,僵住了。

几天没见了的人大大咧咧地坐下,屈肘搭在另一只椅背上,挑眉看她,脸上有淡淡的倦色。

见她抬眼,商时舟散漫地笑开:"许深有事,我替他来。"

其实并不是早有预谋的相遇。

这一天是柯易出院的日子。可能是手术前吃得太杂,外加体质原因,他伤口恢复得并不好,多住了些日子才被允许出院。

商时舟这几天都在练车,来接柯易回酒店的时候,身上还带着点尘土的味道。

柯易才拉开他副驾的门就感觉到了不对,皱眉:"有人坐了你的副驾驶?"

"嗯。"

柯易的表情越发吃惊:"我的宝座,你居然让别人坐了?男的女的?这么多年了,除了我,还有谁能染指你的副驾驶?我记得上次有个漂亮妹妹,手都没碰到车门就被你吓走了,这次……"

话说到这里,柯易的心里已经电光石火般过了一遍他住院期间商时舟可能遇见的人,然后睁大眼:"不是吧你?舒妹妹?人家可还在上高中呢!禽兽!难怪你给她削苹果呢!"

"说谁禽兽呢?"商时舟把空调又调大了一点,"人家有名字,别一口一个舒妹妹的,显得有多熟似的。"

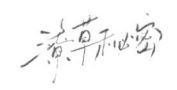

他没承认，也没否认。

柯易狐疑地看了他片刻，又改了口风："其实舒妹妹也挺好的，你等她一年，她不就考到咱们学校了吗？"

明显是试探。

商时舟轻飘飘看了柯易一眼。

柯易心底对商时舟的态度有些惊讶，心想：不是吧？你认真了？

但他也知道见好就收，及时止住话头。

他扭了扭身子，突然感觉到了一丝异样，手往下摸了摸，扯出来一个红包："这是什么？"

红包就是随处可见的那种，上面还写着"大吉大利"，轻轻一捏，里面大约有两三千块的样子。

柯易随口道："哟，这是谁给你塞这儿的大红包啊？"

他翻到背面，看到了一行娟秀的楷书："说好了我请客……嗯？谁请客？这谁？"

下一刻，柯易的手里一空。

商时舟一手打着方向，另一只手伸过来，轻巧地从他手里抽走红包，趁着红灯拿在手里看了看，脸色很奇特。

柯易联系上下文，已经猜了个八九不离十，想笑又不敢，于是圆滑地扯开话题："今晚吃什么？说起来，好久没见许深了，不如叫出来一起吃？"

电话是柯易打的，自动连了车里的蓝牙。

"今天不行，今天有学妹约我吃饭。明天吧，明天我请。"

闻言，商时舟的手指不易觉察地一动，连车速都慢了点儿。

柯易对此一无所觉，大笑起来："哎哟，这是我们的老铁树要开花了吗？约的哪儿啊？别看我才来北江，我告诉你，我现在对北江的大小餐厅可是了如指掌，来让我给你品鉴品鉴。"

他又叮嘱着传授起了经验："我可告诉你，记得中途偷偷去买单，别学妹约你，你就真傻乎乎在那儿坐到最后！"

许深报了个餐厅的名字，有些无奈："什么铁树开花，少胡说。"话语里的笑意却怎么也止不住。

有点烦躁,商时舟一脚踩下刹车,轮胎与地面摩擦发出刺耳的一声。

柯易猛地前倾,有些惊慌地东张西望:"怎么了?出什么事了?"

以商时舟开车的技术,这样急刹,肯定是出大事了!

结果商时舟回身,把柯易放在后座的行李包提起来,往他怀里一扔:"下车,自己回去。"

柯易心塞:我做错什么了?

等他抱着行李,站在马路牙上的时候,还有点没反应过来。

半晌,柯易突然意识到了什么,细品了一番。

"天!老许和他是一个高中的,提到学妹,别不是同一个人吧?"柯易在原地转了两圈,神色变幻,最后拍了一下大腿。

这怎么不算是大事呢?

他翻出手机,拨了一个电话:"老许啊,你刚刚提的那个学妹是不是姓舒啊……对对对……嗐,她好朋友是我隔壁床的病友,这会儿陪床呢,听说咱俩认识,托我给你说一声,今晚的饭局先取消了,实在不好意思……别难过,给我个地址,我已经出来了,哥们儿陪你啊……"

挂了电话,柯易长长叹了口气:"全世界就我一个老好人,瞧瞧我办的这事儿,可真是感人。老商啊,没我你可怎么办啊!"

商时舟在路口掉了个头,手摸到烟,捞出来一支,咬在嘴上,却没有点燃。

他其实也不是没有犹豫过。

但一脚油门从柯易面前绝尘而过的时候,他在想的,其实很简单——

"舒妹妹"这三个字,他都没喊过。

舒桥和面前的人对视。

她选的地方是最近新开的一家创意餐厅,临街,装修很后现代,是全开放的空间,坦坦荡荡,身边是通透的单向落地玻璃,玻璃之外行人步履匆匆,声音却传不进来分毫。

店里在放一首很安静的歌,有节奏的鼓点里,歌词缓缓飘浮。

　　在黄昏的瞬间点燃,

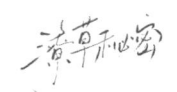

火焰照亮她的脸，

谁会在她耳边说她从未听过的陌生语言……

第一句唱出来的时候，满街的华灯恰好亮起，落在舒桥抬头看商时舟的双眼里。

她的眼里有惊讶，有错愕，有华灯下的星辉。

再被他的身影占满。

商时舟来的时候开得很快，还差点闯红灯。

停车的时候，他还在想，自己至于吗？

这一刻，商时舟看着舒桥的眼睛，这几日的烦闷都瞬间烟消云散，只剩下了对之前那个自嘲问题的答案。

至于。

怎么不至于？

"请吃饭的事……"舒桥有些迟疑地开口，"也能找人替的吗？"

商时舟直勾勾地看着她，抬了抬下巴："我这不是来了吗？"

舒桥慢半拍才反应过来他这话里的意思。

她眨眨眼："哦——"然后翻 iPad 点单，动作里带着一些故作镇定。

她又不是傻子，有事的话，提前说一声，取消就好，何必专门找人来替？

甚至到这会儿，她都还没有收到对方一句抱歉的信息。

许深不是这样的人。

但她还是装作什么都不懂，点了冰镇脆皮咕噜球和荔枝贵妃虾球，再将 iPad 转到商时舟那边："我也没来过，剩下的你看着随便点。"

一副依然要请客的意思。

这风驰电掣的一路上，商时舟都在抚摸红包上的凹凸俗气花纹，这会儿指腹上都留下了印子。

商时舟还是有种很新奇的感觉。

长这么大，除了小时候他妈妈为他花钱，还没有其他女人给他花过钱。

后来跟着外婆的时候，他已经懂事了，有了自己的一张卡。外婆有高加索血统，却是在德国长大，性格古板，一丝不苟，就是最典型的那种德意志民族的性格，对自己和身边的人都严格执行AA制，连这些年小姨在身边照顾她起居，都开了工资。

他接过来，随便翻了翻，加了几个菜："怎么，你还想请客？"

这个"还"意有所指。

舒桥立马反应过来，他应当是看到了自己压在副驾坐垫下面的红包，抿嘴笑了起来："是啊，便宜你了。"

她今天穿一条米黄色的连衣裙，头发披散下来，柔顺地垂落在肩头，身上没有任何首饰，没化妆，光照下，皮肤有一层天然的莹白。这样静静坐着的时候，她周身都是乖巧的学生气，可那张脸太过明艳生动，将她灵魂里真正的样子悄悄露出来了一点。

商时舟突然就想起了第一次见她的时候。

其实他早就看见她了，看见她的裙摆被风吹起，她倦怠地抬手，向马路的另一边扔去一个可乐罐。

只有他自己知道，当时为什么刹车踩迟了。

这种餐厅上菜都快，服务员放了个沙漏在桌子上，说里面的沙子漏完之前如果还没上菜的话，就免单。

然后商时舟就看到舒桥拿着沙漏左右晃动，往下抖动。

发现沙子的流速没有任何变化后，她有点泄气地松手："没意思，还不如有些餐厅里，跳起来能够到两米八的线就免单呢。"

"你能够着？"

舒桥摇头，说得理所应当："当然不能，但我喜欢看别人跳。"

她又说："你想想，如果这餐厅里的人点完菜以后就开始坐在这儿摇沙漏，比谁摇得快，岂不是比干坐着等要有趣？"说完，她又笑，显然是联想到了那个画面。

商时舟也笑了。

他发现她笑起来的时候，右脸有一个酒窝，还发现这姑娘紧张的时候，话就会不自知地比平时多一点。

菜上来之前，舒桥起身，去了一趟洗手间。

她一走，对面空空荡荡的，显然出来就只拿了手机，连包都没带，

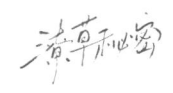

随意得很。

意识到这一点,商时舟心头的那点儿郁气也散了。

她半天没回来,突然,整个餐厅连同整条街都暗了。

原本稀疏的声音变大,几桌客人都躁动不安,询问出了什么事。

餐厅经理连声安抚大家,说正在核实情况。

黑暗之中,突然有个女生尖叫了一声,然后是一片杯盏碗筷落地的碎裂声,引得更多人惊呼。

舒桥刚刚摸黑走出洗手间的门,闻声吓了一跳,觉得碎裂声有点近,于是往回退了退,同时去摸手机,想要打开手电筒照亮,以免踩在碎片上。

点亮手电筒的同时,她看到面前模糊的路上,有人踩着一地狼藉大步向她走来。

下一刻,她整个人都被熟悉的气息包裹。

她也不知道,这算不算是一个拥抱。

商时舟一手撑着墙,将她护在身侧,借着寥寥的夜色看她。他来得这样急,真正见到她,却只摸了摸她的发顶:"没受伤吧?"

舒桥摇头,突然庆幸夜色掩盖了她因为他的靠近而烧红的耳郭:"你过来干什么?"

"看看你。"

仿佛预感到了什么,舒桥心跳得很快:"这么黑,你能看见什么?"

商时舟笑了一声:"看你还想不想给我介绍一个。"

然后,他低下头,吐出的气息几乎能触碰到她的肌肤。

"比如你自己。"

他离她很近,近到说出的话都像是耳边的呢喃。

灯光亮了起来,歌声响起,餐厅的经理说是已经开了备用电,请大家安心用餐。

她抬头,看清了商时舟灰蓝色的眸子。

歌单循环,又到了最初的那首歌。

"谁会在她耳边说她从未听过的陌生语言……"

歌词里的问题,在这一刻,突然有了答案。

商时舟没想到，那顿饭的后半程，竟然真的是舒桥在那儿正儿八经地向他"介绍"自己。

"舒桥，女，十七岁……半。"她双手在裙角卷边，带着点儿难掩的紧张和故作镇定，"汉族，北江人。北江一中准高三生。还、还有什么要说的吗？"

心跳得太快，商时舟那双眼太深情，为了不露怯，她强迫自己不要移开目光。

难得结巴，也不全是因为紧张，主要还是不熟练。

此前并不是没有自我介绍过，但她之前人生经历里的每一次自我介绍其实都很简单。

——"大家好，我是舒桥。"

无论是代表全体学生发言，还是其他一些场合，她优秀的成绩让她拥有了只用报出名字就有足够的底气。

小姑娘坐在那儿，腰背笔直，脖颈修长，完全没有这个年纪的高中生被题海压垮后的驼背习惯，看起来就像是一副要提前步入社会的面试模样，像是要以一己之力打破之前的旖旎。

也还算是成功。

——如果不去看她已经红透的耳根的话。

商时舟失笑，坐在对面看她片刻，顺着她营造出来的气氛问："有想过要考哪个大学吗？"

是他惯常的漫不经心的语气。

他这句话一出，舒桥明显悄然松了口气。

"嗯……高考志向啊，就那几所，到时候看谁先打电话吧。"

她声音绵软动听，说出来的话却张狂至极，好像已经手握几份录取通知书，只等她挑挑拣拣。

她说得理所当然，一点也不觉得自己的话有哪里不对。

商时舟的眼里充满了笑意。

之前他扪心自问过，舒桥有什么特别。

这一刻，他忽然有些明悟。

大约骨子里，他们是同一类人。

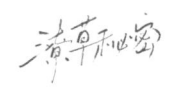

"那我可得给我们招生办打声招呼,不要让别人抢先了。"说着,他将已经见底的沙漏翻了一面。

经过刚才那场停电,整个餐厅的运作出了点问题,上菜的速度慢了下来,服务生和经理在一桌一桌地道歉。

之前舒桥还想使劲把沙漏里的沙子抖快点,这会儿看到商时舟的动作,也不拦着,还在沙子下去了一小半之后,又抬手翻了过来。

"这样看起来真一点,不然也太明显了。"舒桥笑了笑,看向他,"我说完了,该你了。"

自我介绍,总不能是单方面的。

挺新奇,商时舟这辈子都没正式自我介绍过。

学生代表得写稿子,他懒得写,全都推给许深了。到后来,他在的地方,周围的人都会投来目光,并窃窃私语地说"那个就是商时舟……对,就是他"。

哪里还用他自己多此一举。

"商时舟。"他抬眉看舒桥,"'应物云无心,逢时舟不系'的时舟。还有什么想知道的,你尽管问。"

舒桥心想,还真是这句。

他以为舒桥会有很多问题,但她双手支在桌上托腮,摇了摇头:"没有了。"

她喜欢问问题,却更喜欢自己找到答案。

经理和服务生一边上菜,一边道歉,开口以后却又看到沙漏居然还没漏完,错愕了片刻。

到底是新店,许是为了赚口碑,停电这个时间段用餐的所有顾客都被免了单。

他们出了餐厅门后,经理追了上来,特意为他们的善意说了谢谢,最后还送了一枝品相极好的玫瑰。

舒桥没推辞,接过来,低头去闻,一绺头发垂在颊侧。

灯火朦胧,她在光影中的样子比玫瑰更娇嫩。

商时舟自然地抬手帮她把头发别到耳后:"有什么想去的地方吗?"

谁都没有再提黑暗里他说的那番话的本意是什么。

话题被这样岔开，舒桥是松了口气的。

可晚风太温柔，她突然有些不甘心，否则她怎么会说："你比赛的那段路……现在能开吗？"

商时舟定定看了她片刻，笑了："能，怎么不能？"

再次坐上商时舟的副驾驶，舒桥的心情和之前完全不同。

也许是之前每一次都是有目的地的，而这一次，是要去往一场未知。

夏夜的北江从来都很喧嚣。

晚上八点半，车水马龙，只是大家开车的时候都带着一股倦意，限速60的路上非得开30。

这种时候，换成舒远道，准得从汇入车流的时候一路骂到终点，让舒桥充分领略中华语言文字的博大精深。

商时舟不一样，他轻巧地穿梭在车流里，好像别人开得快还是慢与他无关，不一会儿就出了闹市区。

舒桥看呆了："以前怎么没见你这么开车？"

他每次送她回来的时候，都开得中规中矩。

商时舟打了个方向："这样开太快了。"

快点不好吗？

舒桥茫然地眨了眨眼，顿了几秒才突然明白了他的意思。

这样太快，之前那样比较耗时间。

灯光逐渐稀疏，路面还算明亮，更远的地方已经陷入宁静，路牌上出现了"梨台山"的字样，车程还有五公里。

"这么晚不回去，你家里人不会管你吗？"

舒桥正在看窗外，听到这话也没回头："我住校。"

并不说管还是不管。

其实商时舟也并非一无所知。

那日从燕归院送舒桥回家后，他拨了个电话出去。

"今天在燕归隔壁吃饭的都有谁？"

长褂男人有些惶恐地回道："北江的几位不大不小的老板。是不是声音太大，吵到您了？"

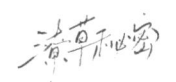

商时舟回忆了一下自己透过玻璃看过去时,那张暗色下与舒桥有两分相似的脸:"有姓舒的吗?"

不过十来分钟,对方就拨了电话回来。

"有,叫舒远道。"

对方又说了舒远道的公司叫什么、地址在哪儿,有个女儿,据说成绩很好,天天被挂在嘴边夸,原配在女儿两岁的时候就过世了。还说舒远道风流成性,女朋友一桌坐不下。

末了,还发了一份资料过来。

如果舒桥看到,估计会觉得自己对舒远道都没这么清晰的认知。

商时舟接收了,但没点开。

他就是问,证实一下自己的想法。

但他只当什么都不知道:"宿管阿姨不管你吗?"

舒桥:"……我可以告诉她我回家了一趟。"

商时舟睨她一眼:"你这样的好学生也会骗人吗?"

如果是刚认识的时候,舒桥可能会拒绝回答他这个问题,或者瞪他一眼。

此时,在夜色的包裹下,舒桥靠在副驾驶的姿势放松了许多,她专注地看着前方在黑暗中看不清终点的长路,在越发清晰的轰鸣声中开口:"就是好学生说的话才更可信。"

她摇摇手指:"从小我爸就教过我这个道理。人不是不可以说谎,但说谎的目的是要让别人相信,而相信的前提是这个人值得相信。"

下一刻,她又转过头,难得笑得有些调皮:"再说了,就算败露,我坐的也是北江一中2014届高考状元的车,大不了请家长呗。"

商时舟笑了起来:"会嫌吵吗?"

"嫌吵我会上你的车吗?"

也是这一刻,商时舟突然发现了舒桥骨子里的叛逆。

所以在一路蜿蜒到了梨台山旧路路口时,商时舟踩下刹车,转过头问她:"要听歌吗?"

夜晚的梨台山被笼罩在一片朦胧中。

月光下,山形隐约有比夜更深的轮廓,铺天盖地,与黑夜一同倾覆下来,一眼望去,仿佛蛰伏的野兽。

舒桥看了一会儿群山,突然问:"一直忘了问你,这是什么车?"

"斯巴鲁 Impreza。"说完,商时舟随意给了一脚油,发动机的轰鸣声更大了。

舒桥若有所思地点头:"对了,我听说你们有一句行话。"

"什么?"

舒桥慢慢说:"谁松油门谁是狗。"

商时舟一愣。

谁教她的?

"那你要感受一下吗?"他一只手搭在方向盘上。

舒桥来了兴趣,连连点头:"好啊。"

开夜路比平时要更危险,也更难,何况这会儿也没有人给商时舟念路书,但他神色平静,已经抬眼看向了前方的路。

他没有再说让她坐稳,或做好准备,只是在短暂的停顿后,就同时踩下了油门和刹车,进行弹射蓄力。

就像是笃定地知道,他松开刹车,车子弹射而出的那一刻,就是舒桥已经准备好了的时候。

舒桥在这个间隙里,看了一眼坐在驾驶位的男人。

他收去了平日里的所有散漫,下颌线比平时更紧绷,那双总是懒洋洋的眼眸变得认真。这一刻,他像是一柄锋利的刀,就要撕裂黑夜。

车子发动的前一刻,舒桥模模糊糊地想,比起黑夜中的群山,自己身边这个男人才更像是蛰伏的野兽。

强烈的推背感袭来。

几乎是同时,堪称炸裂的音乐混合在咆哮的轰鸣中。

是 Linkin Park(美国摇滚乐队林肯公园)的 *Numb*。

这一年,查斯特·贝宁顿还没有在公寓里上吊自杀,美利坚迎来了公认为最丑陋也是最戏剧化的一次大选,奥运会在里约热内卢举办,摇滚巨星大卫·鲍威病逝,英国在全民公投后决定脱离欧盟。

北江市梨台山上,舒桥第一次感受到了什么叫"谁松油门谁是狗"。

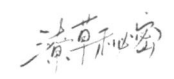

半小时后。

舒桥扶着一棵树,接过商时舟递过来的水。

胃里的翻江倒海很难在短时间内平息,还好夜风清凉,让她晕头转向的脑子有了一丝清明。

商时舟拍着她的背:"还好吗?"

舒桥摆摆手,喘了几口气:"我没事。"

她又有些不好意思地问:"是只有我一个人会这样吗?"

"你好歹坚持了半小时。"商时舟安慰她,"柯易一开始只能坚持十分钟。"

"但他现在也能跟完全程了。"舒桥替他把话说完。

"嗯……看情况吧。"商时舟说得很委婉,多少给柯易留了点儿颜面。

等舒桥漱完口,重新直起身的时候,商时舟才继续说道:"感觉怎么样?"

她不知何时将头发绑了起来,这会儿被夜风吹得有些散。她站在那儿,纤细单薄,群山是她的背景,好像下一秒她就要融入这样的黑夜中。

商时舟忍不住要抬手去抓住她。

心里有点后悔,怎么她说好,他就陪着她胡闹?

就算这会儿没封路,他还是收了点儿力,没有全油门,这玩意儿也不是一般人能受得了的,更何况是个看起来弱不禁风的小姑娘。

刚刚还吐得昏天暗地的小姑娘斩钉截铁地开口:"爽。"

舒桥转过来看商时舟的时候,眼中的亮色比此刻的月光更盛:"再来一次吗?"

第五章
嗯，来哄个人

苏宁菲打视频电话过来的时候，舒桥正在吃早饭。

此时大洋彼岸已经黑透。

苏宁菲把镜头对准了迪士尼城堡上空盛开的绚烂烟花，周围人声鼎沸，却盖不住她的大嗓门："桥桥，快许愿！"

舒桥无语极了，心想：如果这会儿是流星也就算了，对着人造烟花许什么愿？

偏偏那边苏宁菲还在催："许了没？快点啊！还有三分钟就结束了！我跟你说，我许了两个！第一个是和你考同一所大学！第二个是我们有朝一日能一起来迪士尼'炸'烟花！"

好好的"看"烟花，非要被她换个动词，听起来像是什么大规模破坏性活动。

舒桥没许愿，她这会儿说什么，苏宁菲那边也完全听不清，她只好对着镜头笑。

三分钟很快过去，苏宁菲瞬移到了清静的地方。嘈杂终于淡了下去，她有点气喘吁吁："许上了没？我跟你说，我可是查了攻略的，这儿的烟火最灵了！"

"我只听说过某处的香火最灵，还是第一次听说烟火最灵。"舒桥忍不住吐槽，"你是不是被攻略骗了？而且你没听说过吗，愿望说出来

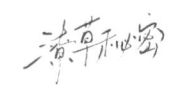

就不灵了。"

苏宁菲噎住,半晌哭号一声:"啊!你是不是不爱我了?你是不是不想和我上同一所大学了?我懂,我都懂的!你身边肯定是有了新……"

"有了新什么?"

一道身影倏而闯入镜头,一张脸凑过来短暂地看了一眼。

苏宁菲本来想说"新欢",结果在看到那张脸的时候,一个卡壳,莫名冒出了一个单字:"狗?"

然后视频被挂断。

苏宁菲举着手机,站在迪士尼里愣神。

她看见了什么?

视频也能串线的吗?

是她的幻觉吗?

为什么她在舒桥的视频里看到了商时舟那张帅脸?

半晌,她又倒吸一口冷气,自己刚才说了什么?

狗?

另一边,舒桥死死扣着手机,和商时舟愤愤对视。

她也没想到,商时舟会在这个时间点冒出来,跑到北江一中的食堂里来看她吃早饭。

没错,是看。

他两手空空,从她背后绕过去,就这么往她对面一坐。

北江一中的食堂价廉味美,许多住在附近的学生和老师放假了也还是会来这里吃饭。这会儿商时舟一路走来,那张脸和整个食堂的气质格格不入,无数道视线落在他身上。

舒桥筷子上的半个包子都掉了:"你怎么来了?"

"来吃早饭啊。"他说得理所当然,"好歹我也是一中出去的,还不许我来怀怀旧了?"

舒桥一噎。

无法反驳。

"那你倒是吃啊?"

商时舟一摊手:"来了才想起来,我都没饭卡了,还吃什么吃?"

舒桥沉默片刻，把自己的饭卡拿出来，往商时舟那边推了推。

被扣在舒桥手下的手机开始疯狂振动。

商时舟垂眼扫过去，舒桥的证件照拍得挺敷衍，但因为长相优势太大，依然赏心悦目。

北江一中的饭卡是实名制，上面的照片都是一个个排队现场照的。

他盯着舒桥的手机看了会儿，突然问道："不用回复吗？"

舒桥不看也知道苏宁菲会发什么，反问："不去打饭吗？"

商时舟拎起饭卡，没起身，看了眼她堪称丰盛的一桌子早餐品类，笑了声："胃口不错。"

舒桥没理他，一肚子怨气地埋头喝粥。

托他的福，昨天晚上，她说完爽以后，商时舟竟然又带她转了两圈，成功让她吐到胃里连一滴水都没了。

她哪能想到他的速度还能更快，最后一圈结束，她的腿都在抖。

第三次站在同一棵树下干呕的时候，舒桥觉得，之前自己那些微妙的脸红和心跳纯粹都是她在自作多情。

她怎么会有那么几个瞬间，觉得商时舟或许可能大概有那么一点点喜欢她？

一定是她的幻觉吧？

当时胃里翻江倒海，什么都吃不下，等回到学校，她半夜又饿到双眼发直。继钵钵鸡事件后，她第二次懊恼自己怎么没在宿舍里囤点儿零食的习惯。

好不容易等到早上食堂开门，还不允许她多吃点儿了？

舒桥还没说话，就已经有老师捧着茶缸子走过来了："哟，刚刚我还以为自己看错了，这不是我们商大学神吗？是难得有空，暑假回来看看吗？"

老师又看了一眼舒桥，带着点揶揄："怎么，年级第一只和年级第一做朋友？"

商时舟很礼貌："陈老师好。您说哪儿的话，这不是路老师特意拜托我给她补补课，争取给咱们一中的光荣榜上再添一个状元嘛。"

这话说得没毛病，除了当事人舒桥脸色古怪，其他老师都笑了起来。

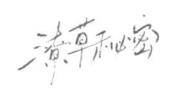

突然，路程的声音凉飕飕地从背后传来："是吗？我怎么不知道？"

路程那个暴脾气，这种口气说话的时候准没好事。

一众老师都是人精，作鸟兽散，临走时还拍拍商时舟的肩，叹息他都大二了，还要回来受路程的这份苦。

这个间隙里，舒桥飞快地抓起手机看了一眼。

果不其然是在大洋彼岸跳脚的苏宁菲。

一中在睡少女：我刚刚看到了什么？

一中在睡少女：啊啊啊！我没看错吧？刚刚你背后的是商时舟吧？啊啊啊，我好大胆，有朝一日，我居然说了我男神是狗！

一中在睡少女：等等！你给我老实交代！你们在哪里？大清早的你们在干什么？

一中在睡少女：舒桥，舒桥，你别躲在手机后面不出声，我知道你在看！

路程拉开椅子坐在舒桥旁边，有一下没一下地拨弄着茶杯盖子，发出有些刺耳的声响，再往后一靠，紧紧盯着商时舟："说吧，怎么回事？"

商时舟还是那副没正形儿的样子："没怎么回事儿啊，您从哪儿开始听的？"

路程倒吸一口气："怎么，还要怪我偷听？"

"就是想知道要从哪儿开始给您解释。"商时舟摊开双手，眼看路程的脸色肉眼可见地变黑，才继续开口，"我说的都是真的。"

"啪"一声，路程把手里的茶杯重重放在了桌面上。

所有去过路程办公室的人都知道，这是路老师要活动一下筋骨，准备开始一场疾风骤雨的思想教育了。

于是商时舟紧急转弯："许深忙嘛，不像我，大闲人一个，有些活儿我来替他干，也是一样的。"

路程翻了个白眼："你觉得我信吗？许深昨晚还来陪我爸下象棋，他哪里忙了？还来食堂怀旧，你倒是告诉我，你怀什么旧？你连食堂的门朝哪边开都是今天才知道的吧？"

商时舟依旧老神在在："陪您父亲下象棋还不忙吗？他老人家的棋瘾上来，连舒桥都要被抓去对弈。"

路程语塞，毕竟是亲爹干的事情，他百口莫辩。

"再说了，路老师您又不是不知道，我向来都很助人为乐。"商时舟气定神闲，又补充一句。

不提还好，说到这里，路程终于一拍桌子，开骂之前又想起对面的浑小子已经毕业了，深吸一口气，转而看向身侧的得意门生，语重心长地说："舒桥啊，你可离他远点儿，你知道这小子都干过什么事儿吗？"

舒桥刚看完苏宁菲发来的三十九条消息，这会儿手机还在不断振动涌入她的感叹号和问号，闻言一个激灵，老老实实地摇头："不知道。"

"别的我就不说了。"路程痛心疾首，"这小子当年连保送名额都说不要就不要啊，你说他还有什么事儿干不出来？"

这事舒桥还真没听说过，有些愕然。

保送名额那都是竞赛一路厮杀出来的，一场场考试考得头晕眼花，压力并不比高考小，真的有人说放弃就放弃吗？

她带着点儿惊讶地抬头去看商时舟，坐在对面的男人一副洗耳恭听的散漫模样，嘴角擒着一抹笑，也不反驳，就这么带着点纵容地听路程继续说。

确实是天大地大他商时舟最大的样子。

放弃保送名额的事儿，还真像是他能做出来的。

路程："还说什么助人为乐，我看你就是看人家小姑娘哭得可怜吧？我还没问你呢，你和那个蔡玥玥什么关系啊？能助人为乐到那个份上？毕业典礼上人家还当众向你表白呢，别以为过去两年我就忘了啊。"

商时舟笑得肩膀都在抖，刚才人多的时候，他还叫他一声路老师，这会儿就原形毕露了："老路啊，陈年旧事，怎么还记得这么清楚啊？"

哦？

舒桥不动声色地垂下眼，收回刚才的想法。

行，很好。

给哭哭啼啼当众表白的小姑娘让出保送名额。

带着她在梨台山狂飙到吐出胆汁。

舒桥越想越气，趁着路程和商时舟对峙，在桌下解锁手机。

苏宁菲的消息还在往外冒。

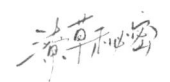

一中在睡少女：你俩是不是还在一起？到底什么情况？快说！

一中在睡少女：桥桥，桥桥，你快给他解释一下，我不是那个意思！我不是故意要说他狗的！那个字是自己冒出来的！不关我的事！

迪士尼都不好玩了，苏宁菲眼里冒出的也不知是光还是火，颇有自己才出来玩几天，世界就天翻地覆了的感觉。

盼星星盼月亮，对话框上的名字终于变成了"对方正在输入"……

苏宁菲紧盯手机，生怕舒桥说出什么石破天惊的回答来。

木乔：渣男。

苏宁菲愣了愣。

是挺石破天惊的。

路程来，当然不是对商时舟吹胡子瞪眼的，主要还是为了舒桥这个得意门生。

和其他学生不一样，舒桥什么补习班都没上过。别人的家长四处打听哪儿有好老师在外面开班，唯独她毫不关心。

路程了解她家的情况后，老父亲情结上身，虽然对于她的高考成绩很有信心，但思前想后，还是想办法把她塞进了暑期竞赛集训班里。

"不是为了参加竞赛。"路程是这么解释的，"主要是每年高考的最后一道大题多少有点超纲，有点竞赛底子会更十拿九稳。而且集训也就一周多点儿，我们主要是去了解一下竞赛题的做题思路，没别的意思。"

说完，他又去看商时舟："对吧？"

商时舟拧了拧眉："这话怎么这么耳熟？好像当年您也是这么把我骗到竞赛班的吧？这么多年了，您怎么都没换一套说辞？"

路程举起茶杯，遮掩自己闪烁的眼神："谁骗你了？我是这么说，也是这个意思没错，那你自己太争气，被竞赛班老师看中，非要你去参加竞赛，和我没什么关系。"

抬起杯盖，路程总结："主要靠你自己努力。"

商时舟一时无言以对。

路程又转头来鼓励舒桥："说不定你也是个竞赛苗子，到时候提前录取了，也是好事。"

中年男人已经有些秃顶,这些年来为了学生鞠躬尽瘁,眼角皱纹崎岖,眼中却满满都是真诚和关爱。

舒桥其实对竞赛没什么兴趣,但不可能拒绝这种宛如父爱的好意。

商时舟问:"今年集训是在哪儿?"

路程发了个定位和注意事项到舒桥手机上:"今年还挺大方,在北江国际大酒店,说是全封闭式,但其实管得没那么严,就是课程安排得比较密集罢了。你也不要太有压力,我们主要是重在参与。"

确实大方。

北江国际大酒店算是北江的地标式建筑了,这两年据说还花重金翻修了一遍,最著名的是酒店中心高达二十余米的巨大玻璃水族馆,每年都有不少游客去那里打卡。

暑期是旺季,能在旺季包了北江国际的两层客房和会议室,不难看出上面对这次集训的重视。

舒桥看了一眼,有些哭笑不得:"十点半就集合,今天下午就开始集训?这也太快了。"

路程吹胡子瞪眼:"是我不想早点告诉你吗?这不是这会儿才确定能给你一个名额吗?"

商时舟看向舒桥:"我送你过去。"

许是时间确实紧张,路程欲言又止,最后只叮嘱道:"那你开慢点,别吓到她。"

商时舟意味深长地"哦"了一声。

舒桥的眼神已经飘到了窗外和天花板,看天看地就是不看路程和商时舟。

路程没发现舒桥的异样,只连连感叹小商同学怎么还是没个正形。

舒桥一路小跑回宿舍收拾东西。

也就十二天的时间,她的行李很简单,一个手提包,装了两套换洗衣服,又拿了几个笔记本,就下楼了。

商时舟一支烟都才刚抽完。

他俯身接过她手上的包掂了掂:"这么轻?"

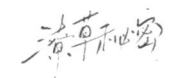

"又不是搬家。"

商时舟跟在舒桥身后,看着她脑后轻摆的高马尾,终于忍不住抬手捋了一缕发尾在指尖转了转,又在她感觉到什么之前施施然松开手。

这一路,舒桥其实心情挺复杂的。

她觉得自己对商时舟那辆车多少有点儿应激反应。

结果到了校门口,放眼望去,并没有见到那辆眼熟的斯巴鲁。

商时舟走到了一辆纯黑的车旁,解了锁。舒桥愣了会儿,心想这个人怎么车这么多,而且这一街都是黑、银、白三色的车,黑色明明应该最低调,怎么一眼看去,还是他这辆最骚包。

真是奇怪了。

"怎么换了一辆?"

"换轮胎去了。"商时舟绕过来给她拉开车门,"昨晚那么激烈,车也有个承受上限。"

舒桥腹诽:好好的飙车怎么到他嘴里变得奇奇怪怪的?

"那还挺废轮胎。"舒桥干巴巴地回应,又问,"贵吗?"

商时舟发动车子:"怎么,你还想赔给我?"

舒桥吞吞吐吐:"……也不是不可以。"

她显然在心里盘算着四条轮胎的价格,因为没有概念而眉头微皱。一般情况下,她上车就会规规矩矩系好安全带,唯独今天忘了。

商时舟侧身过去。

靠近的男人气息唤醒舒桥的神思,她睁大眼睛,看着突然逼近的商时舟,身子悄悄向后,快要把自己陷进靠背里。

"你……你干吗?"她的声音有些颤抖。

实在是太近了。

她可以看清他的睫毛是深琥珀色,看到他灰蓝色的眼瞳里映着自己的影子,看到穿过树荫的那一缕阳光恰好落在他的侧脸,勾勒出他线条凌厉的轮廓。

鼻息有轻微的交织。

她想要错开眼睛,却因为距离太近而被迫与他对视。

那双眼在这样的时候,实在太过迷人又深情。

有那么一个瞬间,她几乎以为他要吻她。

但商时舟只是伸出手,将她身边的安全带拉过来。

"咔嗒"一声响。

舒桥第一次感谢商时舟的每一辆车的发动机声音都很大,足以掩盖她慌乱的心跳。

去前台登记入住的时候,有接引的老师已经提前在那儿等着了。

竞赛集训班每年都战绩斐然,导致老师们都有些骄傲,见到舒桥这种硬生生插进来的,接引的刘老师也没因为她成绩好、是年级第一而有什么好脸色。

刘老师头都没抬,就倨傲地扬了扬下巴:"登记去吧。"

舒桥来得晚,心有愧疚,一路小跑地去了,递身份证的时候,她找了半天都没找到。

一旁陪同的某位面生的老师许是等了一早上,有点儿不耐烦地嘟囔了一句:"知道要来住酒店,还不提前把身份证准备好?"

舒桥没在意,突然想起身份证在商时舟提的包里,回头:"商时舟,我的包给我一下。"

"重要的东西还不随身带着?"商时舟走过来,递包给她,带了点笑。

"怎么连你也说我?"舒桥扁了扁嘴。

"还有谁说你了?"商时舟挑眉。

舒桥总不可能说是那位老师,赶紧翻出身份证递出去。

两个人的对话声并不大,却还是落入了那位老师耳中,他自觉被指桑骂槐,拧眉看过来:"哪个学校的?什么风气?这又是谁?什么时候我们竞赛学生还能带男朋友了?"

舒桥正要反驳商时舟不是自己的男朋友,对方却突然住了口。

因为刚才用鼻孔看舒桥的刘老师也注意到了这边,很惊喜地大步走过来:"时舟?我还当是重名,回头一看还真是你。有两年没见了吧?"

商时舟敛了点散漫,礼貌地问了个好:"没想到刘老师还记得我。"

"忘了谁也不可能忘了你啊。"刘老师笑着拍了拍商时舟的肩,"怎么今天过来了?"

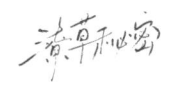

舒桥担心老师误会什么,回答得飞快:"我是他学妹,是路老师让他送我的。"

刘老师连着"哦"了几声,又想起什么,露出一个笑容:"最近忙不忙啊?正好你来了,有没有兴趣来集训班做做经验分享啊?"

商时舟没立马答应,只是把目光落在了舒桥身上,看她不甚在意地别过脸打量酒店里漂亮的毡毯壁画,好像完全没有在听他们在说什么。

集训班封闭上课足足十二天,这意味着他有这么久都见不到她。

刘老师还在怂恿他,语气带着揶揄的意味:"说起来,今年我们还请了蔡玥玥来,你们是一届的吧?当初你不是把你的名额让给她……"

刘老师的话还没落音,就听商时舟说:"行,包吃住吗?"

刘老师当年就见识过商时舟的难缠,今天也是顺口一提,压根没抱希望,没想到蔡玥玥的名字这么管用,顿时喜笑颜开:"包,当然包!"转头冲前台喊了一句,"再开一个单间,快点儿。"

这是舒桥第二次听到蔡玥玥这个名字了。

上一次路程提到的时候,商时舟打趣说这事儿路程怎么还记得。

这一次,商时舟明明下个月还有比赛,日程安排得很紧,结果才听到人家的名字,就迫不及待地答应下来了。

舒桥抿了抿嘴,还是转头看了商时舟一眼,他正从钱夹里抽出薄薄的身份证递出去。

拿到房卡,好巧不巧,两个人在同一层,电梯门开,舒桥头也不回地向右走了出去,理都没理商时舟。

商时舟站在她背后,看着她莫名其妙气呼呼的模样,欲言又止。

过了会儿,舒桥走了回来,从他手里一把抢过自己的包,重新向左去了。

商时舟挑了挑眉,没明白舒桥怎么突然这个态度。

他默不作声地跟在她身后。

酒店的地毯很软,鞋底陷在里面,走路的声音其实很轻,但身后跟了个人的动静还是很明显的。

舒桥深吸一口气,回头:"你干吗还跟着我?"

不去找你的蔡玥玥吗？

商时舟扬了扬房卡，指向舒桥隔壁的房号："我回房间。"

舒桥沉默一秒。

"咦？商时舟？"一道女声带着惊喜地响起。

随即一个挂着胸牌的女孩子从走廊另一端小跑过来，带起一阵风，刮过舒桥身前："我还以为我看错了，真的是你啊？这次竞赛经验分享讲座也请你了啊？"

舒桥清楚地看见了她胸牌上的三个大字。

蔡玥玥。

哦，不用找了，人家这不是主动来了吗？

蔡玥玥带着掩饰不住的笑意："你怎么来了？这种事情我还以为你不可能来呢！"

舒桥面无表情地刷开房门，进门，关门，一气呵成。

商时舟抬眼看去的时候，房门已经紧闭。

蔡玥玥没发现他的眼神落在哪里，听到动静也没在意，正要再说点什么，就听到商时舟开了口："嗯，来哄个人。"

他声音低沉，还带了点儿笑意。

蔡玥玥一愣，哄、哄人？

门的隔音不错，舒桥对商时舟在外面说了什么一无所知。

刚才她心急，连门都没敲就直接刷卡进来了。

还好房间里没有住人。

她挑了靠窗的床，放好自己的东西，正要起身，门又开了。

蔡玥玥走了进来，还挺热情地和她打了个招呼，显然是刚才压根没看见她："你好，我是你们的学姐蔡玥玥。分到这间说明你运气不错，因为我待三天就走，之后九天你就可以独享这个房间啦。"

舒桥有些无语：那我的运气确实是太好了。

刚刚在走廊里只是一眼，这会儿仔细看，蔡玥玥是偏可爱元气的长相，比舒桥矮一点，但整个人都活力满满，是让人情不自禁就会被感染出好心情的类型。

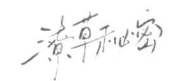

舒桥礼貌地转过身:"学姐好。"

她长得实在好看,第一眼看去像是冷感美女,蔡玥玥还觉得可能不好相处,结果她的声音又柔又乖,完全没有攻击性。

蔡玥玥瞬间放下心来,好感大增,东西一放就上前挽住舒桥的胳膊:"一起去吃午饭吗?我正好碰见了个朋友,这会儿正在外面等我呢,我们一起。"

舒桥不用想都知道这个"朋友"是谁。

但蔡玥玥明显不容她拒绝,挽着她的胳膊就往外走。

商时舟确实在外面,他这事儿答应得仓促,什么都没拿,进房间洗了手就重新出来了。

刚才那一会儿,他也算是有点回过味来了。

他靠在墙上,摸出手机,正要给舒桥发条信息,就看到那扇房门突然开了。

他带着点笑,抬头正对上蔡玥玥充满笑容的脸和舒桥有点茫然无措的表情。

蔡玥玥见到商时舟的笑意,整个人都愣怔了,竟然有种受宠若惊的感觉。

这个老同学在大学经历了什么?

是把一身倒刺都给拔了吗?

掰指头算算,这、这还是商时舟第一次对着她笑吧?

舒桥恹恹地垂眼,只当没看见。

她来干吗?打扰人家久别重逢吗?

商时舟那双眼睛果然看谁都深情。

呵……

刚才是商时舟先进房间的,压根没想到蔡玥玥居然和舒桥同一间,白笑了。

于是蔡玥玥就见到商时舟瞬间敛了神色,周身又恢复了那种散漫又冷峻的气质。

好像刚才那一瞬间的温柔都是她的错觉。

蔡玥玥浑身都舒服了。

这才对嘛。

蔡玥玥顺口打趣道:"和女朋友聊天呢?那和我们两个大美女出去吃饭,你女朋友会不会介意啊?"

不然刚刚那一瞬间怎么这么温柔?

商时舟走在两人身后,目光落在舒桥身上:"还没女朋友呢。"

舒桥腹诽:瞧瞧,迫不及待表态了。

蔡玥玥敏锐地抓住重点:"还没?那就是快要有了?"

"在追呢。"商时舟直言不讳,唇边溢出点低沉的笑意,"介不介意,我得回头问问她才知道。"

舒桥咬咬牙:哦,那你倒是问啊。

心里这么想,但她莫名不敢回头。

也不知道是不是错觉,好像有一道灼热的目光一直落在她的身上。

蔡玥玥八卦的心沸腾,但也不敢多问,只好小声和舒桥八卦:"你可能不认识他,但我跟你说,从他踏进北江一中校门的那一天起,关注他的人就特别多。他好友申请多到点拒绝都累,手机号码换了好多个,因为骚扰太多了。你知道他一个手机号能卖到多少钱吗?"

舒桥摇头。

蔡玥玥举起一只手,比了个数:"八百!八百你敢信吗?"

"春晚的大锤都要砸十下才能八百。"舒桥的声音像是古井无波,比起惊讶,更像是吐槽,"这么贵的吗?"

在后面听得完完整整的商时舟瞳孔一缩。

蔡玥玥为舒桥的计数方式大笑出声:"学妹你好可爱。"

"不过你看他那张脸,"蔡玥玥啧啧道,"八百也不是不能接受。平心而论,你觉得他帅不帅?"

舒桥骑虎难下,硬着头皮说:"……帅。"

说出口是难了点儿,但也不算是违心。

身后有一声低笑。

舒桥头皮发麻,觉得那道视线更灼热了。

蔡玥玥又贴近她耳边私语:"我给你说,他成年后就在参加什么拉力赛,就是车开得飞快的那种极限运动,连高考的时候都是自己开车到

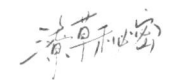

校门口的。因为车的声音太大，不少学生家长都谴责他，他可好，像没事人一样，最后还考了个省状元，把第二名的许深甩了足足二十分。那可是高考！你说他嚣张吧？所以我就很好奇，什么样的女生还得他折腰去追，当年追他的人可是能从北江一中排到梨台山。不瞒你说，连我都没把持住美色诱惑，高考后和他表白过一次。"

舒桥突然不想听下去了。

她顿住脚步，在蔡玥玥疑惑的眼神里露出一个歉意的笑容："学姐，不好意思，我突然有点不太舒服，你们去吃吧，我就不去了。"

蔡玥玥犹豫一下，但到底只是第一天才认识的学妹，也不好关怀过度，只得放开她的手，又留了自己的电话："要是难受的话，记得打给前台，或者给我打电话！不要客气！我吃完午饭回来看你！"

舒桥点点头，说了声"谢谢"，转身就走。

舒桥与商时舟擦身而过的时候，蔡玥玥碰见其他熟人，过去打招呼。

商时舟一把握住了舒桥的手腕。

她的手腕很细，细到他食指和拇指一握之下还有空隙。

"真不去？"商时舟垂眼问她。

酒店走廊里安装的是顶灯，明晃晃的光从头顶打下来，显得站在那儿的男人眼窝更深，鼻梁更挺。

舒桥反问："我去不去关你什么事儿？"

她难得有这样的口气，却因为声线细软，没几分气势，更像是在撒娇。

商时舟的眼神暗了暗。

舒桥轻巧地从他手中挣脱，扬长而去。

说不舒服也不是假的。

她前一夜吐得昏天暗地，堪比宿醉，哪里是一时半会儿能恢复的？早饭吃到一半就被打扰，到现在也确实没什么胃口。

她现在只想睡觉，养足精神下午才好上课。

当然睡前还要给苏宁菲一个解释。

舒桥怀疑，如果有可能，苏宁菲怕是想要从手机里蹦出来。

算算时差，那边都已经接近深夜了，苏宁菲还在给她发问号，并且脑洞已经一路一百八十码，开向了某些不可言说的剧情。

她赶紧回复。

木乔：你在想什么？

木乔：就是听说了一些他上学时候的故事而已。

苏宁菲秒回。

一中在睡少女：上学故事？嗯？你是说哪一件？

一中在睡少女：踩点进高考考场，还是保送名额说送人就送人？又或者是毕业典礼上被十几个学姐追着公开表白，最后他不得不翻墙逃跑？还是说你有什么新料了？

舒桥震惊。

木乔：你怎么知道？

一中在睡少女：这些不早就是校园传说了吗？只有你两耳不闻窗外事才不知道吧？你问问一中哪个人没听过这些传说？

半响。

一中在睡少女：所以你说他渣男不会是因为这些事情吧？

一中在睡少女：哈哈哈……

舒桥暗骂：你笑太大声，吵到我耳朵了啦！

第六章
要试试当我的领航员吗？

彼岸的苏宁菲在大笑以后去睡了。

但舒桥这觉是没法睡了。

她对着手机发了会儿呆。

这么说起来，确实是她误会商时舟了。

但是这么一场无从说起的情绪，好像只能沉淀成无解。

是有淡淡的尴尬的，却也不仅仅是尴尬。

说到底，商时舟是什么样的人，和她有什么关系呢？

她为什么会这么在意？

这种在意本身，才是产生这些情绪的源头。

因为就算知道了是一场单方面的误会，她的心头依然沉闷，从听到有关蔡玥玥的事情开始，到见到真人。

学姐开朗大方又惹人喜欢，会坦坦荡荡地面对自己的心意，直白大胆地说出来，周围的人很难不被她乐观向上的情绪感染。

性格使然，自己永远也无法成为那种人。

舒桥觉得，如果自己是男生，一定没法拒绝这样的女孩子。

她有些颓废地倒在床上，盯着雪白的天花板，深吸了一口气。

很烦，想到商时舟注视着蔡玥玥时带着点笑聊天的样子就很烦，想到过去和现在都有那么多女孩子喜欢他，也很烦。

再想到他俯身过来帮自己系安全带，就更烦了。

那些数学题、物理题、化学题，只要写下了那个"解"字，就一定会有一个答案。

而商时舟是棘手的、超纲的，甚至让她连头绪都没有。

这一刻，她脑子里突然冒出了一个念头。

如果商时舟真的和蔡玥玥，或者是任何一个其他女孩子在一起的话，她恐怕很难真心送上祝福。

但她还没有完全想明白这是为什么，房门被礼貌地敲响了三声。

服务生的声音在门外响了起来："您好，服务员，请问需要客房服务吗？"

舒桥："不需要。"

许是她声音太小，连说了三遍，门外的人还在继续敲。

她叹了口气，起身去拉开门："谢谢，我不……"

话突然卡在了嘴边。

哪有什么服务生，商时舟好整以暇地站在门外，一手拿着的手机里正循环播放着录音："您好，服务员，请问需要客房服务吗？"

他自己还跟着重复了一遍。

骗她开门呢。

这个人怎么还有这种歪门邪道的办法呀？

舒桥刚才的歉疚顿时烟消云散。

被气到，她的手还握在门把手上，想也不想就去重新关门，用了挺大力气。

见商时舟倒吸了一口气，舒桥反应了足足三秒，然后目光落在商时舟卡在门板与门框之间的手指上，猛地重新拉开了门。

手指上的红痕非常明显，商时舟却好似未觉，还是之前带着笑的模样，垂眼看她："气消了吗？"

舒桥一把拉住他的手腕："都破皮了！骨头有伤到吗？这个门还挺重的，我……你干吗要用手挡门啊？"

酒店房间肯定是没有医疗包的，她拉着商时舟进来，把他按在椅子上坐好，转身去打前台电话，询问有没有消毒水和棉签。

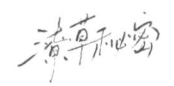

商时舟任凭她动作，看她低头仔细给他的手指涂上消毒水。她离得很近，头发扫落在他的手臂上。

伤口挺疼的，但被发梢触碰的那块皮肤更痒。

舒桥给他消毒完，试探着问："你动动手指，骨头有问题吗？"

商时舟故意逗她："你摸摸？"

没想到舒桥真的一点点轻轻捏过他的骨头，问道："疼吗？"

她的手指纤细葱白，又小巧，商时舟觉得自己一只手就能握住她两只手。

她的指腹很软，声音更软，但神色严肃，额头不知何时还带了点儿汗珠，也不知是不是紧张。

"还行。"商时舟又问，"紧张我？"

他的声音还是带着股满不在乎的笑意，双眼却紧紧盯着自己的手，看她的指尖在上面游移，伤口的疼都被肌肤相触带来的烫掩盖了。

舒桥终于确认完，看来确实只是皮肉伤，这才稍微放下心来，抬眼瞪他："你想让我开门，敲门就行了，干吗要骗我？"

"我敲门你会开吗？"商时舟问。

舒桥的眼神游移："开啊……怎么不开？为什么不开？有什么好不开的？"

简直把口是心非写在了脸上。

商时舟活动了一下手指，还是一片火辣辣的，消毒水涂在伤口上，稍微加重了这种疼，但也不是什么不可忍受的事情。

他没戳穿舒桥："就是想让你快点儿开。"

舒桥小声嘟囔："快点和慢点又有什么区别？"

"区别可大了。"商时舟的语气漫不经心，目光却很沉，"时间就这么多，下次见你就不知道是什么时候了。"

他们的距离太近，舒桥甚至不知道应该将目光落在哪里。她结结巴巴的，试图扯开话题："你、你开拉力赛是要戴手套的吧？破皮了可能会磨得很疼，甚至可能会发炎化脓，你记得要摘掉手套多晾一晾，才……才能好得快。"

声音越来越小。

她又垂手去收拾小桌上散落的棉签,装在了一个小袋子里,塞到他手上。

"我有什么好生气的?"

这是在回答他最初那句气消了吗?

意思不言而喻,逃避的意图更是昭然若揭。

"这么想我走?"商时舟挑眉看舒桥,一副偏不随她意的样子,往后一靠,"好歹我大早上送你过来,到现在饭都没吃一口,没想到舒妹妹这么绝情绝义。"

舒桥的手一顿。

"蔡学姐不是喊你去了吗?"

商时舟笑了起来:"我这不是没去吗?更何况你都不去,我还有什么好去的。"

舒桥一句"你不去和我有什么关系"卡在了嘴边,心里的那点自己都不愿意承认的介意却真的就这么散了。

半响,她认命般站起身:"行吧,想吃什么,我请你。"

这饭最后还是没吃成。

都走到电梯口了,舒桥本来还很紧张会不会遇见蔡玥玥,毕竟她刚刚才说自己不舒服,又表现出一副完全不认识商时舟的模样,转头又和他并肩站在一起,这要是迎面遇见,她可能会尴尬死。

但按下按键后,电梯还没来,商时舟就接了个电话,表情也从刚才的懒散变得凝重。

舒桥第一次在他脸上看到这样的表情。

"怎么了?"在他挂了电话后,她上前询问,声音里带着自己都没觉察的紧张,话出口又觉得唐突,"我……有什么我可以帮忙的吗?"

"柯易术后不好好休息,昨晚去喝酒,这会儿复发送医院了,外加胃出血。"商时舟倒是没瞒着她的意思,看着手机的眼神很冷淡,明显是动了怒,"这小子总是这样,不把自己的身体当回事儿。"

舒桥想到病房里柯易的样子,觉得这些事发生在他身上很正常,很柯易,但又转念想到另一件事:"那之后的比赛……"

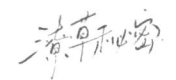

商时舟的眉间有难掩的烦躁:"还有十八天,我先去医院看看情况。你帮我给老师们请个假,之后什么情况我会跟你说。"

他又从口袋里掏出一张房卡递给她。

舒桥愣愣接过。

"我那间的。"商时舟说,"两个人住不惯就去睡那边,本来就是给你要的。"

舒桥想说自己在学校宿舍也是双人间,没有什么不习惯的,但话到嘴边又咽了回去。

电梯来了,里面没人,商时舟迈进去。她下意识要跟上,又突然顿住,后退了小半步。

他应该是要赶去医院,她跟上去干什么?

商时舟从一头烦绪里看到她的动作,觉得实在可爱,笑了起来:"不送送我?"

电梯门已经快要关上了,闻言,舒桥动作快过脑子,飞快向前。

送完商时舟回到房间,舒桥想去洗把脸,房间电话响起,说是送餐机器人到了门口。

舒桥有些疑惑,她什么都没点啊。

从机器小人里拿出外卖,她又接到送餐人员的电话。

对方很礼貌,又带着歉意:"舒小姐您好,前台不允许我们送进去,所以只能用送餐机器人。商先生想转告您,这是他爽约的赔罪,希望合您的口味,祝您用餐愉快。之后几天如果有需要,也可以随时打我的电话。"

外卖包装很精致,拎在手里沉甸甸的,里面明显不止一个餐盒。袋子上面是一家很有名的私房餐厅的 Logo,舒桥以前和舒远道去吃过一次。那里和上次商时舟带她去过的燕归院类似,预约也很难拿到位置,更不用说点外卖。

但商时舟就这么神通广大地弄来了,还这么快。

就这么拿回去房间也不合适,蔡玥玥随时可能回来。

舒桥踌躇片刻,目光落向了商时舟临走时留给她的那张房卡。

舒桥吃饭很少会拍照。

这还是她第一次仔细把一堆外卖摆好,再专门起身拍了一张,然后发给商时舟。

木乔:谢谢你。

她吃饭慢条斯理,商时舟足足点了六个菜,荤素搭配,还有一盅极其入味的汤。

落地窗外的天很蓝,没有一丝云,烈日炎炎,但房间里空调的温度很适宜,就算阳光照射在腿上,也不会觉得灼热。

商时舟进这间房子最多只洗了一下手,停留的时间很短,她却莫名觉得整个房间里都是他的味道,像是某种奇异的幻觉。

她吃完的时候,走廊里传来了蔡玥玥的笑声。

商时舟还没有回复,可能是在路上,也可能已经到医院了。

舒桥想了想,还是又发了一条信息过去。

木乔:柯易的情况怎么样?还好吗?

依然没有回复。

但很快她也没有了看手机的空闲。

她从猫眼里观察了许久,鬼鬼祟祟地出了商时舟的房间,再去隔壁拿了点儿学习用品后,就到了下午竞赛班开始的时间。

酒店的阶梯会议室能容纳大约一百五十人,除了后排的二十来个各个学校的带队老师,学生有一百多个,将整个会议室都坐满了。

座位区域都是按照学校划分好的,舒桥过去的时候,见到了不少熟悉的面孔,还有一个班的同学。但舒桥长相偏冷,加上她不是主动搭话的人,大家浅浅点头打过招呼后,便也没了下文。

这样的气氛,舒桥早就习惯了。

认识她的人才知道她脾气好,人也没有架子。

但这副外表实在让太多人退却——外表过于貌美,成绩也过于突出,更有不少人见过舒远道来接她时开的车,显然家境也十分优越,完全是一副难折的高岭之花的模样。

有不少其他学校的人都将目光投向她,还有人小声打听她的名字。

好在舒桥也不喜欢这种场合下的社交,她深吸一口气,翻开笔记本,刚写了个名字,附近几个人的聊天声就传入了她的耳中。

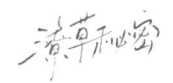

"舒桥怎么来了？她不是考试型吗？懂什么是竞赛吗？"

"我听刘老师说，是他们班主任路程硬塞进来的，估计也是家里找关系走了后门吧，不然像她这样一点基础都没有的人，怎么可能占我们竞赛班的名额？"

"那可真是白白浪费了一个名额，她可别最后什么也听不懂，还要不懂装懂，我想想都替她尴尬。"

舒桥的笔顿了顿，面无表情地抬起头，向那个方向看了一眼。

对方显然是故意提高了音量，对上她的目光，还不以为意地耸了耸肩。

坐在舒桥旁边的女生凑过来，小声对她说："你别在意，李巍然一向嘴欠，而且他好朋友考试没通过，没拿到这次竞赛班的名额，看到你难免就……"

舒桥收回目光，对旁边的女生笑了笑："谢谢你，我没事。"

舒桥不笑的时候，完全是个冷感美人，这样笑起来，就像是冰雪初融，声音更是甜软，让女生愣了一下。

接下来几天的课程安排密集，卷子和资料一沓沓地发下来，哪有人还有时间去想别的事情。很多人都在会议室里熬夜学习，回房间睡一会儿，再继续来拼搏，几位竞赛指导老师的门口更是常常排着长长的队伍。

舒桥也不例外。

过去她确实没接触过竞赛类题目，但学习从来都是融会贯通的，她本来是抱了点儿观光的心态，但真正坐在那儿的时候，她那股做什么都要努力做到最好的劲又上来了。

每天都有不同的竞赛大佬前辈来分享经验，蔡玥玥待了三天后就收拾东西走了，房间变成了舒桥一个人的。

就这么过了一周多，快到竞赛班结束的时候，舒桥埋头做完一套竞赛题，勾画出其中不太会的几道，正在做标记，班里有了一小阵骚动。

她没抬头。

有老师清了清嗓子，然后开口："今天来为我们做经验分享的，是来自北江一中2014届高考状元商时舟学长……"

他话音未落，台下就响起了欢呼声。

无他，不仅仅是在北江一中，和这个名字有关的那些个传奇故事早就传遍了整个北江市的各个高中。

坐在舒桥旁边的女生倒吸一口冷气:"怎么比照片里的还帅?"

说完,又悄悄翻转手机去拍。

舒桥有些迟钝地抬起眼。

旁边的几个女生互相在课桌下戳了戳对方,小声交流着:

"他看过来了,啊啊啊!但我今天没洗头!失误了!"

"少自作多情了,他能看见你就怪了。这边是他母校的区域,他礼貌看一眼老师和学弟学妹罢了!"

"呜呜呜,我不管,他肯定看到我了。救命啊,为什么偏偏是我没洗头的这一天?"

大家嬉笑一片,舒桥也忍不住跟着弯了弯嘴角,然后在抬眼的同时,对上了商时舟的目光。

明明是上百人的会议室,他的眼里却好像只有她一个人。

站在光明之下的男人宽肩窄腰长腿,一只手很随意地半撑在讲台上,完全没有面对这么多人的拘谨,状态非常轻松。他的额发垂落了一点下来遮住眼睛,下颌线清晰利落,好像天生就适合站在所有人目光的聚焦之处。

然后,他带着几分少年气地冲舒桥扬眉一笑,抬手捞过旁边的话筒:"大家好,我没有经验可以分享,但可以回答你们的任何问题。"

没有任何自我介绍,也没有必要。

大家问题很多,也有人故意从刁钻的角度出题,仿佛想要试探一下,却都被商时舟巧妙地答了出来。

气氛越来越好,显得之前的分享会更像是说教和鼓舞。这还是第一次有人敢这样有问必答,大家的问题也越来越离谱,从一开始的解题、学习相关,再到了大学生活,最后落到了他的个人生活上。

有人问:"请问学长是混血吗?"

"是混了点儿,但不多,我姥姥是在德国长大的俄罗斯人。"

舒桥恍然。虽然早就看出来了,但她一直不好意思问,没想到在这样的场合下知道了。

又有一个开朗的女生举手了:"真的可以回答任何问题吗?那商学

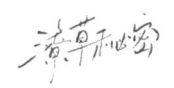

长现在是单身吗?有女朋友吗?如果没有的话,商学长喜欢什么样的女生呀?"

台下一片笑声,众人也多了很多期待。

舒桥的心底猛地一跳。

商时舟也不恼,依然是那副漫不经心的样子:"是单身,还没有女朋友。"

一片不太信的哗然后,他悠悠抬眼,目光不偏不倚地落在舒桥身上,话锋一转:"但在等她。"

哗然变成了带了些失落和起哄的嘘声。

商时舟笑了笑,灰蓝色的眼睛一眨。

没有人知道他在看谁。

"喜欢什么样的女生……很巧,这个问题前段时间我也说过一次。"他嘴角一勾,带着点沉的笑声从话筒里传出来,像是拨动了低沉的琴弦,"可惜,我说完,她还问我要不要给我介绍一个。"

舒桥紧紧握住笔,在纸上画出了重重一道。

大家都在笑,还有人在高呼:"没想到商学长也有要等的人。"

商时舟依旧勾着唇角,整个人好看得不像话,然后在一片喧嚣中继续开口:"我喜欢扎高马尾,皮肤白,眼睛漂亮,穿裙子好看的。"

那日舒桥听过的话语,被他在众人面前,一字不差地重新说了出来。

所有人都在尖叫,只有舒桥在如擂鼓的心跳里,慢慢低下了头。

分享会结束后是短暂的休息时间,很多同学都上了讲台,很快就将商时舟围在了里面。

面前的题集模糊成了一片,舒桥一个字都看不进去。

旁边的女生在嬉笑间无意中看到了什么,凑过来问道:"舒桥,你没事吧?你脸怎么这么红?"

舒桥像是受到惊吓一样向后缩了缩:"啊……是吗?好像是有点热,我去洗个脸。"

她起身,也不知道自己应该去哪里,一路步履匆匆,在终于远离了这片喧嚣,转入无人的回廊时,却有人一把抓住了她,将她拽了过去。

舒桥吓了一跳，但下一刻就有扑面而来的熟悉气息笼罩而来。

被抵在门板上的时候，舒桥才意识到，她走了半天，转了一圈，正好走到了会议室的侧门。

门上了锁，但门的另一侧，就是相熟的同学和老师们，她甚至能隐约听到向这边走来的脚步声，再停留在了门后。好像是某个学校的两个老师，正在有些感慨地谈论青春真好。

刚才还站在众人目光之下的男人近在咫尺，他屈肘撑在门上，与她保持了足够尊重的距离，却又正好堵住了她的路。

"舒桥，好久不见。"他嗓音低沉温柔，还带着点笑意。

什么好久不见？

明明才不过一周而已。

舒桥的后背抵在门板上，另一侧传来的声音越发清晰。

更清晰的是面前人的呼吸，还有她还没平稳，就再起涟漪的心跳。

舒桥明明在腹诽他说的话，开口的时候，声音却小得几乎听不清："……哦，好久不见。"

"你也觉得久吗？"商时舟倏而笑了起来。

舒桥语塞，下意识抬眼看他。

集训班里，她的所有空闲时间都被塞得满满的，几乎快要达成 7×24 小时连轴转成就，今天早上洗脸的时候还发现自己有了黑眼圈。

因为提前自学了不少大学的内容，目前高中的许多知识对她来说都是温故而知新，所以很久都没有这么用功过了。

这样的情况下，要说分心去想商时舟，也并非完全没有。

比如在看微信的时候，发现两人的聊天记录停留在自己最后的问句上再无音信时，会顺势想想他现在在做什么。

是不是正在那些喧嚣声里，眼神平静却锐利，双手紧紧握着方向盘，漂移过一个又一个的弯道？

虽说商时舟没有直接联系过她，但之前那间餐厅却会隔三岔五送外卖来投喂她。

挺好吃的。

明明蔡玥玥都走了，她吃的时候还是会情不自禁地去商时舟那间。

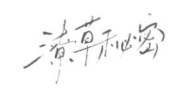

好像这样就不必那么心虚。

她不知道,自己这样双颊绯红,眼中又带着明显逃避和羞赧之意的时候,满身的荆棘都被卸下,看上去就像是林间灵动的小鹿,让人想要摸一摸毛茸茸的头顶。

这种时候,答案都变得不重要了。

她的表情已经足够说明一切。

舒桥眼神闪烁,别过头,试图转移话题:"你那边……怎么样了?"

上次说还有十八天,现在算算,也就十天不到了。

顿了顿,舒桥又继续补充:"柯易怎么样?出院了吗?能按时去比赛吗?"

商时舟还是那样一脸轻松的笑意,让开了点儿路,松散地靠在墙上:"不怎么样,倒是出院了,但医嘱有一条是禁止运动,尤其是剧烈运动。"

拉力赛这事儿,别说剧烈运动了,简直可以算得上是极限运动。

虽说领航员全程是坐在副驾驶的,看似没有什么体力活动,但光是在那样行驶速度的车上坐着,本身就已经是一件极其消耗体力的事情了。

"那怎么办?有备用的领航员吗?"舒桥拧眉,"现在换领航员还来得及吗?"

"不怎么办,"商时舟满不在乎地挑挑眉,"我一个人也能开。"

这话的意思很明显了。

如果不是别无选择,没有赛车手会选择单独一个人。

舒桥也在心底暗骂了柯易几句。

平时胡闹也就算了,这种时候,又做了手术,怎么还不安分一点?

她还想再说什么,短暂的休息时间却已经过去,电子铃音响起,竞赛班要继续开始课程了。

商时舟冲她扬扬下巴:"快去吧,别迟到了。我就是来看看你,也该走了。"

舒桥"哦"了一声,走了两步,突然顿住。

她心底有一种蓬勃的冲动。

是一种压过了她过去所有循规蹈矩、墨守成规的人生,破土而出便疯狂生长的冲动。

所以她停了片刻，在商时舟带了点疑问的目光里转身，问道："你看我怎么样？"

商时舟没想到舒桥是认真的。

没了领航员，有时无法应对突发情况，他便要做到自己对路况更加熟悉，降低一切意外发生的可能性。所以他这几天练车练得很疯，如果不是提前答应了刘老师，还白蹭了一间房，当然最重要的是想来看看舒桥，他可能连看手机的时间都没有。

集训课程已经上得差不多了，商时舟走的这天下午就是结业测试。

三个小时的考试结束以后，大家休息了二十来分钟，分数就已经出来了。

虽说没专门排序，但分数都是当众公布的，以竞赛班这群学生的脑子，听一遍就能知道自己的名次，以及前十名都有谁。

之前那个明嘲暗讽舒桥的李巍然这次考得不错，大致排在四十多名的位置，如果能在真正的竞赛考试中稳定发挥的话，这一年的保送肯定是没什么问题的。

他稍微侧了侧头，看了过来，等着听舒桥的成绩。

虽说这几天舒桥学习的劲头他也不是没看到，但能进竞赛班的学生，哪个不是铆足了劲儿在努力？

在这种地方，努力根本连敲门砖都算不上。

他倒要看看，这个占了他好兄弟名额的人能考几分。

这么想着，他嗤笑了一声："这次的卷子难度还挺高的，也不知道有的人能不能做出来。毕竟竞赛这个东西啊，也不是天天埋头刷卷子，或是靠聪明就可以的。"

台上的老师恰好报到舒桥的名字，念出了分数。

然后李巍然就听见舒桥的每一科分数都比他高，不是高了三分五分的那种高，而是引起了一小阵哗然，惹得其他学校的同学都带着点儿惊呼，向着北江一中这边看过来的那种高。

舒桥起身去拿卷子，身后跟着一片议论。

"目前听到的成绩里，这是最高的了吧？"

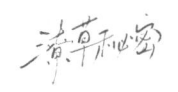

"起码我低了十六分，你呢？"

"我是我们学校第一了，低了九分。哟，之前不是听说，她是纯属被塞进来保高考成绩的吗？结果考这么高，骗谁呢？"

"谁知道是不是北江一中想要一鸣惊人的话术啊，瞧，这效果不是达到了吗？"

传播舒桥是无用废物插班生的主要人物李巍然惊呆了。

之前听说2014届有个学长，就前面来做了分享会的那个人，是来蹭课，结果在竞赛方面分外有天赋，分分钟秒杀其他人的大神。

怎么现在自己也能遇见这种天才型学霸啊？

舒桥没空理会李巍然复杂的心理和眼神。

是第一还是第二，对她来说都不重要。卷面的分数和答题情况已经达到了她的预期值，这就已经足够了。

她拍了分数的照片发给路程交差，连考后的卷子讲解都没听，就去收拾了东西，把房卡交还给了刘老师。

刘老师万万没想到舒桥能考这么高的成绩，着实让他这个北江一中的带队老师好好长了把脸。

这会儿见到舒桥，刘老师脸上的每一寸皱纹都是舒展的："舒同学表现得真不错，下学期考虑和我们一起参加竞赛吗？虽然可能会辛苦一点，但多条路也不是坏事。"

舒桥想了想，没拒绝："也行。"

刘老师满意极了，当然也不会计较她的早退，转身就去落实她的报名事项了。

舒桥来的时候就带了一个包，走的时候自然不会更多。

她没回学校，而是直接提着包上了去梨台山的车。

她查过了，领航员不需要驾照，只要赛前一周通过车队向汽联申请培训，通过就可以拿到领航执照。

时间刚刚好。

只要商时舟同意推荐她，应该是没有任何问题的。

她没有给商时舟发信息，而是直接来到了她和商时舟初遇的路边。

大约过了二十多分钟，随着一阵轰鸣，远处有尘埃如瀑布般扬起，然后是一声再熟悉不过的急刹。

片刻后，驾驶位的车门被打开。

这是舒桥第一次见到商时舟穿赛车服的样子。

他抬手将头盔摘下，额发如初见般微湿，阳光散落在他的身上，勾勒出挺拔的轮廓。

后来回忆这一幕的时候，舒桥记得的，是站在阳光下带着错愕神色的他。

商时舟记得的，是她站在那儿，长发被风扬起，遮住了半张脸，还记得这一天的阳光大盛，但她笑起来的时候，他的眼里就再也容不下其他了。

舒桥抬手，将长发绑成一个高高的马尾，迎上他讶异的目光："我问柯易要了路书。"然后深吸一口气，继续说，"要试试吗？"

这一年的夏天似乎格外漫长。

至少在舒桥的记忆里是这样的。

头盔也挡不住尘土的味道，喧嚣钻入耳中，和蝉鸣一样，响彻了她的整个夏天。

小时候，舒桥是坐过过山车的，那是屈指可数的几次舒远道带她出去玩的经历。

当时她个子还不够高，在座位上乱晃颠簸，耳朵被防护杆卡得生疼，周围都是尖叫声，舒远道在旁边手舞足蹈，当时他的新一任女朋友坐在他的另外一边连哭带叫。

所有人都在自己的情绪里，只有舒桥面无表情，还有点走神。

身体的不受控制对她来说，比起恐惧，倒不如说是享受。

她享受这样的刺激。

那天下过山车以后，舒远道跑去买饮料，舒桥表示还想再坐一次。

然后她就眼睁睁看着舒远道的女朋友连眼泪都止住了，惊恐地问道："你不怕吗？一点点怕都没有吗？那、那你有什么其他的感觉吗？"

舒桥心想：我为什么要告诉你？

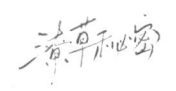

所以她摇头。

舒远道回来后,舒桥看到那个女人和舒远道窃窃私语,然后舒远道脸色大变,把买来的饮料往地上一扔,指向游乐场大门的方向:"你现在就给我滚。"

对方脸色极差,到底还是了解舒远道的脾气,转身就走。

与舒桥擦身而过的时候,她声音很小地骂了句,但舒桥听到了。

"一家子的神经病!"

舒远道气得大骂:"她非要来游乐园,还要把你带上,说是促进亲子关系,到头来给老子说这?亏我还以为她善良温柔识大体,坐个过山车哭得老子头晕。怎么?老子女儿不哭就是怪胎了?"

骂完爽了,他这才有点后知后觉地反应过来在舒桥面前说这些并不合适。

舒桥默不作声地将舒远道刚才扔掉的饮料捡起来,擦擦灰,拧开喝了一口。

甜得发腻,反而带着苦涩。

那是她能回忆起来的,有关那个夏天的所有味道。

在这种速度的车里的体验,和过山车很像。

依然是夏天,但尘土里,还有紫罗兰叶的味道。

于是紫罗兰叶覆盖了记忆里那个去游乐园的夏天,再变成梨台山上往复于赛道上的喧嚣轰鸣。

训练本身是枯燥的。

柯易给舒桥的路书几乎已经刻在了脑子里,夜里她闭上眼,脑海里都是那些一个月之前对她来说很陌生的词汇。

有次她梦见自己随车一跃而起,从险峻的路边飞落深渊。

她猛地翻身而起,大口喘气。

第二天,她不敢说这个梦,商时舟却能看出来。

"我也做过噩梦。"他的面容被头盔覆盖,赛车服勾勒出他英挺的身姿,"喜爱一件事的同时,不是不能有畏惧。畏惧让我们警醒,永远不要自大,永远对这个世界心怀敬畏。"

心怀敬畏。

舒桥在心底默念了一遍这四个字,又难以避免地想起了那个夏日里游乐园的过山车。

"我小时候……"她有点艰难地开口,"坐过一次过山车。"

商时舟侧头看了过来:"很喜欢?"

舒桥慢慢点头:"很喜欢,但只坐过一次。"

商时舟长久地注视着她。

她抱着头盔,赛车服是刚定制出来的,她坐在那儿,依然是小小的一只,侧脸被阳光照得几乎透明。

这几天不舍昼夜地训练下来,她又瘦了一圈,黑眼圈比在集训的时候还要明显。

但她从未抱怨过,哪怕是一开始在树下吐得昏天暗地,她也只是安静地起身,漱口,深呼吸,一声不吭地重新上车,说一句"再来"。

喜欢,但只坐过一次,她家境又不差,这一串连起来,商时舟已经明白了什么。

"心跳和刺激都是可以享受的,享受本身并没有错。"商时舟开口。

舒桥有些诧异地抬眼,正好对上他的目光。

他眼神很温柔,却没有笑,就像是在陈述一件再普通不过的事实:"而有些人心潮起伏,面上却很平静。"

比如她。

舒桥忽然笑了起来。

她戴头盔的动作已经很娴熟,调试好 HANS(是一级方程式和其他赛车比赛中使用的重要安全系统,可在发生事故时保护驾驶员的头部和颈部)和话筒之后,系好六点式安全带,让自己整个人都镶嵌进桶椅里。

他们开的车并不是商时舟日常开的那一辆,换成了正式的比赛用车。这辆车避震更硬、更高,座椅全部被替换为包裹性极强的桶椅,后排被彻底拆掉,交错的防滚架支撑在座椅后方,方向盘和仪表台整个被拆换。除了表面的这些东西,从发动机到曲轴、活塞、连杆……所有舒桥听说没听说过的东西,几乎都被换了个遍。

用商时舟的话来说,除了壳子,里面所有东西都是重组的。

这个改装的过程,也是玩拉力的乐趣所在。

专业走比赛路线的,就和车队一起配合出方案磨车,把整辆车拆了又重组。

不比赛,只是对拉力比较感兴趣的,也可以只改其中一部分,玩玩跑山。

拉力赛的门槛本来就没有F1那么高,但这项竞技的刺激和惊险程度丝毫不逊色于F1,甚至有过之而无不及。

舒桥问过商时舟为什么不去开F1。

商时舟当时说,他更喜欢沿途的风景,而非场地赛。

然后舒桥就发现,这么高的车速下,所有的一切都幻化成了一道一闪而过的动线,要称之为沿途的风景……

也不是不行,就是多少有点难以捕捉。

这动态,视力得多好,才能看清。

思绪的恍惚只是一瞬间。商时舟的声音从耳机里传出来,有一点失真,就像她此刻在做的一切,是过去的自己从来不敢想的事情。

"准备好了吗?"他抬手放在手刹上。

熟悉的咆哮与震动里,舒桥深吸一口气:"好了。"

"三、二、一。"

商时舟话音落下的同时,是舒桥已经逐渐习惯的弹射起步。

整辆车像是子弹一样迸射出去,强大的推力让她的心跳几乎停滞。前几次她还会为心脏的过重负荷而喘息,但现在,她已经能声音稳定地念出路书上的标识。

对于车手来说,最高境界为人车合一,心之所向,便是一往无前。

领航员又何尝不是。

一路上,她几乎没有时间去抬头看路面,全靠她与生俱来的路感。

过弯、下坡、倾斜、急转、漂移……

她的目光被禁锢在面前的白纸黑字上。

身体被束缚在桶椅的狭小空间,灵魂却是自由的,自由地附着在这辆车上,肆意地沉浮于尘与土中,俯视这条长路。

舒桥拿到领航执照的那天，车队开了个小型庆祝会。

之前初遇时，骑着哈雷摩托车的蓝毛和其他几个人也在，蓝毛有个挺好记的名字，叫路帅，按他的话来说，意思是天生就应该在路上耍帅。

舒桥抚摸着执照，忍了忍，还是没忍住拍了张照片，里面入镜了小半个车头。

然后发了朋友圈，没配字。

她的朋友圈挺空，突然发朋友圈多少有点引人注意。

不过她蒙了滤镜，乍一看更像是从网上随手保存的图。

距离北江汽车拉力赛不到三天了，训练也算是暂且告一段落。她和商时舟的协同性高得不可思议，每次试驾的完成度都非常高，甚至一度破了商时舟和柯易的记录。

一开始，车队的人对于舒桥的到来还非常不看好，在经过一通计算后，觉得北江赛段落后的一点分之后追回来就行，对总比分的影响不大，这才假装对商时舟的"带妹"行为视而不见。

——毕竟如果柯易没法参赛的话，就得商时舟一个人开，再带一个人，只要不捣乱的话，也没什么区别。

还有人调侃商时舟会玩，然后就被两个人跑出来的速度打了脸。

路帅说："这要是让柯易知道了，准得哭几天。"

他话还没落音，柯易的声音就从某人的手机话筒里幽幽传了出来："……在哭了在哭了，感觉自己要失业了。"

众人哄笑。

舒桥也笑了，手里还拿着一本已经翻了一半的维修大全工具书。

拉力赛的路途上，难免会出现点小问题，通常需要车手和领航员协作临时修车。

舒桥经验不足，只能靠理论知识补一补，并且祈愿路上不要出现太大的问题。

还好北江这段路不算非常长，路况也不算特别差，不到两个小时就跑完了全程，只要运气不太差，一般不会有什么意外。

跑出这样的成绩，全车队都放松了许多，还有人提了烟花和低度数的酒来，说怎么都得庆贺一下。

市内禁烟火，郊区倒是没那么多限制。

路帅第一个冲上去，点燃了"一"字摆开的烟火，然后大喊大叫着冲了回来，他在黑暗中的模糊身影转瞬被背后升腾的烟火照亮。

夏日烟火，连蝉鸣声都可以盖过。

舒桥站在车边，抬头看月明星稀的天空被烟火点燃，心底澎湃，却又是从未有过的平静。

曾经那杯在她的夏日记忆中甜得发腻的糖精饮料里，腻没有了，苦也没有了。

车队的人都在欢呼闹腾，突然，舒桥的肩头被拍了拍。

路帅正用相机对着她，又喊一句："舟爷，看我！"

舒桥下意识地弯起唇角。

快门按下的前一瞬，有人靠近了她。

原本站在她身侧的商时舟稍微俯下身，靠近她，指尖悬在了距离她的手指极近的位置。

她在看镜头。

他在看她。

烟花盛放，北江混合着尘土与喧嚣的夏日，定格一瞬间。

第七章
你想要第一,我们就绝不会是第二

比赛当天,苏宁菲专门带上了她摄影专业的表哥,在现场支了个机位,说是一定要把舒桥的英姿给拍下来。

舒桥在副驾驶坐好的时候,还和商时舟提了一嘴这个事儿。

商时舟笑了一声,一边歪头扯头盔下的带子,一边说:"我保证到时候他连车都没看清,我们就过去了。"

朝阳照射下来,有点刺眼,他这样抬着头,喉结随着说话的声音微微滚动,清晰的下颌线被隐在头盔下。

舒桥收回目光,才活动了一下肩颈,就有一只手伸了过来,帮她捏了捏后颈。

力度其实不算大,但她肩颈最近保持一个姿势太久,有些僵硬,这么一捏,她倒吸一口冷气。

"疼——疼疼疼——"

一连串急呼还没停,敞开的车窗突然探进来一个蓝毛脑袋。路帅欲言又止,目瞪口呆地看着两个人:"打、打扰了。"

前车出发,他们的车开上出发点,等待间隔时间。

车早已发动,轮胎也已经磨合到了最佳温度。

出发前,商时舟的声音从耳机里传来:"有什么愿望吗?"

发动机的声音很大,耳机里,他的声线稳定低沉,让舒桥跳动极快的心镇定下来。

就好像这一路，只要有他在，就万事无忧。

他问的是舒桥对这次比赛的期许。

"我有什么愿望，你都会实现吗？"

商时舟笑了一声："当然。你想要第一，我们就绝不会是第二。"

舒桥也笑了，低头看路书，掌心微微出汗："愿商时舟一路平安，得偿所愿。"

耳机中传来清晰的指令，她话音落下的一瞬，整辆车如箭一般飞驰而出！

开了无数遍的路被碾压在轮胎下，车尾尘土飞扬，舒桥声线稳定清晰地报出一串又一串指令。

这一刻，前路在他手下，也在她口中。

唯有绝对的相互信任，才能成就这样的一骑绝尘。

路程到三分之二的时候，耳机里切进来了计时员的声音："目前领先第二名一分四十八点八秒，继续保持。"

到最后两个漂移弯。

"领先五十二点三秒，继续保持。"

"领先，保持。"

"领先。"

切到最后一段弯道的时候，舒桥终于抬眼看了一眼窗外。

尘土之外，依然是青山。

她在这样片刻的走神里，想到了自己被葬在梨台前山的母亲。

前两年，她在母亲的遗物里发现了一封没有拆封的信，上面写明了要她亲启。

舒远道没有提过这件事，不知道是不是忘了，舒桥怀着一种难明的心绪拆开信。

信不长，母亲的字写得很随意，一点也不像是给女儿交代后事，反而像是在某个瞬间，看着病房外春日的第一簇小花有感而发，所以随便找了张纸，写了几句话。

春天很好。我还没怎么看过这个世界,有空你去替我看看。

人生会留遗憾的地方太多,愿你此生随心,无拘无束。

这是舒桥按部就班的人生里,第一次随心,第一次无拘无束。

无数欢呼声中,他们冲过终点线,急刹,车辆滑出好几十米。

等到车终于停下来,舒桥才有点恍惚地从路书里抬起头来。

成绩已经出来了,他们是北江拉力赛的冠军。

下一刻,车重新启动,原地漂移过180度。

舒桥透过车窗,看到车队的人一路欢呼着向他们的方向冲来。商时舟缓慢开过人群,停在了终点的彩虹门下。

热烈包围了他们,无数镜头对准了他们这辆车。

商时舟熄火,从他那一面下来,再绕到另外一边,打开了舒桥这一侧的车门,将她拉了出来。

下一刻,他轻巧地一撑车身,翻身而上,再伸手把舒桥也拉了上去。

不远处,有记者的声音慷慨激昂:"现在为您直播的是北江汽车拉力赛段的冠军庆典……"

镜头对准被鲜花与气球包围的那辆斯巴鲁Impreza,再稍微上移,让站在车身上的两道身影映入所有人眼中。

两道身影的身高差很大,其中身高腿长的那位驾驶员抬手将自己的头盔摘了,随手扔到了人群里,露出了一张英俊又不可一世的脸。

正在看电视直播的路程一边嗑瓜子,一边拍了把大腿,大喊:"爸,你快看,哎哟,还真是商时舟这浑小子。"

路老爷子盯着电视,原本有些紧张的表情放松了下来,眼睛里带着高兴,嘴里却在嘀咕:"我看老秦一会儿就要打电话过来骂他这个乱来的浑小子了。"

路程忍不住说道:"都不让儿子和他姓,还摆什么当爹的谱。"

路老爷子瞪过去一眼:"你都三四十岁的人了,这种事儿是能议论的吗?"

路程翻了个十分具有班主任特色的白眼,懒得理路老爷子,继续看

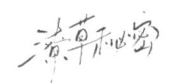

电视。

然后他就看到那个高冷的家伙俯下身，动作无比温柔地帮旁边身形窈窕的领航员取下了头盔。

路老爷子看得啧啧称奇："哟，这小子转性了吗？当年掀我棋盘的脾气呢？我打赌他旁边的是个小姑娘。"

路程嗤笑一声："怎么可能，这么多年多少女生仰慕他，这小子不近女色的……"

下一瞬，头盔下面，露出了一张素净的小脸。

……而且非常眼熟。

路程惊呆了，紧接着在路老爷子的"啧啧"声中当场起立。

赛车服都是防火材质，炎炎夏日，又是密闭空间，舒桥的头发早就被汗湿。她喘出一口气，还没抬手，商时舟就已经帮她把一绺汗湿的头发别在了耳后。

旁边的柯易和路帅围了上来，两人手里都拿着巨大的香槟酒瓶，一边欢呼，一边剧烈摇晃。

"砰——"

瓶塞被冲开，两人向着周遭的人群洒香槟欢呼，还有人给商时舟和舒桥递上来一瓶，显然是要他们两个一起加入这样的狂欢。

彩花漫天，香槟的气味压过尘土，商时舟一手接过香槟，漫不经心地晃了晃，目光却依然落在舒桥身上，轻笑一声："舒桥，现在还觉得超速的都不是好东西吗？"

舒桥愕然抬眼，心道自己当时的腹诽怎么也被这个家伙知道了。

几乎是同一时间，商时舟手里的香槟酒塞被冲开。

他没有等舒桥回答，将酒瓶塞在了她手里，顺势从她背后带着她的手，大笑着将香槟洒向周遭。

闪光灯，摄像机，彩虹门，喧嚣，尘土，绿树，艳阳，香槟，彩花。

这是属于舒桥和商时舟的 2016 年的夏天。

舒桥被苏宁菲拉着看照片。

结果翻了一圈才发现，车速太快，照片里几乎全是一片模糊的动线。

舒桥有些哭笑不得。

苏宁菲也认不清楚，眯着眼睛："这个是不是……不对，这个、肯定是这个！"

舒桥凑过去一看，发现苏宁菲指着一辆雪铁龙说是斯巴鲁。

……怎么说呢，就是和一个月之前的她差不多的程度吧。

翻到最后一张，看舒桥还在摇头，苏宁菲和表哥两个人都紧张了："这个总是了吧？"

舒桥措辞一番："很有艺术美感。"

可不是吗？糊到几乎看不出是一辆车。

苏宁菲在旁边骂表哥不中用，舒桥一边笑，一边回头看了一眼在不远处和车队的人交流的商时舟。

然后想起来自己的手机还没开机，她摸出来，刚按亮，路桥的电话就进来了。

周围的嘈杂依然很盛，有记者在高声提问，想要知道商时舟接下来的打算，以及是否有取得全赛段总冠军的决心。

到这会儿，舒桥才知道商时舟在国内拉力赛圈子里的名气有多大，而他从来都不接受任何采访，所有的镜头此刻都被车队拦了下来。

商时舟正坐在镜头拍不到的地方，点燃了一支烟。

烟起袅袅，他垂着眼睛，看不清他的表情。

舒桥接起电话："喂，路老师……"

路程的声音里带着恨铁不成钢的意味："舒桥，我没看错吧？电视上的人是你吧？你怎么跟着商时舟那个浑小子去干这种不要命的事情？他浑蛋也就算了，你怎么回事？"

舒桥没有说话。

路程一顿输出，电话里面却只有一片欢呼声。

路程："舒桥？你人呢？"

"我在。"舒桥有些出神地盯着商时舟指尖漫出的那缕烟，慢吞吞地回答路程的问题，"我也浑蛋。"

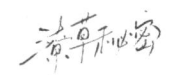

舒桥后来还是把苏宁菲表哥拍的那张模糊不堪的照片要了过来,然后设成了头像。

商时舟看到的时候,很是嘲笑了一番,结果他转头去问车队要照片的时候,除了最后在终点彩虹门下庆祝的照片是清晰的,其他的比舒桥的头像还模糊。

商时舟愣了愣。

他收回了自己之前的话。

八月末,暑期戛然而止。商时舟回京市的那天,舒桥没有去送他,但他留了那辆斯巴鲁的车钥匙给她。

舒桥哭笑不得:"我又没有驾照。"

商时舟在电话里笑得散漫:"留点不动产给你,免得你转头就把我忘了。"

这个"点"字就很耐人寻味了。

舒桥这才发现车钥匙串下面还有张门禁卡,卡上贴了串数字。

990220。

是她的生日。

舒桥的心猛地一跳。

她本来想拒绝,说自己住校也没什么问题,结果商时舟直接报出了地址:"没人,有空可以去帮我浇浇花。"

……浇花啊?

那、那倒也不是不行。

舒桥把之前到嘴边的话咽了下去:"哦……但我不擅长养植物,仙人掌都养不活的那种。有很名贵的品种吗?"

商时舟靠在京市的宿舍楼下,掐了烟,笑道:"有啊。"

舒桥有点紧张,想了想:"那我到时候查查看怎么浇。"

然后,她又状似不经意地问了句:"怎么用我的生日做密码?"

她也不知道自己问这个问题是期待什么样的答案,但心跳却已经快了起来。

"还能因为什么?"商时舟轻笑一声,声音有点沙哑,"当然是因为我想用。"

舒桥的脸发烫，结结巴巴地说："我、我要去上课了！"

"嗯。"商时舟看了眼时间，中午一点二十五分，也不知道她要去上什么课。

但他嘴边擒着点儿笑，到底没有拆穿她，只道："好好学习。"

舒桥挂了电话。

手机有点烫。

她的脸更烫。

舒桥慢慢捂住脸，然后把脸埋进了膝盖里，半晌才猛地抬头。

其实并不是说谎，她确实有节课要上。

许深从来都是一个有始有终的人，答应了路程给舒桥补课，就一定会把自己列的教学大纲上的内容都讲完，于是硬是坚持到了自己大学开学返校的最后一天。

今天是最后一节课。

因为已经开学，课安排在了午休时间。

舒桥起身，捞起书包，向图书馆走去。

许深已经在那儿等着她了。

他最后给她过了一遍重点，然后合上书："考试这种事情，到最后其实看的不仅仅是水平，最主要是心态。"

舒桥点头："但要说完全不紧张，肯定也是不可能的。"

许深安抚地笑了笑："以你的水平，其实没必要紧张，左右就是那几所大学，完全看你心情。你要是直接参加了今年的高考，指不定现在就已经是我学妹了。"

舒桥也笑了，想说自己学长白叫了吗？高中学妹就不算学妹吗？

她知道许深的话不是抬举，历年高考题她早就刷过，自己的水平当然自知。

只是话到嘴边，她又转了个弯："学长你是哪所大学来着？"

其实早就听说过，但假装忘了也无可厚非。

许深报了个 Top10 的大学名字，舒桥状似无意般继续问道："许学长怎么不报 Q 大？"

131

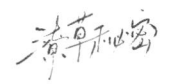

"喜欢的专业被人占了。"许深叹了口气,很是哀怨,"也不是没名额,但高中被碾压三年,总不能大学重蹈覆辙,还活在他的阴影之下。"

"是说……商学长?"

"除了他,还有谁?"许深扶了扶眼镜,一脸苦大仇深,"可能这就是人和人的差距吧。有的人,比如我,要十分努力,才能拿到漂亮的绩点,发几篇好看的文章。也有的人,比如他,一边满世界飞来飞去地比赛,一边还能在 Q 大这种地方继续全系第一。"

许深摇摇头:"如果大家都是靠努力,那无非是技不如人。但像他这样的,纯粹就是对我人生的碾压,没法比。"

大约是知道两人认识,许深又多感慨了一句:"有些人啊,生来就站在塔尖,偶尔有交集的时候,你会觉得离他很近,但等真的靠近了,你才会发现,你的终点,其实只是他的起点。"

许深意味深长的话语,舒桥不是没有听懂。

"是啊,这个世界从来都是这样。"她垂眼盯着自己的笔尖,也不知是说给谁听,"但我还是想试试。"

试试竭尽全力能不能离你再近一点。

商时舟点开舒桥的头像看了会儿,然后打了个电话出去:"帮我订几张去北江的机票。周末的。嗯,每个周末的。"

他挂电话的时候,柯易刚好从他面前路过,颇为嫌弃地看了他一眼:"啧啧,注意点。"

商时舟睨去一眼:"有分寸。"

柯易像是看什么稀奇玩意儿一样盯着商时舟又看了眼,意味不明地挑了挑眉。

舒桥专门在自己的日程本上画了画。

她是个极有计划的人,说了要去浇花,就会每周匀出周末的时间去一趟。

能不能浇活是一码事,起码她去了。

万一花花草草遭遇不测,至少也是死于她的勤快,而不是懒惰。

她顺便连路上的时间都规划了，看外文期刊，又或者听点儿德文广播剧。

——这得益于舒远道在她小时候的道听途说，说女孩子就要多会点儿外语，于是从小给她请了德国人做外教，又能学英文又能说德文，性价比不要太高。

从北江一中到商时舟给的地址距离并不远，都在市中心这一块。舒桥到的时候，才发现这儿好像是北江最高档的小区。

临江，视野极好，容积率也很低，全是单梯单户的大平层。

当年舒远道想买，手头差了点儿钱，他带着舒桥在江的另一边兴叹，说自己这么也要奋斗一套这儿的房子出来。

所以舒桥站在小区门口的时候还有点恍惚。

小区挺大，但舒桥很快就找到了地方。因为她天生方向感就好，不然也不可能给商时舟当领航员，还因为商时舟说过，进小区以后最中间那栋就是。

舒桥怀着一种微妙的心情输入密码，在门口站了会儿，又给自己做了一次心理建设，这才推门。

她只是来浇花而已。

嗯，浇花。

一整面的大落地窗通透明亮，窗外是敞亮又开阔的大阳台，整个房子精致却空荡。

舒桥从阳台这头走到阳台那头，从这个房间逛到那个房间，然后有些呆滞地站在客厅中间，掏出手机。

商时舟接得很快："嗯？"

舒桥："我在你家……"

商时舟："嗯。"

舒桥："……浇花。"

商时舟还是不咸不淡地"嗯"了一声。

舒桥暗示未果，终于说："……但没找到花啊。"

偌大一个房子，除了她，压根就没有任何活物啊！

总不可能有人把花养在柜子里面吧？

商时舟的声音终于带上了一丝笑意:"等下,花还在路上。"

电话没挂。

舒桥还在想,什么叫"花在路上"?花能自己走吗?

这时,听筒里和房间门口同时传来了声音。

原本严丝合缝关着的房门在舒桥诧异的目光中被打开,商时舟的身影出现在门口。

他懒散地往那儿一靠,掀了掀眼皮看她,身上带着一点儿风尘仆仆的味道,冲她扬扬下巴。

"花来了。"

开学后学校宿舍管理很严格,舒桥也没打算夜不归宿。

她有时会带作业去商时舟那边写,高三的课业越发繁重,偶尔她写着写着就趴在桌子上睡着了。

身后是如那天一样盛放的花。

她说过一次喜欢紫罗兰叶的味道,所以这间房子里便有了属于十字花科的紫色花朵。

有一次,舒桥不经意间听到商时舟打电话才知道,这些花都是每周从欧洲直接空运过来的。

舒桥沉默几秒。

第二周来的时候,她多买了两个喷壶,金属的,比之前用的塑料的足足贵了三十块的那种。

商时舟看见了,大致猜到了什么,笑了半天:"欧洲镀金这么有用的吗?不然我也去住几年,是不是也能得到这种至尊待遇?"

"不用,"舒桥把喷壶向着他的方向扬了扬,在地毯上留下一条水渍,"现在就可以得到。"

商时舟懒洋洋地举手投降:"带你一起去总行了吧?"

离了故土的花,大多会凋零。

但每周运来的鲜花,却像是繁华永不落幕。

学校里的考试越来越密,除此之外,竞赛班也开始了南征北战。

舒桥和商时舟的聊天对话框里多了许多不同的定位。

比如考场附近的位置、下榻的酒店、落地的机场……

就连冬至的饺子都是考完一场竞赛以后,在路边的小菜馆里吃的。

舒桥皱着鼻子发信息。

木乔:是我不喜欢的韭菜馅,不好吃。

Z:那你喜欢什么馅的?

木乔:全虾的,就是一个饺子里包一整个虾的那种。

那天晚上,她回到北江进宿舍的时候,看见她的桌子上端端正正放着眼熟的精致外卖盒子。

舍友黄灿颇有些阴阳怪气:"大小姐还住什么宿舍啊,吃个饺子还有人专门送一趟。"

舒桥和她是闹过矛盾的,不然之前舒远道也不会专门问一嘴,还想让她回家住。

打开盒子,热气腾腾,显然是刚刚送来的,虾肉的纹理透过薄透的皮显露出来。

确实是一个饺子里包一整个虾。

舒桥笑了一声。

黄灿以为舒桥是在嘲笑她,猛地站起身:"舒桥,你不要太过分!"

舒桥这才撩起眼皮看她,还带了点儿笑:"要吃一个吗?"

黄灿怒气冲冲地对上一张笑脸,不由得愣了愣。

舒桥慢条斯理地抽出筷子:"可你不配。"

黄灿难以置信,倒吸一口气,上前两步,就要抬手。

舒桥不避不让,手上却已经打开了前置摄像头开始录像:"还有一个学期就高考了,这段发出去的后果,你想好了吗?"

黄灿的手顿住,气急:"你……"

"很快我们就要各奔前程了。"舒桥捞起一枚饺子,裹满蘸料,"我们今后的人生没有交集,姑且互相忍忍。"

黄灿的脸色很不好看。她也是一班的,排名也能进年级前五十,但前五十和第一,区别还是很大的。

她知道舒桥意有所指,却无从反驳,最终只狠狠撂下一句:"别得

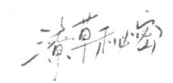

意这么早，你是不是觉得自己保送已经十拿九稳了？别最后啥也没考上，那才真是让人笑死。"

舒桥没理她。

后来聊天，舒桥随口把这个事情分享给了商时舟。

商时舟听完，没劝她换宿舍或是搬出来，只笑着问道："真没考虑过万一？"

舒桥也笑，不是很在意："没考上就没考上呗，不是还有高考吗？"

转头，舒桥又收到一张门禁卡和一串地址。

——就在北江一中隔壁，贵得要命的那个学区房小区。

商时舟是这么说的："买的二手房，怕有甲醛，没重新装修，但没住过人。你累了可以去睡个午觉。"

他语气轻巧，就好像是给她送虾仁的饺子一样，并不是什么大不了的事情。

舒桥觉得手里的卡挺沉，塞进钱包，和另外一张卡一起占据了最里面的那个格子。

竞赛出成绩的时候，是这个学期末。

公布成绩和排名的那天，所有参赛的学生都被叫到了学校会议室。北江一中不搞一个个公布的那一套，大屏幕一开，直接把名次全公布了，让大家各找各的，颇有种古代放榜的感觉。

李巍然一开始在看到舒桥进来的时候，还冷哼了一声，结果"榜"一出来，金牌前五十保送名额里，第一的位置赫然是舒桥。

从第二数到第五十，没有李巍然的名字。

再往后一个，李巍然，五十一名。

李巍然脸都绿了。

倒也不至于幼稚地说什么如果舒桥不参赛，他就能稳居前五十的话。

技不如人，该服输的时候还是应该服输。

只是想到自己之前给舒桥撂的那些话，他到底年轻，脸皮薄，现在不仅为自己的成绩而难过，还为之前放的话而难堪。

舒桥倒是像把这个事情忘了一样，上前领了奖牌，被调侃了两句要选D大还是Q大，她含糊过去，也没给准话，就回来拍了照片，发了个朋友圈。

舒远道正好在看朋友圈，仔细放大奖牌看到了上面的一圈字，抬头问秘书："奥林匹克金牌是不是很厉害？"

秘书的孩子已经考大学了，闻言很是无奈："舒总，您可上点儿心吧，那已经不是厉不厉害的问题了，而是为国争光的程度了！"

舒远道于是乐呵呵地转发了那张照片到自己朋友圈，然后反手给舒桥的卡里打了二十万块钱过去。

附言：奖励。

舒桥一低头就看到了转账记录。

沉默片刻，她点开了和舒远道的对话框。

木乔：谢谢爸爸。

舒远道：打算上哪个学校啊？

舒桥盯着这个问题看了会儿。

被恭喜了无数次，等到大家的证书、奖牌都领完散会，舒桥才去找了路程。

"路老师，我想放弃保送。"舒桥开门见山。

路程本来还一脸笑呵呵的，听到这句，表情变得无比精彩："舒桥，这不是任性的时候，商时舟敢放弃是因为他家里……"

"和他有什么关系？"舒桥不想听下去，第一次打断了路程的话，"我只是不喜欢保送的学科罢了。我对钻研基础学科没有太大的兴趣，也不太擅长。考第一可能也只是因为我侥幸擅长考试而已。我想给自己更多选择的余地。"

路程被这一番话说得没了脾气。

他叹了口气："你想好了？有想过万一高考失利吗？"

舒桥笑了笑："怎么可能？"

路程盯着她看了会儿，欲言又止，最终还是什么都没说，让她回去，剩下的事情交给他来。

他没有说的是，刚才舒桥的样子，让他想到了三年前那个意气风发、肆意妄为的商时舟。

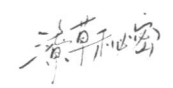

路程看着舒桥纤细的背影,多少有些明白,商时舟为什么偏偏会关注她了。

他们从骨子里流露出来的,是同样的气息。

这一年的年关很早,舒桥回了家,不出意外看到的是一片清冷。她贴了春联,又贴了窗花。小年那天,北江下了一场雪,说话呼出的热气瞬间凝成一片白雾。

舒远道在除夕前夜赶了回来,照例带她去梨台山扫墓。

舒桥站在母亲的墓前,看着照片上年轻的女人,在心里说:妈妈,又是新的一年了,我高考之后要去远方了,我也遇见了不错的人。

大年三十的晚上,舒远道出门去和朋友喝酒,和过去一样,留舒桥一个人在家。

她开着电视播放春晚,从窗户看出去。

万家灯火落入眼中,电话就是在这个时候响起来的。

商时舟那边很安静,一点也不像是除夕夜:"在干什么?"

暖气开得很足,舒桥穿着薄珊瑚绒的睡衣,抱着腿坐在沙发上,笑了起来:"你猜?"

"一个人?"商时舟问。

"嗯,我爸爸出门了,去见他的朋友们。"舒桥老老实实回答,"每年都是这样。"

商时舟顿了顿,似是笑了一声:"看看楼下?"

舒桥愣了愣,然后一跃而起。

空荡荡的街面覆雪,融化的部分又被新雪覆盖,将世界染成一片素白。穿着驼色大衣靠在黑色车上的那个人,像是这世间唯一的色彩。

商时舟抬头向上看,微微眯眼,并不知道那些灯火里,哪一盏是舒桥家的,脸上却带着点儿散漫的笑,像是已经迎上了她看下来的目光。

雪落在他的肩头,落在他的发梢,也落在舒桥鹅黄色的珊瑚绒睡衣上。

等到雪水渗透到她的脚趾,她才想起来,自己连拖鞋都没换。

商时舟松开她,顺着她的目光看下去,失笑,将她塞进开足了暖气的车里,忍不住挑眉:"跑这么着急?"

明明商时舟才是在雪夜里站了那么久的人，可脸冻得微红，鼻尖也微红的却是舒桥。

车是京牌的迈巴赫，舒桥看了一眼，商时舟注意到，轻描淡写地说："从京市开回来的。"

舒桥很难形容心里是什么感觉。

在这个阖家欢乐的除夕夜，她唯一的血亲在别人的灯火里。

却也有人抛下所有，跋涉千里，来赴一场与她的约。

她慢慢抬眼，不避不让地看向商时舟灰蓝色的眼睛："也没有非常着急，只有一点点。"

她用手比画了一下："真的只是一点点。"

就一点点。

第八章
夏天潦草落幕的秘密

北江的年味一直都很浓。

舒桥却是第一次融入其中。

舒远道的红包向来给得很厚,奈何舒桥压根从来都没有过年期间出行的念头。

早些年她还回去姥姥家里待几天,后来姥爷病逝,姥姥便被二舅接去了外省,再加上姥姥有耳疾,通电话并不方便,慢慢地,来往也变少了很多。

至于爷爷奶奶那边,他们一直撺掇舒远道再娶一个,好歹也要生个儿子出来,还让舒远道少给舒桥钱,说什么给女儿都是血本无归。

这话落到舒桥耳朵里以后,她就再也没去过爷爷奶奶家了。

在舒桥的记忆里,有家人陪伴的年关,竟屈指可数。

听舒桥说这些的时候,是大年初二,商时舟来接她,手里还拎着一串糖葫芦。

舒桥不怎么爱吃甜,商时舟却挺喜欢,咬了一口上面的糖衣。

他吃得太过坦然,舒桥不由得睁大了眼。

商时舟摊手:"我姥姥那边的习惯,他们欧洲人爱吃巧克力,所以我天生就嗜甜。"

舒桥顿了顿,说:"只是听说男生一般会觉得爱吃甜比较……不好意思？"

商时舟笑了起来，明显他也不是第一次听说这种事情，却毫不在意："喜欢这种事情有什么好遮遮掩掩的？"

家里来了电话。

川流不息的长路上，商时舟看也不看地按下方向盘上的接听键。

马上传来熟悉的暴怒声："商时舟，你给我回来！"

"不回。"他答得散漫。

"你再不回来，就别认这个家！"

商时舟浑不在意地挂断电话。

舒桥悄悄移过视线，看到他满不在乎的外表之下，有阴郁的神色一闪而过。

"是我爸。"商时舟第一次主动提及自己家里的事情，"他一直想让我继承家业，我不太想。"

舒桥不知是什么家业，只用尽量轻松的口吻说："多少人渴望有家业继承呢，轮到你，你还不肯。"

商时舟笑了笑，一副不甚在意的样子，打趣自己："是啊，我多么不知好歹。"

车里陷入沉静。

片刻后，商时舟突然开口："你觉得我应该去吗？"

舒桥下意识将这个"去"理解为"去继承"。她想了想，很认真地说："这个世界上可能有人出生就在罗马，却不以为然。每个人都应该有自己的人生，但罗马人终究也有自己的职责。"

商时舟没有再接这个话题，那天他的情绪不高，话也很少。

第二日，他便回了京市，只是早上去，傍晚又返回了。

那几日校内宿舍温度实在太低，晚自习后，舒桥终于拐弯去刷开了商时舟购置的那套北江一中附近的房子。

这是她第一次来。

满屋没有一点灰尘，显然定期有人来打理，只为她不一定会来的那一刻。

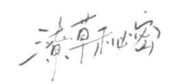

她穿过门廊，就要步入客厅的时候，所有的灯却突然熄灭。

舒桥吓了一跳，有些惊惧地后退，客厅却已经有微光燃起。

她深吸一口气，小心翼翼探头去看，却见到了坐在白色地毯上的商时舟。

他穿着灰色的毛衫，斜靠在沙发上，一条腿随意地屈起，单手支在茶几上，眉宇间是被烛火照亮的笑意。

"桥桥。"他看过来，"十八岁生日快乐。"

舒桥愣了很久，这才想起来今天是自己的生日。

紫罗兰和玫瑰交错着铺满地面，只留出了容她走过去的小径。

她走入他的目光里，垂眼看着放在茶几上的蛋糕。

上面用奶油写着一个歪歪扭扭的"桥"字，下面的小字有些许晕开，明显极不熟练，但一笔一画的，能看出很用心。

"第一次用奶油写字。"商时舟顺着她的视线看过去，难得有点儿懊恼，"早知道这么难写，我就先去练练了。"

舒桥看了片刻，摸出手机，在商时舟反应过来之前留了张照片。

商时舟也不拦她，只是看着她的动作，末了还说了句："要我帮你拍吗？"

舒桥想了想自己的样子——刚放学，头发已经两天没洗，校服穿了三年，稍微有点儿小了……

她果断摇了摇头。

但在插好蜡烛，她闭眼许愿的时候，商时舟还是在她看不到的角度，按下了快门。

黑暗中烛火摇曳，勾勒出少女精致的侧脸。她扎着高马尾，不着粉黛，素净而美好。

许愿的那一刻，舒桥想起来，自己曾经随口问过商时舟要不要一起过生日。

所以在吹灭蜡烛之前，她转头对商时舟嫣然一笑："商时舟，生日快乐。"

高三的最后一个学期，许是不想打扰舒桥，商时舟的信息也渐渐变少了。他也不是没有来看过她,但总是匆匆一面。

最后一门考完,舒桥从高考的考场出来时,恰有记者在校门外,堵住了她。

男记者递过话筒:"这位同学,觉得自己发挥得怎么样?对未来的自己有什么寄语吗?"

舒桥不是很喜欢镜头,但她还是抬眼,弯了嘴角:"正常发挥。未来的寄语是,Q大见。"

这段在电视上播出来的时候,还没出高考成绩,不少人只觉得这个长相过于优越的女孩子未免过于自信了。

出分的那一日,各大媒体提前拿到了这一届北江状元的资料,等到公布分数的那一刻,那一日舒桥的采访片段被重新剪出来。

少女轻描淡写的"正常发挥,Q大见"之后,用特效给她配上了大佬墨镜,并且配上了耀眼的高考状元成绩。

网友顿时炸了。

△这就是真人美学霸大佬吗?之前我还喷了几句来着,是我有眼无珠了!

△世界上真的存在这种漂亮学霸小姐姐吗?

△别人说上Q大,就是真Q大,而我做梦都不敢梦这么大的。

△是我北江的门面没错了!

△说到门面,前几年好像也有个长得巨帅的高考状元来着。

△对对对,叫什么来着,我记得也是北江一中的!

舒桥对自己一夜之间成了"美女学霸"小网红的事情完全不知晓。

舒远道难得亲自来帮她收拾行李,喜气洋洋地开车回家,然后谢师宴和饭局安排了一整周。

他连公司都去得比以往的次数多了,而且还不去自己的办公室,专门喜欢扎在员工堆里,连接电话的声音都大了:"您好,对,我是舒桥的爸爸。您是?哦——D大招生办啊——"

收到老板分享喜气的大红包的全公司员工心想:好了好了,知道您有个状元女儿了!

无数饭局的觥筹交错间,舒桥把自己的成绩发给商时舟,又悄悄撤回。

总觉得主动去说有点让人脸红。

她等了很久。

直到酒冷人散。

商时舟第一次没有及时回她的信息。

舒桥有些迟钝地往上翻了翻，发现他们的最后一次聊天，已经是五天前。

当初舒桥还是留了车队里其他人的联系方式的。她又等了两天，终于试探着给其中一位摄影小姐姐发了信息。

对方回复很快：不知道啊，上个赛季结束以后，舟爷就暂时休赛了，他没跟你说吗？

舒桥看着最后几个字，有点发愣。

没说，她也没问，甚至没有往这个方向考虑过半分。

但现在回想，拉力赛的赛程那么紧，他却有那么多时间往返于京市和北江之间，怎么可能参赛？

舒桥第一次想，她是不是对商时舟了解得太少？

她去了商时舟留在北江的那两套房子，看到里面的紫罗兰花叶上还带着新鲜的露珠，显然是才有人来打理过，那种涌动的不安终于落下了些许。

舒桥是在北江一中旁边的那套房子里等到商时舟的。

他始终没有回复她，却在某个午后，风尘仆仆地推开了那扇门。

舒桥正坐在窗边看书，长发倾泻下来，有光打在上面，洒上了一层柔和的光晕。

她以为是送花的，没有回头，只轻声说道："放在那边就可以了，辛苦。"

脚步声却径直来到了她的身后。

舒桥后知后觉回头，看到商时舟，什么也没问，只问道："忙完了？"

"嗯……"他垂眸看了她许久，"让你久等了。还没恭喜你拿到北江状元，给你带了礼物，上课装书装电脑都行，实用。"

舒桥僵硬片刻，侧头想要看他。

他却捂住她的眼："别看。"

他的音色压抑，覆在她眼上的那只手比平时更冷，仿佛藏在骨子里的某种东西难以抑制，又像是潜藏太久的情绪无处释放，在触碰到面前心心念念之人时，终于能露出真实自我。

半晌，商时舟轻声说："抱歉。"

他才要松开舒桥，却被舒桥重新按住了他的手。

她没有问他在消失的这段时间去了哪里，仔细想想，也许是从这个时候开始，她已经有了某种难以言说的预感，却依然愿意纵身向这不明的前路孤注一掷。

接下来的一小段时间，几大高校都来抢人，路程以自己丰富的周旋经验，硬是忽悠得 Q 大抬了三次筹码，这才让舒桥在意向书上签字。

"这才是好事多磨。"路程吹了吹瓷杯里的茶叶，心满意足，"这操作还是当年商时舟那小子教我的……"

路程一双眼看过来，落在坐在桌子对面看起来安安静静的小姑娘身上："你们不会还有联系吧？"

舒桥正在意向书上签字，闻言笔一顿，差点把"桥"字写飞，但语气是自然的："以后就是一个学校抬头不见低头见的校友了，有联系不是很正常吗？"

"你当 Q 大和我们北江一中一样大吗？"路程笑她，"别看是同一所大学，要是不想见，入学到毕业都见不着。"

"老路啊，怎么还诅咒我见不到自己的女朋友呢？"一道有些散漫的声音在办公室门口响起。

商时舟不知道什么时候来的，他站在阳光下，微微眯着眼笑。

路程气得说不出话来，颤手指了商时舟半天，转头去看舒桥，却见舒桥抿嘴低头笑，耳尖还有点红，嘴里却小声说："我什么时候是你女朋友了？"

路程见不得小姑娘这样，才要奚落商时舟两句，商时舟已经走了过来，说:"不如,就现在?"

舒桥猛地抬眼看向商时舟。

她的眼瞳清亮,正好盛满他垂眸看向她时的所有温柔和爱意。

这一刻,舒桥心里的千万句话都一起褪色,只剩下了一句——

为什么不呢?

所以她在路程越发严厉警告的目光中,展颜一笑,说:"好啊,那就现在。"

路程深吸一口气,努力让自己不要在这种时候扫兴,但神色还是有些复杂。

商时舟扣住舒桥的手,很自然地低头看了一眼她的报考意向书:"真要学国际关系?还辅修一门德语?你可是理科状元。"

舒桥放下笔,腰杆笔直,眼中有璀璨的光:"嗯。我的人生梦想是做外交官。"

商时舟的眼中有意外之色。

他长久地注视着舒桥,半晌,勾唇:"那我祝你……梦想成真。"

路程也终于笑了起来,顺着商时舟的话说:"当然会成真,都是Q大国际关系出身了,这要是不能成真,还有什么能成真?"

很快,又有其他学生来咨询路程关于填报志愿的意见。

路程冲商时舟做了个不耐烦挥手的动作,又拍拍舒桥的肩,有太多的话停在舌尖。

"对了,荣誉墙寄语要写什么?"他俩临行前,路程问。

舒桥想了想,笑了起来:"广告位招租。"然后在路程发火之前,拉着商时舟的手,一溜烟跑了。

那时谁也没想到,路程的那句话会一语成谶。

那个假期,舒桥的每一分钟几乎都是和商时舟一起度过的。

他驱车带她走遍北江,带她去坐了十次过山车,最后售票员看他们的目光都带着惊疑。

这天经过闹市区,舒桥短暂离开,让商时舟等她一会儿。

这里人来人往,商时舟开着一辆令人瞩目的宾利,驻足的人不少。

舒桥跑开的时候,已经看到有女孩子上前试图要联系方式。

她跑了两步,回头。

商时舟斜倚在车身上,礼貌又疏离地回道:"有女朋友了,抱歉。"

舒桥唇边是自己都未察觉的笑。

她再回来时,手里多了一个盒子,上面是著名的手表品牌 Logo。

"给学弟学妹们做经验分享、举办一些讲座和卖笔记赚的钱。"她把盒子递出去,有些不好意思地垂眼,"迟到太久的生日礼物。"

她攒钱有一段时间了,虽说舒远道给的钱远不止这个数,但她想用自己的钱买。

大几万块,不便宜。

但相对商时舟现在手上的这块来说,又太过廉价。

商时舟眉眼温柔,毫不犹豫摘了自己手上那块限量手表,递过手腕,让舒桥帮他戴。

戴好后他又摩挲手表许久,揽过她,在她眉心落下一吻,低声含笑:"我很喜欢。"

是很喜欢。

那天之后,除了洗澡睡觉,舒桥每一刻都能见到那块表戴在他手上。

商时舟带舒桥去野外山顶看星星,买了酒,舒桥却说自己重度酒精过敏,还说了自己之前不知道自己的体质,两口下去被苏宁菲送到医院的事情。

商时舟默默记下。

他开了所有的酒,却不喝,说这样比较有气氛,又说自己如果喝了,舒桥也会醉。

在舒桥问为什么之前,他与她长久地拥吻。

是比以往所有都更加汹涌的吻。

他情绪激烈,扣得她肩骨生疼。

那天晚上,舒桥没有回家。

她的手臂缠绕着商时舟的脖颈,背脊贴在冰凉的落地玻璃上,长发垂落摇摆,像是溺水的人一般抓着他,甚至折断了一片指甲。

他应当和她一样疼,并不娴熟,却只是温柔地执起她带了点血痕的手,将那根手指含在嘴里,扔了一片塑料包装在地面,含混不清地问她:"是不是弄疼你了?"

是疼的。

疼而真实。

舒桥泪眼蒙眬地点头,灵魂像是漂浮在半空俯视自我,游移的心却尘埃落地,好似倦鸟归巢。

情绪起伏不定的时候,舒桥看着商时舟那双灰蓝色漂亮的眼睛,有些恍惚地想,如果没有明天,那就没有。

她想起在密不透风的狭小车厢里,他们穿着赛车服驰骋过的路段,想起那些爆裂的漂移声,他锐利的视线和英挺的侧脸,想起那时从他颊侧滴落的汗珠。

和现在一样,只是那时的汗珠滑过他线条利落的下颌,滴在衣服上,而现在,她是他的衣服。

她知自己爱他,也知自己为何爱他。

人生中的每一次,她都更想走那步险棋,之前却从未有机会。

——想要再坐一次过山车,想要如幼时那般从窄路上梨台山,想要拒绝保送名额,不想和舒远道去见他形形色色的女友,不想扮作乖巧模样,只为舒远道的一句夸奖。

是商时舟给她勇气,让她去做自己。

而现在,给她勇气的人成了她的险棋。

所以她甘之如饴。

商时舟的手没入舒桥的长发中,将她带向自己,喊着她的名字:"桥桥。"

舒桥睁眼看他。朦胧夜色里,他的轮廓清晰,她张口,齿间弥散的却是暧昧的气息。

"舒桥。"他埋首,"我的桥桥。"

她的名字被他咀嚼,亦如她本身。

夜最深的时候,她听到他在她耳边低喃。

"我爱你。"

情到浓时，四野无人，只有那辆斯巴鲁 Impreza 在星夜下晃动。

车窗上纤细的手指微屈，又无力落下。

舒桥躺在商时舟的怀里，用手指在他胸膛乱画，再被他一把抓住，侧头抵住她的耳垂："还想要？"

舒桥早就没有力气了，挥手打了他一下，问："你以后还会突然消失十多天，不回我信息吗？"

商时舟没有回答。

她没有继续问，也并不是真的想要一个答案。

许久的沉默后，舒桥几乎要顺着这一股涌上来的困意睡着，但她还是轻声喃喃："如果真的有那么一天，我宁可再也不要见到你。"

在她被睡意彻底淹没之前，商时舟的声音终于响了起来："可我想见你。"

他想了很多可能，也不是没有打算。

无论她想要上哪一所大学，想要学什么专业，他都可以帮她安排。

"而你偏偏想做外交官。"

他本不该擅自插手她的人生，情难自控，才走到如今这一步。

不能说是错，也没有后悔，如果再来一次，他也未必能控制住自己想要靠近她的心。

他曾自大地觉得什么都可为她实现，可到头来，竟只剩下不去熄灭她的梦想。

舒桥没能分辨他话中的情绪，只顺着说："嗯，要做外交……官。"然后沉沉睡去。

好像有人吻她的额头，也好似商时舟接了许多电话，电话那头硝烟弥漫，他却一反常态地轻柔以对，只怕惊扰怀中人的一场清梦。

那一夜很短，也很长。

有人熟睡，也有人久久望着星空，灰蓝的眼底有疲惫，有犹豫，也有挣扎。

但最后，所有情绪尽数熄灭，变成睫毛在眼睑投下的一小片阴影。

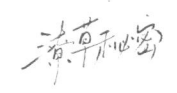

商时舟走得无声无息。

舒桥拿到驾照的第三天的午后，突然失去了他的消息。

明明前一天，他还坐在副驾驶的位置，事无巨细地教舒桥一些驾驶的小技巧，说着"只要你开得够快，事故就追不上你"一类的胡话，又在舒桥大着胆子稍微超过限速的时候，义正词严地给她上了一节生动的普法课。

纵使心有预感，舒桥还是比自己想象中的更难以接受。

才学会开车，第一天副驾驶没有商时舟，她还不敢上路。

第二天，她就开着那辆难操控的Impreza走遍了北江的大街小巷。

她去问燕归院的老板。

老板早就认得她了，面带客气，却难掩眼中茫然，只赔笑："商先生的事儿，我哪敢过问。"

车水马龙，她一脚急刹，惹得后车的人怒意昂然来骂，却又在看到这样张扬的车的车主是个年轻漂亮的女孩子后，硬生生把话咽了回去："……开车还是要小心点儿的！也不是谁都有我这个反应速度及时刹住车！给你追尾了怎么办？你这车上的改装件各个精贵，换都得从国外进口，还不指定没货呢！"

舒桥愣了一会儿，连声抱歉。

那天她坐在车库里，在手机上一件一件查那些改装件的拗口牌子和名字，像是记住这些，就能留下商时舟在自己身边存在过的烙印。

她也给许深打过电话。许深欲言又止，字里行间都是劝她想开一点，还说京市繁华，大可不必非商时舟不可，又问她什么时候去京市，他到时可以接她。

舒桥不是没听懂，她低声道谢，拒绝了。

这样的寻找停止在舒桥推开临江那套公寓的房门时。

紫罗兰的味道还没散去，却因为枯萎而多了几分灰败。

桌子上有几份文件，是北江这两套房子和那辆斯巴鲁Impreza的无条件转赠书，所有手续都办好了，只需要她签名就可以生效。

舒桥静静地在一地萎靡的花瓣里坐了一夜。

分明之前每日都在一起，她却连商时舟何时去办了这些事都不知道。

有那么多机会,他始终对她只字不提。

第二天,舒桥找了清洁阿姨来,在所有花瓣都被扫走之前,留了一朵紫罗兰,夹在书里,留下一页痕迹。

等到房间恢复最原本的了无生息时,舒桥起身,关上了门。

桌上的转赠书她只拿了斯巴鲁Impreza的那一份,其他都原封不动放在那里。

她去买了游乐园的通票,一个人把所有项目玩了一遍。

坐在过山车上的时候,舒桥第一次闭上了眼。

属于她的盛夏,开始于前一年的梨台山,终止在这片风中。

那个暑假太长,商时舟没有音信的第二十天,离开学还有好几日。

舒桥不愿再停留在这个四处都是商时舟影子的北江,买了一张去京市的机票,没瞒着舒远道。

舒远道发了几个京市好友的电话给舒桥,说如果遇见问题就打电话,还调侃了一句:"我当年上大学的时候恨不得早点毕业,你倒好,还没开学就想先去看看。这就是学霸和学渣的区别吗?"

舒桥安静地坐在沙发上,看舒远道忙着打电话,为她的未来张罗。

她已经很久没有这么近距离地认真看自己的父亲了。

他脸上的皱纹变深,黑发里也有了斑白。

注意到舒桥的目光,舒远道摸了摸头,不以为意地笑了笑:"我家闺女这么出息,我长几根白头发算什么,回头去染了就行。"又掏出一张信用卡来,"本来陪你去京市玩一圈也不是问题,哪想到上半年接了个大项目,可得好好干,这一票下来,下半辈子都不用愁了。"

舒桥对舒远道的生意兴趣不大,从不过问,但偏偏这次鬼使神差地开口:"什么大项目?"

舒远道眉飞色舞,又有点神秘地向上指了指:"世界五百强的大公司,而且背靠……"

言尽于此,却已经足够。

舒桥眉心猛地一跳,沉默了。

到机场后,在一片人声嘈杂里,她打电话给那日留了联系方式的燕

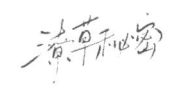

归院老板,说起当年自己在长桥下放了三盏莲花灯。

她话才到这里,老板已经接话,带着笑意:"当然记得,商先生后来非要我捞出来。那天晚上客人又多,放的灯也多,捞了好久。"

舒桥怔然。

当时,她写了三个愿望。

——每一年生日都有人陪。

所以他铺一地烂漫,在黑暗中等她回来。

——愿商时舟平安无忧,每一次比赛都是冠军。

所以他一路驰骋,拉她踩在车顶,一起在彩虹门下冲洒香槟。

——虽然不算多称职,但还是希望爸爸事业顺利,身体健康。

所以舒远道转头就签下大单,眉飞色舞。

她恍惚想起商时舟那时说的话。

"给你三个愿望。"

他不是圣诞老人,福禄寿星,阿拉神灯,厄尔庇斯,哆啦A梦。

他是商时舟,她的商时舟。

那天的飞机是晚上九点多的,舒远道非要送舒桥。路上车里的广播在放新闻,舒桥突然听到了有些耳熟的声音。

是商时舟电话彼端的那位中年男人的声音。

舒桥心底疑惑,再要仔细去听,广播已经切换到下一条。

可能是她听错了。

舒桥没有再去想这件事,却又隐约懂得了什么。

飞机落地的时候,她没有着急去取行李,而是站在落地玻璃旁向外看去,再抬手拍了一张灯火通明的机场照片。

照片里,停机坪上停着大大小小的飞机,再拉远一点,占据了照片一角的,是一架私人飞机。

舒桥的目光从那架飞机上掠过,并没有停留更多的时间。

她只是望着京市已经黑透的天空,莫名想要在这里多停留一会儿。

远处不断有飞机起落,她驻足良久,回过神的时候,腿脚都有些酸麻。

她收回目光时，那架私人飞机已经开始滑行。

舒桥混入机场行色匆匆的人群之中，来自五湖四海的口音将她淹没。

这一刻，她突然明白，她提前来京市，并不是为了能在 Q 大找到商时舟的踪迹，而是为了进行一场只属于她自己的告别。

提前告别这个炙热喧嚣，却终究不属于她的夏天。

开学那日，校园里人来人往，新生们的脸上带着对未来的憧憬，前来送行的家长也与有荣焉。

在大门口时，有人看到单独一人的舒桥，笑吟吟地来请她帮忙拍一张带有校名的照片。

舒桥答应，俯身找好角度，朗声："一、二、三——"

不远处的新生与父母一并露出微笑，再来与她道谢。

舒桥仰头看着自己在心底勾勒了许多遍的校名，面无表情地走进，报到，签字，融入所有新生之中。

也有学姐学长来询问是否要帮忙，她客气地笑笑，并不拒绝。

开学没几天，下课回宿舍后，舒桥随手将包扔在了椅子上，准备去冲澡。

却听到新舍友低低惊呼："天哪，桥桥，爱马仕 Birkin 就被你用来装书装早饭吗？是、是真包吧？"

舒桥的动作顿住，许久，满不在乎地笑了一声："别人送的，谁知道真假。"

淋浴打开的时候，有水雾覆盖面容，她才后知后觉地发现自己的脸上原来早已潮湿。

在水声中，她终于后知后觉地痛哭一场。

她对这城市曾经盛满期望。

而今终于重归空荡。

她也能轻描淡写地称他为"别人"。

她脑中蓦地浮现了一句歌词。

153

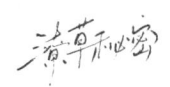

理所当然我的错，

令你忽然离开，半路留下我……

遇见你，只是我的侥幸。

就让这一切，成为这个夏天潦草落幕的秘密。

第九章
我很想你

后来呢？

后来她的生活只是恢复到了没有遇见商时舟的时候，古井无波，按部就班。

和从前一样。

并非真的乏善可陈，只不过完完全全顺着她给自己规划的人生轨迹在向前罢了。

舒桥这样的长相，无论在哪里都不会少了爱慕者。

短视频开始的年代，有人在人群中拍到她，惊为天人，神通广大的网友们迅速扒了她的履历。一时之间，有关她的几个 cut 又在各大门户网站疯传了一遍。

其中最火的有两个。

一个是她走出高考考场的时候，轻描淡写的那句"Q 大见"。

另一个则是她站在彩虹门下，额发微湿，双眸明亮，手持香槟向外喷洒的灿烂模样。

还有人扒出她放弃保送名额，转头又考了北江状元的事情。

当时网上把她吹得天上有地下无，说什么真正的学霸从来都不是埋头死学，而是学业、爱好两开花，瞧瞧人家舒女神，高考前还能去拿个拉力赛冠军。

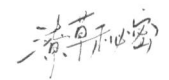

有许多自媒体想采访她这个流量密码，舒桥对此并不抗拒，Q大校园里各式各样的能人都很多，"网红"也不止她一个，同学们各有志向，也并不会多看她两眼，她的生活也不会受大影响。

所以恰好遇上她闲暇的时候，她接受了一个采访。

前面几个问题都还好，只是提到那个拉力赛冠军的时候，主持人问："想必您和这位帅哥赛车手很有默契，后来是因为学业还是什么其他原因，没有再继续征战拉力赛呢？"

舒桥恍惚了一瞬。

她已经有一段时间没有想起商时舟了。

当时她的脸色一定不好看，否则主持人也不会在之后连连道歉。她在短暂的停顿后，也还是体面地回答了这个问题。

"没有什么特别的原因。"她笑了笑，"喜欢过，体验过，到此为止。"

她说得简短直接，为此还被解读成了态度高傲，对拉力赛不屑一顾。车友圈本来将她捧得很高，但因为有心人恶意抹黑，许多博主开始下场踩她，说她人设崩塌，整个采访视频向着不可控的方向发酵起来。

网上逐渐有了不同的声音，只是还没真正扩散，一夜之间，所有有关舒桥的话题都消失了个一干二净。

那些前一日还在破口谩骂的博主们像是集体失忆，从此绝口不提有关她的一切。

那个时候，柯易专门来找过她一次。

这个不太靠谱、女朋友换得比衣服还快的花花公子竟也在京市Top3的大学。

他约舒桥在一间咖啡厅见面，搅动一杯冰美式，表情是难得的颓靡。他一边喝一边说，实验室老板不是人，他已经通宵三天了，否则绝不会喝冰美式这种慢性毒药。

舒桥只是笑。

然后柯易说网上那些东西她不用管，他都会处理的。

舒桥点头。

她什么都不问，柯易反而憋不住了："你都不想知道为什么吗？"

舒桥抿了一口拿铁，无比自然地接话："嗯？为什么？"

像是在满足柯易的倾诉欲。

柯易分不清她到底想不想知道，憋了一下，还是开口："他不是故意不辞而别的。"

舒桥静静地看着他。

"我猜他肯定没有和你提过，他家里的情况很复杂。"柯易说，"他父亲姓秦，他姓商，你知道这是为什么吗？"

他比了个向上的手势："如果他母亲有异国血统，家境又过分优渥，那他父亲的仕途就会受到影响。所以真的到了那一刻，他父亲情愿将他彻底流放。你明白'彻底'的意思吗？

"就是不容反抗，不容拒绝，不容辩解。"柯易一连用了三个"不容"，声音很低却激烈，"但他反抗拒绝并辩解了，而这一切在有些事情面前都是苍白的……总之，他被扔去了国外，说是被绑架也不为过。"

柯易想过很多舒桥听到这一切之后的反应，唯独没想到舒桥会笑。

"都已经这个年代了，不会还有人因为出国音信全无吧？就算一时之间没有办法，总不会一两年还束手无策。他可是商时舟。"舒桥抿了一口咖啡，眉眼依然惊艳，但她神色很淡，笑容也很淡，"无非两个字，不想。"

不想可以延伸出很多。

不想联系她。

不想回头。

不想她。

舒桥放下咖啡杯："还有什么别的事情吗？如果没有的话，我就先告辞了。"

柯易一时无语。

于是舒桥起身。

柯易看着她的背影，说了最后一句话。

"他过得不好。只身一人被扔在那种吃人不吐骨头的商场，又全无经验……"

舒桥停步，回头，并不想继续听下去，打断他的话："如果他想要让我知道他过得不好，就让他自己来说。否则，他怎么样，和我有什么

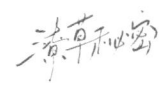

关系呢?

"或者说,你觉得,应该与我有什么关系?"

她不是没有给商时舟机会,哪怕提及只字片语。

如今得知其中原委,倒也不是不能理解为何他如此缄默。

但理解是理解,而不原谅和理解,从来都两码事。

她推开咖啡厅的门,将商时舟和那些旧事,一起留在了身后。

那个时候,是真的觉得此生再也不会见面了。

谁能想到这人世间兜兜转转,他们竟然会在这异国湖畔再遇,还是在她最尴尬窘迫的时候。

此刻,他们睡在一张床上,简直像是重温旧梦。

舒桥翻身而起。

这种感觉并不太好。她酒精过敏,但此刻,她竟有种宿醉的感觉。

她动作很轻,双脚触及地面的一瞬,却又改了主意。

她本想趁商时舟睡着,直接转身离开,但又觉得荒谬好笑。

四年前戛然而止的休止符好似在这一刻重新按下了播放。

睡都睡了,她为什么要逃?

商时舟醒来的时候,怀中空空。

他几乎以为这又是自己的一场惊梦。

空气里隐约还有橙花香气。

柔软的布料扔在地板上,一片狼藉,却十足暧昧。

客厅有声音传来,商时舟愣了两秒才确定这不是梦。

他起身,循声而去,脚步轻得近乎虔诚,然后驻足在门框处。

这一夜有月,却没有穿透夜幕。

昏暗中,一盏孤灯点燃在客厅,陷在沙发里的少女披着他的一件深蓝色衬衣,纤细双腿蜷在胸前。

她的手腕搭在深蓝天鹅绒的扶手上,和赤裸的双腿一样,被深色衬托得雪白一片。

她眉眼冷艳,长发披散,指尖还夹着一支点燃的烟。

那是黑夜里唯一的猩红。

然后,她转头看向他,神色放松,眉眼间比他熟悉的模样多了几分松散和冷淡,那件对她来说过大的衬衣随着她的动作从消瘦的肩头滑落。

像是夜里在海边的礁石上徘徊的海妖。

好似方才与他抵死缠绵的,只是她的幻影。

"什么时候学会抽烟的?"商时舟开口才发现,自己音色涩然。

"没有学会。"舒桥很自然地回应,目光在他脸上停留一瞬,就不着痕迹地移开。

刚才她那一巴掌打得挺狠,这会儿都能看到些红痕。

更不用说商时舟脖子上的那几道明显的抓痕。

可惜了,怎么没挠到他下巴,不然看他还怎么衣冠楚楚、人模狗样地穿西装。

商时舟仔细去看,才发现香烟过滤嘴上濡湿的痕迹很浅,她应当只是最初吸了一口助燃。

他就这样斜倚在门边,注视她良久,然后叫她的名字:"舒桥,好久不见。"

舒桥刚才还坦然的目光却倏而收回。

她垂眸,将手中燃到尽头的烟压灭在一旁的烟灰缸里,看着最后一丝猩红都熄灭,这才应道:"现在才说这个,是不是太晚了?"

她想起了下午的那辆车,又莫名想起了当初柯易说的那句"他过得不好"。

哪里不好?

这不是挺好吗?

舒桥的声音依然软甜,动作间,脖颈处的红痕在昏暗中若隐若现,昭示着之前的那一场荒唐,也冲淡了她语意里明显的讽刺。

商时舟权当没听懂,走过来坐在她对面,用手指点了点烟盒:"介意吗?"

舒桥挑眉:"我介不介意重要吗?"

商时舟眉目舒展:"重要,怎么不重要?刚才你要我轻一点,我不是也听了吗?"

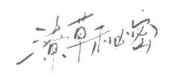

这话说得轻佻浑蛋，偏偏无法反驳，舒桥嘲讽失败反被调戏，恼羞成怒，用脚去踢他，却被他一只手轻易抓住。

舒桥怕痒，尤其是脚心。这样被掌握住，她顿时一动也不敢动了。

夜雨连绵，房间里温度并不高，她穿得这么少，脚自然冰凉。

握住她脚的手却是热的，还在她的脚背上轻轻摩挲了一下，带起一片温存，像是在提醒她之前肌肤相贴时的一切。

舒桥的脸上开始有温度升腾。

她带着薄怒瞪他，有一种灯火摇曳的明艳："放开。"

商时舟哪肯放开。

他穿着墨绿色的睡袍，领口在方才的动作里敞开了一些，露出线条漂亮饱满的胸肌。他没有如舒桥所想般再捉弄她，只是俯身在她小腿上落了一吻，留下一点濡湿。

她的脚顺势被他放在胸膛，抵在了他赤裸的心口，感受他的心跳。

"桥桥。"他终于叫出昔日的称呼，声音如同喟叹，"我很想你。"

舒桥停顿片刻，旋即坚决地踹了出去。

然而自己面前的男人胸膛结实，这样一脚下去，他纹丝不动，抓着她脚踝的手反而更紧了，像是下一秒就要将她拖过去。

舒桥不为所动，冷声重复："放开我。"

商时舟并不为难她，只带着点儿笑，松开。

舒桥猛地收回脚，想要起身，却跟跄了一下。

商时舟一把捞住了她，然后皱起了眉，在她挣扎之前，将她按回沙发里。

他起身再回来的时候，手里拿了体温枪，一测，38.5℃。

大抵是白天太冷，她又穿得太少，夜里又再受了一次凉，舒桥迎来了自己成年以来最严重的一次发烧。

高烧来得汹涌，二十分钟后再测，数字不降反增。

商时舟皱眉，抄起手机，去阳台打电话，低沉的德语从他口中流淌而出。

舒桥烧得脑仁疼，懒得竖起耳朵去听他说了什么，但固执地不肯顺着商时舟的意思躺下。

打完电话回来，商时舟看到的便是披着他衬衣的少女坐在雪白的地毯上，一只手从包里掏出了笔记本电脑，眉头紧皱，迅速打开。

商时舟三两步走过来，正要说什么，舒桥却先开口了。

她嗓子有一点沙哑："要赶一个论文，还有三个小时就到时间了。本来不应该这么赶的……"

这两天又是搬家又是找房子，她忙乱到差点忘了这回事儿。

但这些话被她咽了下去。

她顿了顿，继续道："再收留我半小时，最多半小时我就能写完，然后就走。"

商时舟以为自己听错了，反应了片刻："走？你要去哪里？"

舒桥点头，手指已经开始在键盘上跳动："本来就是萍水相逢，总不能留下来给你添麻烦。"

她说得理所当然。

商时舟目光渐沉。

这些年来，已经很少有这样他难以掌控的时候了。

有些陌生。

他却又突然觉得在舒桥手上吃瘪，是一件再正常不过的事情。

当年，不辞而别的是他。

无论是什么理由，无论背后有多少无奈和隐情，都是他的错。

房间里一时之间只剩下了敲击键盘的噼里啪啦声。

舒桥写了一会儿，才发现商时舟的脸色极差。

她扫过去一眼，对方就抓住了她的视线，问了一句："那刚才呢？"

"刚才？"舒桥顿了一下，"什么刚才？"

刚才那一幕幕旖旎的画面在记忆里回笼。

要说其中没有半分感情，那肯定是假的。

但那些感情，究竟是喜是爱，是恨是怨？

又或者……

舒桥一只手悄然握紧，指甲刺入肉里，表情却还是平静的："成年人各取所需？"

商时舟断然想不到她会说出这样的话。

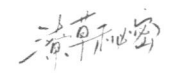

他几乎快要被气笑了,抬起手,虚虚点了舒桥两下,又放下:"舒桥,我们之间非得……"

他没能说完。

因为舒桥已经轻描淡写地扫了一眼过来:"商时舟,你是不是忘了,我们早就已经分手了?"

哪里还有什么"我们之间"。

这句话将商时舟钉在了原地。

病势汹涌,舒桥很快开始发冷、咳嗽。她强撑着精神,在半小时之内写完论文,点击了发送。

有人按响门铃。

商时舟起身开门,低声沟通几句,快步折回,抖开一张毛毯,在舒桥莫名其妙的眼神里将她裹了个严实,这才用德语对着玄关处说:"过来吧。"

是提着药箱的私人医生。

窗外的雨还没停,稍微上了年纪的私人医生有些气喘,表情却没有丝毫在这样的深夜被唤来此处的不耐烦。

他认真为舒桥做了检查,不太确定舒桥会不会讲德语,于是用带有浓郁日耳曼口音的英文开口:"这位女士只是普通风寒而已,不用太担心。卧床休息两三天,按时吃药,观察体温,如果再降不下来的话,可能需要输液治疗。"

舒桥点头道谢,吃了药,再目送私人医生离开后,起身。

商时舟从玄关回来的时候,舒桥已经换回了自己的衣服,肩上却还披着他的衬衣。

"干洗之后我会寄回来的。地址我记住了。"舒桥向门外走去。

商时舟没有拦她。

只是在舒桥拉着行李箱走进电梯的时候,一只手挡住了电梯门。

臂弯里搭着一件驼色风衣的商时舟走了进来,站在舒桥身后,将风衣搭在她肩膀上,在她拒绝之前开口:"一起寄回来。"

舒桥不是故意不多穿,只是衣服都在行李箱里,开箱实在麻烦。

此刻紫罗兰叶的香气与暖意一起侵袭而来,她拒绝的话被商时舟堵死,所以沉默。

这样的沉默一直持续到舒桥扯着行李箱,低头看手机上的地图,试图寻找出一家距离最近且还有空房的酒店时。

商时舟还没走。

舒桥莫名其妙地抬头看了他一眼:"你怎么还不走?"

商时舟说:"我有三个答案,你想听哪一个?"

舒桥咬咬牙:"……一个都不想听。"

商时舟耸耸肩,并不显得失落,只是在舒桥选定地方抬步的时候,继续跟上。

舒桥在前台递出护照,声音已经哑到对方难以听清。她转身用力咳了几声,一个低沉悦耳的男声为她做了补充。

她抬眼瞪商时舟,却听前台小哥礼貌带笑地问道:"请问二位是住一间吗?"

舒桥才要拒绝,商时舟就已经递出了他自己的身份卡:"不,再开一间。"

于是舒桥的话又被堵了回去。

烧还没退,她脸色奇差,抿着嘴,一个字也说不出来。

大厅灯火通明,穿透黑夜,前台小哥扫了两人一眼,露出了点儿揶揄又了然的笑,低头办好了入住。他把身份卡递回给商时舟的时候,悄声说了句:"加油。"

商时舟笑了笑,跟在步履飞快的舒桥身后。

电梯壁擦得锃亮,两个人的身影倒映其中。舒桥无意中扫了一眼,仿佛被刺痛般转过头,觉得只要不看,就可以无视身边人的存在。

她刷开房门,关门的时候,看到商时舟要说什么,但她什么也不想听,反手关门。

一只骨节漂亮的手突然卡在门锁旁。

门外的男人轻轻吸了一口气。

舒桥愣了片刻,急忙去开门,目光落在他手指上的红痕时,有什么深埋的记忆破土而出。

那年夏天,他也是这样卡住了她的门,说想要多看她一会儿。

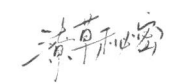

那时他的眼神,和现在一模一样。

人不能在同一条河里被淹两次。

舒桥停顿了片刻,将他的手连人一起拒绝在门外:"没使劲,有问题打前台电话,再见。"

落锁的声音在走廊里回荡。

商时舟半晌才活动了一下生疼的手指,嗤笑一声:"当年的苦肉计不管用了。真是心狠啊。"

舒桥是被电话铃声吵醒的。

床头柜上的座机一遍遍在响。

她挪动去接,开口发现自己的嗓音比昨天更沙哑:"您好……"

电话那边是熟悉的男声:"醒了?"

舒桥条件反射想要挂电话。

那边的声音却在继续:"已经下午了,房间我帮你续费了,没有你的电话号码,所以只好打座机。房间带早饭,应该还在你门口放着。哦,对,不是请你住的,记得还钱。"

舒桥愣住了。

应该说谢谢的,但说不出口。

怎么就下午了?

她明明计划早起然后继续去找房子的!

昨天太晚,她又太难受,为了就近,才入住这间价格颇高的四星级酒店。

结果没想到居然一次性就要住两晚。

舒桥感到十分肉疼。

她去摸手机,却发现早就关机了,但外面的天色证实了商时舟没有骗人。

她沉默片刻,挂了电话,摸了摸自己的额头,又活动了一下四肢,觉得烧应该是退了。

她稍微松了口气,有些气呼呼地起身,打开房门。

外面放了一张小凳子,上面有一个托盘。

托盘里是白粥，还冒着热气，还有两个包子、一杯豆浆和一小袋感冒药，以及一根电子温度计。

某一个瞬间，舒桥有些分不清自己在哪里。

但走廊里其他人的交谈很快让她回过神来。

她还在德国。

而德国的餐厅，绝无可能供应这些东西。就算有，早餐放到现在，又怎么可能还在冒热气？

那么就只有一个可能——这些都是商时舟弄来的。

胃里确实空空如也，饶是已经习惯了这里的食物，但生病时从来都最是思乡，这普普通通的一碗白粥、两个包子，带着浓郁的温情，将她彻底包裹。

食物没有错。

舒桥的胸膛里莫名有了点酸涩，僵持片刻，她用力眨了一下眼睛，还是俯身将托盘拿进了房间。

只是走到半路的时候，有张纸从托盘里掉了出来。

她放下托盘，弯腰去捡。

上面是一个清单。

房费 168.5 欧。

白粥 3 欧。

包子 3 欧。

豆浆 2 欧。

感冒药 28.8 欧。

电子温度计 47 欧。

可谓算得清清楚楚、明明白白，连小数点后一位都没落下。

下面是一个二维码，还是彩印，中间带了个头像，不是付款码，而是微信个人名片的二维码。

码下面还有一行字。

支持微信付款。今日汇率1：7.3551。

舒桥腹诽：好你个商时舟。

她又看了一遍清单。

其他也就算了，谁要买四十七欧的温度计啊？浑蛋！

舒桥点开计算器，算了个数字，面无表情地扫码加好友。

不是过去的那个被舒桥拉黑了很多年的微信号，大抵是新注册的，微信名就是他的真名，头像是一幅画。

梵高《麦田上的乌鸦》。

舒桥点了申请好友，很快被通过。

幸好她微信账户里还有几千块零钱，足够支付这一笔。

她在转账栏输入数字"1860"。

附言：多出来的是小费。

然后，她目不转睛地盯着手机，打算在商时舟点了收款的同一时间拉黑他。

结果她等啊等，商时舟给她的朋友圈连着点了五个赞，都还没点收款。

收款那个黄色框框烫手还是怎么？

舒桥的烧是退了，怒火又烧起来了。

昨日她无意中扫到了商时舟的房间号。

她拉开门，发现就在自己隔壁，于是上前几步，大力拍门。

片刻后，门被打开。

开门的人高大英俊，金发碧眼，一脸蒙："……这位女士，有什么事吗？"

舒桥愣了愣。

那个人居然已经退房了吗？

啊啊啊，好尴尬！

她涨红了脸，疯狂道歉，落荒而逃。

门落锁的声音在走廊里清晰可闻。

还没关上门的德国男人带着点儿困惑，探头往外看了一眼，回头问："商，是个亚洲女孩儿，是不是来找你的？"

商时舟从手机屏幕上抬起视线，眼瞳中难掩笑意，大方承认："嗯。"

德国男人挑眉看他："商，什么事情这么高兴？认识你四年了，我还是第一次见到你这个样子。"又向外探了一眼，有些焦急，"既然是来找你的，你怎么不来看看？她都走了！要我帮你喊她吗？我看她好像就住隔壁房间。"

商时舟不慌不忙地滑动屏幕，给舒桥的朋友圈点下第六个赞："贾斯汀，别急，她还会来的。"

贾斯汀表示不信："怎么可能？商，我看她刚才的神色，不像是会再来的样子。要打赌吗？"

商时舟抬眼，神色散漫："我是不会拿自己的女人打赌的。"

贾斯汀大笑起来："商，少吹牛了，用你们中国的话来说，就是八字还没一撇呢。"

他说的是德文，唯独"八字还没一撇"这六个字是不怎么字正腔圆的中文，显得格外滑稽。

商时舟懒得理他，手指点下第八个赞。

舒桥回到房间的时候，脸还有些发红。

她对着镜子给脸上扑了点凉水，降了降温。

左右都已经交了房费，不住白不住，干脆明天再出门也不错，还可以先把行李都寄存在前台，也省得总要拖个大箱子。

毕竟直接放在车库也不安全，而且车的后备厢和后座都已经被她的其他杂物堆满了。

最近过得实在太过兵荒马乱，难得能躺在这样的大床上，舒桥挣扎片刻，还是决定给自己小小地放半天假。

当然，房子还是要找的，只要她邮件发得足够多，去看的房子足够多，总会有合适的。

想到这里，她一鼓作气，圈定区域和价格后，快速浏览，很快将这两天的新房源都问了个遍，这才点开微信，打算联系苏宁菲吐槽这两天遇到的事情。

结果才打开微信，她就看到了朋友圈那一栏上冒出来的小红圈，还有上面的数字"7"。

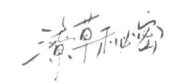

怀着某种奇特的心情，舒桥点开。

商时舟竟然还在给她点赞，且没有收款。

离谱。

舒桥愤恨地咬了一口还带着点儿热气的包子，深吸一口气，点开和他的对话框，开始打字。

木乔：请问你是点赞机器人吗？

Z：欢迎对机器人进行图灵测试。

舒桥的手指顿住。

她盯着"图灵测试"四个字看了会儿后，某段被深埋许久的记忆被唤醒。

那是2016年夏天的某个傍晚，她半靠在商时舟怀里，有些困倦，而他一手拿着遥控器，稍微皱了皱眉，在挑电影。

舒桥的口味很难形容，也可以说有些无聊。

她不喜欢喜剧，不喜欢灵异，不喜欢文艺，不喜欢爱情片，不喜欢纪录片，也不喜欢爆米花商业片。

选片子不是一件简单的事情。

但偏偏商时舟每次选的，都恰好符合她的审美。

片子开头的时候，舒桥还有点昏沉，直到灯光调暗，画面亮起，最后呈现出影片的名字。

《模仿游戏》。

她隐约觉得自己在哪里听过这个片名："讲什么的？"

商时舟问："知道图灵吗？"

不等她回答，商时舟就简略地讲完了图灵的生平，声音里难掩地带了点儿低落惋惜，但末了又突然提及："你知道图灵测试吗？"

"嗯，大约知道。"舒桥点头，"之前看过《仿生人会梦见电子羊吗》。"

这是《银翼杀手》的原著，开篇不久就有一段用图灵测试来判断究竟是不是仿生人的经典剧情。

商时舟笑了起来："不如你来测试一下我，看看我是不是仿生人。"

舒桥记不太清楚了，临时百度了一番，随口问："第一个问题，38479加22839等于多少？"

商时舟心算一秒："61318。"

舒桥指着手机屏幕上的字："算这么快，一定是仿生人！"

"那你问个别的试试。"

舒桥继续翻问题，看到上面说，机器遇到同一个问题被反复询问的时候，会反复不带情绪地给出同一个回答。

比如连续问三遍"你是猪吗"，仿生人会三次都回答"不是"，而正常人都会不耐烦地甩一句"你有病吧？你才是猪"或者"你有完没完？想打架吗"。

舒桥沉吟片刻："第二个问题。你喜欢我吗？"

商时舟的声音带着笑意："喜欢。"

她再问："你喜欢我吗？"

依然是耐心的声线："喜欢。"

舒桥笑了起来："你喜欢我吗？"又说，"再说一样的答案，可真的就是仿生人了哦。"

她比了个打枪的手势："仿生人是会被清缴的！"

商时舟抬起一只手，他的指骨修长，一只手就可以将舒桥的两只手都圈在掌心，然后俯身下来，双唇贴在她的嘴角，给了个和之前不一样的回答："不喜欢。"

舒桥目光一顿。

商时舟吻住她的唇："我爱你。"

接着他极耐心、极温柔地重复："我爱你。

"我爱你。"

电影的片头曲徐徐展开，他在她耳边低语："如果爱你要被判定为仿生人，那就来清缴我吧。"

舒桥的思绪拉回来。

她的目光短暂地从手机上移开，看向面前的白墙，福至心灵，觉得自己大约明白了为什么对方会突然提到这个。

木乔：第一个问题。你还在我隔壁吗？

Z：在。

舒桥看了一眼那个意料之中的字，再看了一眼白墙，几乎能想象出

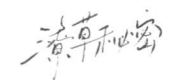

商时舟好整以暇的样子，再想到自己刚才的尴尬，不由得冷笑了一声，低头，慢慢打字。

木乔：第二个问题。你是傻瓜吗？

她不等商时舟回答，继续飞快地打字。

木乔：你是傻瓜吗？

木乔：你是傻瓜吗？

然后一气呵成地拉黑了。

钱他爱收不收，她又不是没转，不收是他的事，她干吗要傻等着？

还给她耍这个把戏，呸！

她已经不是当初那个在尴尬的时候只会自己抠脚以及和苏宁菲吐槽的舒桥了。

四年过去了，她早就能面不改色地把尴尬扔回给别人了。

墙的另一边，贾斯汀死死憋着笑，他一眼就看到了商时舟手机上的字和那个醒目的感叹号。

"商，你看，她不仅没有过来，还骂你并拉黑了你耶。"

商时舟哑然。

第十章
理理我

贾斯汀浑身都洋溢着看到商时舟难得吃瘪的快乐，但以他对商时舟的了解，非常确定自己很快就要被扫地出门了。

于是他化被动为主动，当机立断地起身："文件看完给我电话，我随叫随到。"

走到门口，贾斯汀脚步一顿，又转回来，撕了两张便利贴，拎起笔，龙飞凤舞地写着什么。

商时舟掀起眼皮，声音冷淡："还不滚，写什么呢？"

贾斯汀几笔写完，冲着商时舟扬了扬："写给隔壁那位美丽可爱女士的小字条。"

商时舟眼神顿时锐利起来。

贾斯汀才不理他，笑吟吟地走到门口，末了，又探回头，嬉皮笑脸："不告诉你写了什么。"

商时舟嗤笑一声，起身，心想：谁好奇了？

他三两步走到门口，将门"哐"一声合上的前一秒，看到一米九的贾斯汀屈膝半跪在舒桥的门口，鬼鬼祟祟地把那张字条从门缝下面塞了进去。

……离谱。

这贾斯汀再怎么也是身价几个亿的人，猫着腰在那儿塞字条，很像

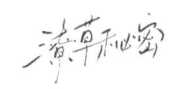

是图谋不轨往门缝里面塞小广告卡片。

丢人现眼的玩意儿。

商时舟面无表情地关上了门。

木门紧闭,门外有轻快的脚步声渐渐远去,还隐约听到贾斯汀哼着小曲……没点正形。

商时舟在骤然安静下来的房间里拧眉拿起文件,足足过了五秒,才意识到自己拿反了。

红色感叹号在他脑子里挥之不去,且越来越大,越来越大,大到他觉得自己都成了一个感叹号。

被拉黑这种体验,在他人生里,是第一次。

商时舟突然很想知道贾斯汀到底写了什么。

他手里的文件除了贾斯汀带来的那一沓,桌子上的纸袋里,还有另外一些内容。

商时舟当然不会觉得,那一日舒桥来敲门,真的是急着还伞。

那时他还在玄关,清楚地听到她一气呵成地按下密码,又捕捉到了她在看到自己出现时眼中的惊愕。

这一切都太巧合了。

李秘书的效率很高,前房东是个很有契约精神的人,并不愿意多说,但零星的几句话也已经足够。

"前一位在这里租住的是一名中国女性,很年轻,还在念书,姓舒。住了一年八个月左右,不是因为您购房才被迫搬出,在这之前她正好也想退租。"李秘书说得很详细,"更多的信息对方不愿意透露。商总,是房子出了什么问题吗?"

"没有。"商时舟简短回应,再联想到在路边见到舒桥时,她拉着的行李箱,已经隐约明白了,"给我发一份租房合同来。"

李秘书一时没有搞清这两件事之间的关系,但他毕竟是一个合格的秘书,一个字都不会多问,火速开车送了中、英、德三语的合同来,还随身带了电脑和打印机,以便当场修改。

商时舟一眼扫过去,删掉了里面过于商业化和苛刻的条款,又加了几条。

不承担任何同居责任，不承担水电暖物业费用，不必打扫卫生，以上所有租金全包。

从李秘书的角度来看，这份租房合同除了对方需要交点儿房租，基本上等于"求你住在这里"。

房租那一栏还是空着的，明显是要对方随便填个数字。

信息量过大。

李秘书什么也不敢想，什么也不敢问。

更不敢知道为何自家老板莫名其妙要住在距离家这么近的 hotel 里。

当秘书这么多年，这还是第一次见老板住五星级以下的酒店。

李秘书脑中想法飞转，表面却一个字都没说，只飞快打印合同出来，然后火速离开，继续进入随时待命状态。

就算老板现在说要收购这间酒店，他也会二话不说去拿方案。

商时舟将那几份租房合同用指腹摩挲片刻，站起身来，三两步走到门口，想要去敲隔壁的房门，又顿住。

都被拉黑了，用脚指头想都知道舒桥不可能开门。

大概率还可能装听不见。

假装前台和服务生去敲门的招数怕是不好用了，毕竟连苦肉计都没用了。

他沉默许久，目光缓缓落在放便笺本的桌子上。

商时舟摇了摇头，甩掉了贾斯汀刚才鬼鬼祟祟模样的画面。

他强迫自己从便笺本上转开目光，然而转来转去，他的眼神还是准确无误地重新落了上去。

一定是这个房间太小了！

绝不是他想不出什么别的办法了！

商时舟一边面无表情地腹诽，一边走了过去。

舒桥拉黑商时舟之后浑身舒爽，美美地打通了苏宁菲的电话。

苏宁菲的表情从瞠目结舌一路精彩变换，最后拍腿大笑。

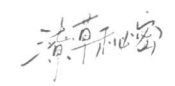

"哈哈哈，我脑子里已经浮现他吃瘪的表情了。"苏宁菲说完，又忍不住八卦，"说起来，我们一中当年的校草长残了没？"

电话那边短暂的安静。

长残了没？

当然没有。

一定要说的话，商时舟现在那张脸，简直就是当初的精致升级版，褪去了少年的飞扬和张狂，多了欧元堆出来的矜贵优雅和倨傲。

但舒桥不愿意说没有。

所以她清了下嗓子，斩钉截铁："残了，残得不能更残了。"

苏宁菲沉默一秒："那你还和他……"

舒桥在内心疯狂大喊：救命，忘了刚刚自己交代得太过彻底，什么都说了。

电话两边同时陷入了一片寂静。

然后舒桥就看到一张什么东西从房门下面探了进来。

舒桥看呆了，心想：这独门绝技已经传播到欧洲了吗？

怀着某种好奇的心情，舒桥起身，走过去捡起那张字条。

上面是手写的德语，中文意思是：我是刚才隔壁给你开门的人，我叫贾斯汀。谢谢你让我看到不可一世的商吃瘪的样子，下次有机会见面的话，请你吃饭。

舒桥表情古怪片刻，把这事也给苏宁菲讲了。

苏宁菲脑洞发散极快："这个贾斯汀是不是想撬商时舟墙脚啊？"

舒桥："应该不会吧？毕竟连电话都没有留。"

苏宁菲话题一转："也是……说起来，那他和长残了的商时舟比起来怎么样？"

舒桥万万没想到，苏宁菲竟然有本事再绕回之前的话题。

商时舟也万万没有想到，自己才走到舒桥门口，克服障碍心理，俯下身，摆出和贾斯汀刚才一样的姿势，就听到里面传来了这么一个问题。

舒桥在自己房间打电话的时候，因为喜好一心二用，一向喜欢开免提，比如她现在就正在一边聊天，一边飞快地在笔记本上浏览邮件。

她沉默了几秒。

门口的商时舟也沉默了几秒。

谁长残了？

他长残了？

有那么一个瞬间，商时舟想起身回房间照照镜子。

苏宁菲那边窸窸窣窣，开了包薯片，还在追问："人呢？桥桥，别假装没听见逃避！"

舒桥内心挣扎："……一定要分个高下吗？"

苏宁菲："这都给你递字条，在商时舟眼皮子底下眉目传情了，不得分个高下？"

眉目传情，很好。

商时舟不动声色地活动了一下手腕。

舒桥对苏宁菲信口开河胡说八道的本事叹为观止，也懒得解释："行吧，非得比的话，那还是商时舟好看点儿。"

商时舟点点头：嗯，说得好，多说点儿。

只是他心里才舒坦了点儿，又听到舒桥的补充。

"可能我还是比较偏向亚洲人的审美。"

哦，意思如果她偏向欧美审美，就是贾斯汀赢了呗？

好，好得很。

"那不是什么大问题。"苏宁菲笑得猖狂，"你在欧洲多待几年，就会喜欢金发碧眼的小帅哥了！我一开始也和你一样，现在才知道，德国小狼狗，妙，妙啊！"

商时舟惊呆了。

这都是什么虎狼之词？

他还没继续动作，一道惊呼便在他身后响起。

"这位先生，您在这里做什么？"洒扫阿姨警惕地站在不远处，握紧了手里的扫帚，"如果您不能对您的行为做出合理的解释，我会选择报警！"

舒桥怀着某种莫名的预感，起身，走到门边，先把门的防爆冲锁链扣上，然后谨慎地把房门打开了一条小缝。

商时舟还没从被洒扫阿姨发现的尴尬中回过神来，依旧保持着单膝

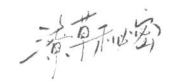

跪地,一手握着小卡片,另一手拿着一沓租房合同的姿势,然后慢慢转头,和从小缝隙里探出好奇目光的舒桥对了个正着。

电话没挂,苏宁菲正讲到快乐之处哈哈大笑。

完美构成了这一时刻的背景音。

秋日的德国,凉意弥漫,酒店早就打开了暖气。

但此刻,商时舟本就赧然的脸皮雪上加霜。

舒桥在苏宁菲的大笑里挂断了电话,并向洒扫阿姨表示两个人认识,只是个误会,认真表达了感谢。

但洒扫阿姨显然并没有完全相信,她说自己在接下来的半小时里都会停留在这一层楼,如果舒桥有任何需要,她随叫随到,还委婉建议舒桥不要关上房门。

"小姑娘,不要怕。"洒扫阿姨拍了拍舒桥的手,警惕地看了一眼商时舟,并没有压低声音,"这个世界上,披着西装皮的渣男不要太多,你可要擦亮眼睛。"

商时舟有点蒙。

穿西装是他的错吗?

然后舒桥就真的没有关门。

她坐在床边,示意商时舟坐在稍远的椅子上,也不开口,只等他先说话。

但她的目光分明已经扫过了他手里捏的便笺纸。

觉得有点眼熟,她眼神顿了顿,又看了眼被随意扔在桌上的另一张来自贾斯汀的便笺,旋即眼里就多了份了然。

这让商时舟坐立难安。

空气里是死一般的寂静,只有舒桥的手机在振动。

被突然挂断了电话的苏宁菲明显意识到了什么,这一次两次的,她都已经总结出来了,舒桥绝不会无缘无故突然挂断她的电话,除非遇见了商时舟。

苏宁菲觉得自己像个上蹿下跳的猹,甚至有冲动,这就买票去一趟康斯坦茨。

舒桥收回落在商时舟身上的目光，捞过手机。

商时舟的眼神也随之落在了她手机上，看到她打开了微信时，脱口而出："……你把我拉黑了？"

舒桥头也不抬："不然你打开收款码，我现在扫你也行。"

半点心虚和愧疚都没有。

碰了个不软不硬的钉子，商时舟抬手摸了摸自己的鼻子，稍微掩饰了几分尴尬，清了清嗓子。

想了好几种开场白，到头来却一个都说不出口。

舒桥完全没有好奇。

她不问他为什么在那儿，不问他听到了什么。

商时舟不得不承认，贾斯汀说的那句"八字还没一撇"，是对的。

他目光沉沉，半晌才开口："对不起。"

舒桥有些意外。她没想到商时舟会这样直截了当地道歉，倒让她一肚子的冷嘲热讽没了去处。

舒桥的手指微顿，然后抬眼。

黄昏时分的阳光很暖，下了几日的雨终于停了，窗外是这个月以来，康斯坦茨的第一缕阳光。

商时舟就坐在阳光下，他肌肤冷白，却被镀上了一层暖光，舒桥几乎能看清他鼻尖上的绒毛和落在他纤长睫毛上的光斑。

开口说了第一句，接下来的话就变得顺理成章了很多。

商时舟不避不让，看着舒桥的双眸，十分认真地重复了一遍："对不起，是我开的玩笑失了分寸，希望你能原谅我。"

舒桥缩了缩手指，沉默片刻。

商时舟耐心地看着她。

——又或者说，用"耐心"这个词并不完全合适，他脸上的神色几乎可以算得上是虔诚的专注，又或者说，贪婪。

好像她是否原谅他都并不重要，他只想多看她一瞬。

多一瞬都行。

舒桥有点不敢和商时舟对视。

他的眉眼太深邃，这样看人的时候又太深情，深情到仿佛他们之间

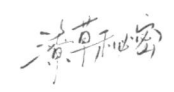

没有那四年的空白。

"哦。"舒桥干巴巴地开口,"还有别的事吗?"

商时舟十分坦然地转过了自己手上的便笺纸。

是他银钩铁画的漂亮凌厉字体。

这字迹舒桥很熟。

这种字体很赏心悦目,但此刻,却只能屈居在一张小小的、有着酒店 Logo 的便笺纸上,凝聚成可怜巴巴、充满哀求的三个字:理理我。

舒桥很难才没笑出声,飞快转过头。

她不说话,不看他。

商时舟也很有耐心,一言不发地举着那张便笺,仿佛心甘情愿等到地老天荒。

舒桥不是那种喜欢冷战的人。她收拾好自己的表情之后,重新看向商时舟,敷衍地开口:"理你。"

这本来就和"夸夸我"的回答是"夸你"一样,算得上是一种终结话题的聊天方式。

但耐不住有人就算这样也还是想要硬聊。

商时舟飞快顺着舒桥递的台阶往下走。

"我收到了一份邮件。"商时舟说得冠冕堂皇,轻描淡写,"很巧,落款是你的名字。我想,康斯坦茨的留学生并不多,或许就是你也不一定,所以就想来问问你。"

舒桥大脑有些宕机:"……什么邮件?"

商时舟的手指摩挲着合同的页脚,垂眸掩去眼中的笑意:"我那间公寓,你也去过,多少有些空旷。"

舒桥有些蒙。

"我来康斯坦茨也非长住,只是时不时有一些这边的业务要处理,且我不习惯住酒店。"

舒桥几乎是脱口而出:"那你住这里干什么?"

她说完又后悔了,因为商时舟那双灰蓝色的眼里似笑非笑,仿佛在说"你还不清楚为什么吗"。

他的语调依然平稳,几乎像是公事公办:"所以我在租房网上发布了招租信息。你是第一个发来邮件的人，而我的时间很有限，并不打算在这件事上浪费太多精力。如果真的是你的话，那就太好了。"

这话其实漏洞百出，自相矛盾，但舒桥显然并未注意到。

商时舟也没有给她太多思考的时间，低头在手机上戳了几下："我回复一下邮件，你看一眼是不是你的邮箱。"

舒桥一愣。

她几乎麻木地低头，感受到自己手心里的振动，然后果然看到了一条来自租房网站系统的回复邮件。

舒桥惊呆了。

天。

麻了。

脚趾慢慢蜷缩。

事情怎么会真的和她刚才荒谬的预感一样？

她确实偷懒了。

找房子找到麻木，她迫切地想要一个住处，再破都行，哪怕以后再换，所以她直接填了网站的求租模板，然后对着所有新房源一键发送。

可问题是，她确定自己使用了"只看月租三百五十欧以下"的功能啊。

那间公寓就算只出租一间客卧，也绝不会是这么低的价格。

……可如果，商时舟真的发布了房源，确实……可以收到来自她的邮件。

而现在，回复邮件静静躺在邮箱里，堪称铁证如山。

空气有那么一瞬的寂静。

但短暂的尴尬和不可思议之后，不得不说，其实舒桥是心动的。

且不论那间公寓确实将整个博登湖岸最美的景色尽收眼底，她又已经在这里住了这么久，最关键的是，到现在为止，她的确……也只收到了来自商时舟的一条回复。

这确实能解她的燃眉之急。

开学在即，她实在太需要一个住所了。

诱惑力太大。

她甚至已经不愿意去思考商时舟是不是故意的。

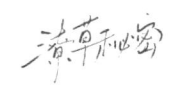

舒桥的目光慢慢落在了商时舟手里的文件上。

商时舟"善解人意"地向前推过合同。

舒桥木着脸接过来,努力让自己忽略掉其中的尴尬,飞快地浏览完,然后脑子里冒出了一个大大的问号。

房租居然不要三百五十欧,只要两百欧?

舒桥盯着那个数字看了许久。

"……你是在做慈善吗?"她不是很确定地问道。

"慈善做得比较多,你指哪一项?"

舒桥决定放弃和他沟通。

去掉两人认识,去掉曾经认识得比较深入,也去掉不久前还重温了这份深入,只要她脸皮够厚,她完全可以当这是万恶的资本家突然想要资助家道中落的女大学生。

况且,从这份合同来看,她不可能吃半点亏。

落笔之前,舒桥踟蹰片刻,问道:"你一周来几次?我真的什么都不用做?"

"最多一次。"商时舟说得笃定,"如果你想,可以帮我浇浇花。"

又是浇浇花。

舒桥的手指微微一蜷缩,不打算接他的话。

她慢慢签下自己的名字,边写边看商时舟的表情。

"放心,慈善家在做慈善的时候,是不会反悔的。"商时舟在她落下最后一笔的时候开口。

舒桥一愣。

敢情他刚才其实听懂了?

她面无表情地递回合同:"什么时候可以搬过去?"

"当然是随时。"商时舟垂眼,目光在"舒桥"两个字上一顿。

指尖向前滑出一截,在这两个字上轻轻摩挲片刻,商时舟又开口了:"那是不是应该把我从黑名单里放出来?"

舒桥:"……这是房东的要求,还是个人的请求?"

商时舟挑眉:"你比较喜欢哪一种?"

舒桥不情不愿:"实话实说,都不喜欢。但房东的要求,总是不能拒绝的。"

商时舟却笑了笑,给出了第三种答案:"是房东的请求。"

舒桥未料到他会这样说,愣怔片刻,叹了口气。

他确实总有办法抚平她的情绪。

她垂眼,遮盖住所有的情绪,点了点屏幕,把商时舟从黑名单里放了出来:"好了。"

商时舟看她片刻,像是不放心,又发了个表情过去。

这次没有感叹号出现了。

商时舟勾了勾唇角。

既然如此,就也没有再在这里多住的必要了。

舒桥走到一旁去拿行李箱,才走了两步,又突然回头,伸手。

商时舟没反应过来:"什么?"

"便笺纸。"舒桥凶巴巴地开口,"不是写给我的吗?那就应该归我。"

商时舟明显不情不愿地从口袋里掏出那张有些皱巴巴的便笺纸,放在舒桥手里。

舒桥点点头,侧身等他出去,然后毫不留情地"啪"一声关上了门。

商时舟觉得自己再晚走一秒,门就会撞上他的脚后跟。

但他看着面前厚重的木门,眉眼间却难掩愉悦,连回隔壁的脚步都变得轻快。

回到房间,关上门后,商时舟抄起手机,飞快地将他和舒桥的聊天记录截了个屏,得意扬扬地发给了贾斯汀。

贾斯汀很快回复了个问号。

Z:看到了吗?没感叹号了。

贾斯汀:[省略号.jpg]

贾斯汀:商,快去洗个澡。

贾斯汀:你现在浑身都是酸臭味,还没恋爱就先酸臭起来了的那种。

Z:[省略号.jpg]

第十一章
商时舟的商

再回到河边公寓的时候,舒桥的目光在门牌号上停了一瞬。

这条街有个挺俗的名字。

Brückstraße。

音译还能说是"布吕克大街",意译的话就是"桥路"。

20号。

商时舟顺着她的目光看去,也注意到了这个名字。他眼神微顿,晦涩不明地弯了弯唇角。

不然他为什么放着家里的庄园不住,非要买下这里?

但舒桥明显没有想到这一层。

她只是觉得兜兜转转,世事难料,自己居然又搬回了这里。

房门打开。

前日惊鸿一瞥,今天她才认真打量了一番这一间被效率极高地重新装潢了一遍的房间。

装修是法式风格,整个房间显得浪漫又通透,优雅又华贵。

舒桥不由得感慨一句:"真是有钱能使鬼推磨。"

商时舟跟在她身后:"怎么?"

舒桥指指点点:"去掉了浮夸的水晶吊灯,换成了无主灯设计,全部的墙布都换过,家具和摆设就更不用说了。我以前以为这么大的工程量起码得要一两个月,没想到一天半竟然就可以完成。"

商时舟疑惑:"……你在说什么?"

舒桥也愣了愣:"你不知道?这房子在你买下之前,是我在住。"又马上补充,"当然,是租。"

商时舟的手指在鞋柜上微顿。

回想起来,并非没有印象。

一应事情是秘书代办,但字总要他自己来签。签之前确实扫到过一个"SHU",他的目光也停顿了一瞬,就只是因为这个发音而已的一瞬。

却没想到,竟然真的是这个他想的"舒"。

世事实在难料,却有趣。

舒桥只是随口一说,觉得这并不是什么要紧的事情。她还没自恋到觉得这是商时舟故意买下她住的房子,将她逼到走投无路再投奔他的狗血戏码。

且不论商时舟有没有这么无聊,更何况是舒远道破产,她向房东提退租在前。

舒桥有些狐疑地凑近家具闻了闻:"不过,确定没有甲醛吗?"

商时舟挑了挑眉:"你以为我搬进来之前没有人测过?"

舒桥将信将疑地盯了这可恶的资本家片刻。

万恶的资本家径直推开了一扇门:"你住这间吧,我更喜欢客卧的窗外。"

舒桥拒绝的话到嘴边又咽下了。

因为客卧的窗外确实景致更美。

好在这房间的主卧和客卧面积相差并不大,舒桥在短暂的犹豫后,就推着行李跟在商时舟身后进了主卧。

然后两人双双停住脚步。

地面还是一片狼藉。

床头柜上的东西被打落一半,地毯歪斜,被子散落大片在地上,除了垃圾桶里已经换了新的垃圾袋,一切都如同那日他们离开时的模样。

在看到这一切的时候,很难不让人回想起那些面红心跳的细节。

舒桥脸上火辣,努力控制住自己转身就逃的冲动,手指扣紧,面无

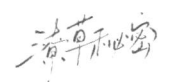

表情地说:"没有请人打扫房间吗?"

商时舟俯身,捡起滚落地面的那枚漂亮的克什米尔蓝宝石,在指尖一滚:"谁敢?"

舒桥无法反驳。

"床单都是新的,只有你睡过。"商时舟开口,"当然,如果你介意的话,也可以都换掉。"

说着,他随意地将那枚价值不菲的蓝宝石扔进了口袋里,然后不慌不忙地捡起地上散落的衣物:"身为房东,理应为租客提供一个干净的环境,这一点是我失职。作为赔礼,今晚我请客。"

这么一说,舒桥才发觉好像是有点饿了。

她犹豫片刻,慢慢点头:"打扫卫生倒不是什么难事……"

更何况,造成这一片狼藉的,她居功至伟。

"只是作为舍友,总得有边界感。不如我们约法三章?"舒桥将行李箱靠在墙边,转过身来,竖起三根手指,"第一,未经允许,不得擅自入我的房间。"

商时舟从善如流,倒退到门口,连鞋尖都退出了门下的踢脚线:"没问题。"

"第二,只有一个洗手间,为了避免不必要的纷争,我会比平时早起半小时。另外,马桶必须保持干净。"

"一定。"商时舟颔首。

"第三……"舒桥顿了顿,"第三我还没想好,想到再补充。"

商时舟"哦"了一声,然后用眼神示意床头柜上,那里还落着他的表:"那么请问舒桥小姐,现在我可以进来吗?"

舒桥的目光在表上顿了一瞬,声音有些沙哑:"可以。"

商时舟这才抬步。

他停在床头柜旁,俯身拿表,却不离开,而是就站在那儿,慢条斯理地将表慢慢扣上。

夕阳在他的侧脸上打下一层柔光,他鼻梁高挺,睫毛在眼下勾出一道浅浅的阴影。他的表情很专注,腕骨上的皮质表带在一点点收紧。

舒桥莫名移不开目光。

然后，她就看着商时舟比画了半天，旋即侧头看她，眉眼里带了点儿苦恼，礼貌地说："可以请舒桥小姐帮个小忙吗？"

他微微扬了扬手腕示意："今天不知道怎么回事，试了好几次，还是没扣上。当然，也可能是这表戴了太久，腕带有点小了。"

舒桥假装没听懂，"哦"了一声，慢吞吞挪过去。

商时舟抬起手，凑到她面前："有劳。"

舒桥抿了抿嘴，接过表带。

表带确实是有岁月痕迹的。表面是蓝宝石的，并没有明显的划痕，只边缘有一点磕碰。

对比商时舟这一身气派，这表虽然牌子也不小，但多少上不了台面。

但商时舟丝毫不以为意，甚至不愿意换一条新的表带。

舒桥的指腹摸过皮面，在商时舟漂亮的腕骨处绕了一圈。

她低头的时候，长发从颊侧垂落一绺，落在他的肌肤上，有点凉，也有点痒。

舒桥微微侧头，手指用力，将针穿过表带，再将表带塞进第一道卡扣。

商时舟终于伸出另一只手，将她那绺头发别到了耳后，指尖还蹭了一下她的耳郭。

舒桥的手不受控制地一抖。

他离得太近，她几乎能感觉到他的呼吸喷洒在她发顶。

在这深秋微凉的空气里，浮动着避不开的暧昧。

腕带是有点小，贴合在他的手腕上，不留一点间隙。舒桥将表带捋服帖，几乎是逃也般地后退半步："好了。"

商时舟看着她的动作，声音带了喑哑笑意："是我这表烫手？"

舒桥不接这话："还有别的事情吗？"

商时舟垂下眼皮，一只手摩挲着已经有些粗糙毛边的表带："楼下的车……"

"我想好了。"舒桥突然开口，打断了他的话。

商时舟："嗯？"

舒桥抿了抿嘴，竖起三根手指："约法三章的第三条，不提旧事。"

商时舟动作一顿。

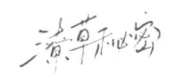

他抬步，在舒桥有些胆战心惊的目光中，慢条斯理地走到门口，然后才问道："多旧的事情算旧事？"

他又看到了什么，在门侧俯身，从门背后用一根手指捞出，勾在手指上静静看了片刻。

舒桥的目光无意识地跟着他，也落在了他手指勾着的那一小块布料上。

布料莫名有些眼熟。

纯白，绵碎蕾丝，交叉绑带……

舒桥的脸猛地涨红。

怎、怎么她的……她的……还在这里？

就说那天怎么到处都没找到！

洒扫阿姨不敢动金贵的蓝宝石也就算了，何必连这个也……

虽说那日没找到是因为灯光昏暗心情难言，但谁能想到居然会被扔到门后这种隐蔽的地方。

商时舟的表情并没有什么变化——如果没有看出他眼底的促狭笑意的话。

就在舒桥原地爆炸的前一刻，商时舟动作很绅士地将手中的东西放在了一旁的桌子上。

舒桥暗自松了一口气，并打算等商时舟一消失在自己的视线里就冲上去。

眼看商时舟还差一步，就要踏出门口，他的声音突然响了起来："这件事，算旧吗？"

一片寂静。

片刻后，舒桥气势汹汹上前，用行动帮他把最后一步走完，一把将他推到门外，然后"啪"一声，大力关上了主卧的门。

凶巴巴又明显是强撑的声音从门里面传了出来。

"算！"

"今天之前的，都算！"

第二天就是开学。

说好的晚间饭局最后并没有组成。

到了饭点，商时舟发了信息给舒桥，没有回应。他起身去敲门，依旧没有应答。许是门锁没有扣紧，他才敲到第三下，房门就打开了一条缝，露出了趴在书桌电脑前睡着的身影。

秋寒露重，舒桥身上盖的小毛毯已经滑落到了地面上。咖啡杯旁边的烟灰缸里是泡完的挂耳包，杯子里的褐色液体喝了一半，剩下的已经凉透。

德国的暖气一年四季都可以打开，但她并没有开暖气，没了小毛毯的遮盖，她将自己缩成了一团。

商时舟盯着她莹白的侧脸看了片刻，目光又落在了她电脑屏幕上。

她贴在电脑屏幕边缘的随意贴上赫然写着今夜 24:00 的 deadline。

商时舟沉默片刻。

不是前天才赶完一个吗？

她到底有多少个 ddl 要赶？

舒桥书桌上摆放的时钟显示着 18:47，距离 24:00 还有不到六个小时。

商时舟觉得并不用太着急，区区一篇论文而已，而且看进度，至少已经完成了 50%。

他俯身，双手穿过舒桥的腋下与腿弯，轻巧地将她抱起，转身将她放在了床上。

小憩而已，她应该也不会睡太久。

商时舟帮她盖上被子，转身出了她的房间，去隔壁房间电话处理了公务，又将前一天没完成的视频会议在这个间隙里开了。

处理完这些，他揉了揉眉心，再看表的时候，已经九点半了。

他才想起来自己没吃饭。

这也是这些年来，他的胃越来越不好的原因。

一旦忙起来，也确实顾不上。

餐厅的桌子上早就摆好了菜肴，李秘书悄无声息地进来，又默不作声地离开，全程像是一个幽灵，商时舟甚至都没有听见他进出的声音。

只是耽误了这么久，碗碟都已经冷了。

商时舟对食物的要求不太高，但也不会有兴趣吃放凉了的东西。

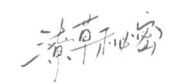

挂了让李秘书重新送一份的电话，商时舟靠坐在沙发上，点燃一支烟，还没吸一口，突然想到自己工作太久，好像是不是除了吃饭这件事，还忘了什么？

舒桥这一觉睡得极其安稳，比她在酒店里那一觉睡得更好，甚至做了个久违的幸福的梦。

醒来的时候，梦已经记不清了，但她盯着幽暗的天花板发呆的时候，唇角也还是上扬的。

直到轻微的键盘敲击声从旁边传来，才唤回她的神智。

舒桥的身体有一瞬间是僵硬的。

她迟缓且小心地侧头，假装自己还在熟睡，然后悄悄眯开一条缝。

商时舟的坐姿很随意，十指被屏幕光勾勒出几乎完美的形状，他眉头微皱，神色严肃，落指的速度很均匀，简直像是不用思考。

舒桥慢慢放松下来，然后在某一个瞬间，猛地看到了已经黑透了的窗外，再像是诈尸一样直挺挺地跳了起来！

"几点了？"她慌张掀开被子，身体前倾去看书桌上的表，"我的论文……"

她起身太快太猛，动作幅度又大，一个趔趄，竟直直向前倒去。

刚刚被惊动的商时舟也没来得及，只伸出一只手，将她拦住了一点，却还是没能阻止她双膝与地面的碰撞。

膝盖很疼……

舒桥的目光落在商时舟伸出来的手上。

这个距离很微妙。

也不是不知道商时舟的本意是为了扶住她，但那只手一把捞住的，是她没有穿 bra 的……胸部。

掌心贴合，且因为方才有了一个向上的力，几乎是完全地握在掌心。

啊啊啊！

舒桥表面故作镇定："可以放开我了吗？"

商时舟的动作更僵硬，触感如此柔软，他对她的身体如此熟悉，怎么会不知道自己手的位置？

他飞快收回手,清了清嗓子,侧头掩饰自己微红的耳尖:"抱歉。"

舒桥表情平静,目光闪烁:"哦,嗯,没事。你也不是故意的。就像我也不是故意要给你跪……"

她及时住口,自己这个一尴尬就开始胡说八道找话题的毛病还是没改掉。

她扶着桌子慢慢爬起来,目光终于落向了桌子上的时钟——22:18。

舒桥倒吸一口冷气。

"是你把我放到床上的吗?"她已经找回了此前的记忆。

"抱。"商时舟纠正她的用词。

舒桥哪有兴趣去想这些,哪怕是扔,此刻也不在她的考虑范围里。

她礼貌道:"谢谢,但下次不用了。另外,根据我们的约法三章……"

他不应这样踏入她的房间。

商时舟颔首,干脆承认:"是我僭越。"

舒桥期盼地看着他,心急如焚,火急火燎,只等他赶快让开位置,好让她在最后的一个半小时里做点儿垂死挣扎。

一篇烂尾、完成度不太高、被打回来重写的论文,也就是丢点脸,被严厉批评罢了,总比超了 deadline 直接挂掉这一科要好。

她暗示得足够明显了,商时舟却还是不紧不慢,又移回目光,在键盘上噼里啪啦敲击了一段。

舒桥深吸一口气,看了眼时钟上嘀嘀嗒嗒走过的秒针,尽量控制自己的情绪:"商先生,距离我的 deadline 还有一小时三十七分钟,我真的很需要用我的电脑。"

键盘的噼里啪啦声终于在一个短暂的延迟后停了下来。

"我知道。"穿着深蓝衬衣的男人收回手,解开了领口最上面的两颗扣子,向下拽了拽,左右活动了下因为长时间静坐而稍有些僵硬的脖颈,再将舒桥的电脑屏幕转向她,"你看看,可以吗?"

这个人是听不懂人话吗?

而且,他写的玩意儿为什么要让她看行不行?

"你……"

舒桥边开口,视线也终于落在了屏幕上。

然后在短暂的顿挫后，飞快吞咽回了"有病吗"三个字。

她抬手飞快地一页一页看下去。

好家伙。

舒桥直呼好家伙。

这谁敢信啊？这个人坐在这儿，竟然是在给她写论文？

舒桥咽了下口水，更认真地看了会儿。

不仅写了，还写得很好，与她写的部分前后逻辑通顺，节奏严谨，论点充分，文献标注格式也标准，挑不出任何错误，甚至还帮她修改了前文中的一小点儿语法错误。

——虽说她也从小就会德语，但相比起商时舟这种第二母语者，还是差了点。

而方才商时舟无视她的暗示，就是在写Zusammenfassung（结语）的最后一段。

舒桥的目光从震惊变成惊叹，又变成不可思议，再落在商时舟身上的时候，已经变成了……深情款款。

她步履轻快地走了出去，再回来的时候，手里已经端了一杯泡好的热花茶。

然后，她恭恭敬敬、认认真真地双手奉上："大佬，请喝茶。"

商时舟抬眼看她，并不掩饰眼睛里的笑意："但约法三章……"

"法理人情。"舒桥笃定道，"现在是讲约法三章的时候吗？是大佬安安静静喝茶的时候，您请慢用。"

她在商时舟接过茶以后，火速捞过自己的笔记本，直接跪在了地板上，从头到尾浏览了一遍，思忖片刻，啥也没改，就发到了教授邮箱。

一气呵成。

距离 deadline 还有足足一个多小时的时间，舒桥长长舒出一口气。

然后，她突然想到了什么，看向商时舟。

"等等，你为什么会这么好心？"

商时舟的目光带了点儿笑意，眸色深深，比此刻窗外的博登湖更加幽深："你说为什么？"

舒桥警惕地抱紧了自己的笔记本，膝行后退半步："资本家做慈善，一次还好,连续两次……"

可疑,太可疑。

她盯着商时舟意味深长的眼神,犹豫片刻,从无数假想的原因里,挑出了自己觉得可能性最大的那种。

"你……该不会是想拿捏我的把柄,然后敲诈勒索我吧?"

商时舟盯了舒桥好一会儿,被气笑了。

但他笑也笑得慢条斯理,落在舒桥眼里简直就是敲诈勒索的实锤,简直像是资本家在思忖要怎么缓缓掏出他四十米的大刀霍霍向牛羊。

"既然你这么说了。"商时舟的手指屈起,在表带上暗示般点了点,"不过分吧?"

哦,换表带啊?

让前女友给自己换一条以前礼物上的配件这种事情……

舒桥诚实道:"那还是挺过分的。"

"那就好。"商时舟颔首,一点也没有被舒桥的诚实冒犯到,依然一派闲适模样,"过分就对了。记住这种过分的感觉,这就是来自资本家的丑恶嘴脸。"

舒桥一愣。

商时舟起身,走到门口拉开门,下巴向外轻轻一扬:"现在,万恶的资本家想问你……"

舒桥警惕。

她猛地坐直身体,又微微睁大眼睛的样子,像极了炸毛的小猫咪。尤其她方才起床起得猛,头发还没捋顺,此刻头顶还有几缕耷拉着。

商时舟兴致勃勃地注视着舒桥这番模样片刻,在她彻底跳脚之前,慢悠悠地开口:"饭否?"

饭厅的桌上热气腾腾,饭菜的香气有些迟延地飘了进来,舒桥的肚子飞快地响了起来。

舒桥腹诽:好你个肚子,关键时候,像个老六。

她一秒放弃了拿乔的想法,从善如流默默起身:"哦。"

商时舟忍不住再逗她一句:"我以为你会誓死不从。"

人为什么要和饭过不去?

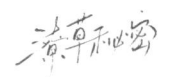

舒桥腹诽，表面却说道："我以为这是资本家的要求。"

商时舟轻轻挑眉，顺着她的话笑着说："没错，这是资本家的要求。"

资本家的糖衣炮弹。

满桌子的菜完全符合舒桥的中国胃。最近她胃口其实很不好，一方面是各种事情纷至沓来，太过忙乱，另一方面，虽然在德国这么久了，却还是没有太习惯这里的饮食。

"资本家"还为她拉开椅子，点了香氛蜡烛，端茶倒水，末了还开了瓶酒，一瓶抵得上她一年房租的那种酒。

然而这和酒精过敏的她并没有什么关系。

她很快就看到商时舟捞起一瓶有机苹果汁，倒进了她面前的红酒杯里。

香氛烛火是晚香玉的味道，很淡，像这个冷冽却并不寡淡的夜。

"To my new roommate（给我的新室友）。"商时舟摇晃酒杯。

烛火里，他灰蓝的眸色更深，看舒桥的目光好似也更直白，更深不可测。

舒桥抬眉看他片刻，与他碰杯，浅抿一口，失笑道："商时舟，你知道吗？你现在这个样子真的很像 sugar daddy（甜爹）。"

这不是什么好词。

商时舟并不生气，只是有些惊讶地低头看自己一眼。

西裤，解了两颗扣子的绸蓝衬衣，全套都是在英国伦敦的 Savile Row（萨维尔街）定制的，每件的手工耗时都超过了一百个小时。

腕间是那块旧表，蓝宝石表面映出烛光和对面少女的脸。

"我的年龄，说 sugar daddy 是不是太早了点？"商时舟笑了一声，晃了晃酒杯，一饮而尽。接着，他向后一靠，手肘屈起，搭在旁边的椅背上，露出一截腕骨来。

舒桥直觉这个话题有些危险，但她无法控制。

"也是，"她垂眸，掩去眼中情绪，"最多是 sugar brother。"

或许是酒精的作用，也或许是烛光下的男人哪怕只是沉默坐在那里，气场也太强。

——不同于四年前的夏夜与冬日，也不同于那些在拉力赛车中戴着沉闷头盔，手持方向盘的桀骜时刻。

舒桥同时修国际关系与商科两门专业，手机上安装了七八个时事新闻APP，每天弹窗出来的新闻她都要一条条扫过。

所以她又怎么会不知道，现在的商时舟，是财经头版时常提及的那家集团公司的实权CEO。

一声杯底与桌面接触的声音响起。

"是吗？"对面青年男人的声音带着笑，也带着点儿挑衅般的散漫与危险，"那你要吃糖吗？"

舒桥垂眼，明明有筷子，却还是将自己面前的那块糖醋小排用刀叉大卸八块，然后才用叉子叉起一小块，斯文地举起，不怎么斯文地咬下："这不是已经在吃了吗？"

商时舟眼神沉沉地看她片刻，倏而起身，再俯身压低过来，一只微冷的手扣住了她的后脖颈，近乎粗鲁地将她带向了自己，然后狠狠吻住了她的唇。

"这才是吃糖。"

这一顿饭就此变了性质。

很难说是在吃饭，还是在被吃。

舒桥甚至有那么一个瞬间，庆幸自己最近饮食不规律，有些小鸟胃的倾向，才能只吃了这么几口，就被这样翻来覆去地折腾。

夜色深深，窗帘没拉，落地窗外，博登湖的夜色一览无余。

舒桥眼中倒映出湖色，倒映出水光，又倒映出两人落在玻璃上影影绰绰的影子。

"怎么想到多读一门商科？"俯身在舒桥颈侧时，商时舟突然哑声问道。

他知道这件事没什么意外的，她刚才那篇论文的指向性已经足够明显了。

舒桥还没想好要怎么回答，商时舟动作有点大，弄疼了她，惹得她咬唇低呼一声。

于是他俯下身来，在她耳边带笑地问道："是哪个商科？商时舟的商吗？"

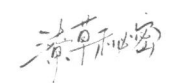

商时舟这个王八蛋。

第二天早上翻找衣服的舒桥在心底再次暗骂。

凭什么一觉醒来她昏昏沉沉浑身仿佛散了架,而他却在微信告诉她,他早上五点半就已经乘车去苏黎世了?

一副精神抖擞、神清气爽的样子。

时间已经不允许舒桥多挑选,但新学期第一天,她想尽可能看起来体面一些。

起码……起码遮一下黑眼圈。

等到出发的时间,舒桥一边拨电话喊出租车,一边打开门的时候,一身笔挺西装的青年礼貌地站在电梯口的位置,向她展颜一笑:"舒小姐,我是商总的秘书,叫我'小李'就可以。商总要我负责接送您上下学。"甚至连电梯都已经按好了。

舒桥没矫情,冲他领首,一并进了电梯,到了地下停车场,然后看到了一辆……通体粉色的劳斯莱斯库里南。

连轮毂都是粉色的。

她愣神的工夫,那辆粉色劳斯莱斯的车门已经被李秘书戴着手套的手打开:"时间稍紧,车速会稍快一些,还请舒小姐谅解。"

李秘书在舒桥拧眉上车的同时,又补充道:"这车是这两天才完成改色的,舒小姐如果不喜欢这种粉色,色板在您手边放了一份,请直接告诉我喜欢的色号就可以了,为您新定制的那一辆还没下生产线。"

舒桥心底骂商时舟的声音停顿了几秒。

别人都是选口红色号,她居然是选劳斯莱斯外观的色号。

这个 sugar brother 多少有点称职过度,入戏太深。

选是不可能选的,舒桥对粉色的劳斯莱斯没有太大的兴趣,虽然感谢商时舟五点半出门之余,还为她安排了上学的用车。

但事情一码归一码,她总不可能真的做商时舟的金丝雀。

他们只是舍友关系而已。

……嗯,交流稍深入一点的那种。

她看了眼色板,目光在嵯峨绿上停了片刻,就扔到了一边。

从博登湖畔去往康斯坦茨大学，要穿过一段长长的山林，李秘书开得快且稳，舒桥得以将自己有些仓促的妆容重新补了补。

李秘书停车再为她打开车门的时候，距离第一节课还有足足十分钟。

舒桥松了口气，下车后正要向李秘书道谢，一道声音从不远处响了起来。

"啧，舒桥，你可以啊。怎么，这才几天，又换了个金主？还换了辆车？"陈乐意端着一杯咖啡站在路边，用一种奇异的目光看向刚刚下车的舒桥，"这就是你拒绝我的原因吗？备胎竟然这么多？"

他身边还有几名留学生朋友，脸色都带着些微妙的古怪，上下打量着舒桥身边的那辆劳斯莱斯，再将目光落在了李秘书身上。

李秘书不到三十，身高一米八几，又是一身得体西装，面容俊秀，戴着黑框眼镜，能做商时舟的秘书的人，无论放在哪里，都算得上是出类拔萃。

舒桥对陈乐意的这种冷嘲热讽早就免疫了，她对李秘书歉意一笑，正要无视此事，李秘书却已经冷冰冰看了一眼陈乐意，然后开始解西装扣子。

舒桥惊呆了。

好好说话，怎么突然脱衣服？

舒桥一脸震惊地看着李秘书脱了西装外套，叠整齐，放在副驾驶的座位上，然后松了松领带，再解开衬衣袖子挽起，露出了穿着西装根本看不出来的发达肌肉。

李秘书冲着目瞪口呆的舒桥礼貌一笑，微微鞠了一躬："让舒小姐见笑了。"旋即提步，走到陈乐意面前。

陈乐意也没料到事情的发展会是这样，被李秘书气势所逼，下意识地后退半步："你……你想干什么？我会报警的！"

李秘书从口袋里取出一张名片递过去，文质彬彬地开口："上面有我律师的联系方式，一切后续事宜请与他联系。而现在，你要为你的臭嘴和诽谤付出一些代价。"

然后，舒桥就看到李秘书提起拳头。

再然后,陈乐意捂着脸,倒退三步,整个人瘫软在地,变成了一个可笑的猪头。

这一系列动作行云流水,导致李秘书重新整理好衬衣,正了领带,再穿好西装外套的时候,舒桥都还有点没有反应过来。

舒桥震撼道:"……现在当秘书,已经这么'卷'了吗?"

李秘书谦虚一笑:"商总身边人才济济,我不过是其中再普通不过的一员罢了。我就在停车场这边等舒小姐下课,祝您度过愉快的一天。"

被震撼……或者说震慑到的,显然不止舒桥一个人。

李秘书最后的那句话也算是愿望成真,舒桥的这一天过得……不能说不愉快。

托李秘书的福,或者更确切地说,是托商时舟的福,舒桥也算是一战成名。

连她课后去找导师的时候,都被揶揄打趣了两句。

"舒,连我都听说你今日来学校时的轰动了。"史泰格教授挑眉,意有所指地看了看窗外——好巧不巧,从他窗户里望出去,恰好能看到那抹无敌扎眼的劳斯莱斯。

舒桥以为史泰格教授要再说什么,史泰格教授却将眼镜摘了下来,放在了桌子上,然后重新看向她:"舒,下次遇见这种事——我是指陈的这件事,也可以来找我。"

他一边说,一边将素来一丝不苟的衬衣长袖袖口解开了些许,露出了肌肉线条夸张的手臂。

舒桥万万没想到,素来不苟言笑、严肃内敛的教授竟然也有这样的一面。她愣了片刻,忍不住笑开:"谢谢您。"

史泰格教授湛蓝的双眼里也带了笑意:"还有一件事。你不是一直想要一个外出实习的机会吗?"

舒桥猛地坐直,眼睛瞬间亮了起来。

史泰格教授递给她一份项目书,言简意赅:"波恩,汉堡,柏林,为期两个月,实习报告抵八个学分。我想没有比这个更适合你的项目了。"

舒桥看看项目内容,越看眼睛越亮。

确实如同史泰格教授所说,她主修国际关系,如今又读了商科,正好适合去接洽中德之间的一些贸易往来事项。

　　虽然这项目远不止实习这么简单,但和这种分量的跨国企业进行接洽,所能获得的何止是经验,更重要的还有人脉关系。

　　这是在为她的未来打基础!

　　更何况,单看她负责的内容,几乎算得上是把大头都压在了她身上。

　　史泰格教授等她看完才笑了笑,问道:"可以吗?"

　　舒桥深吸一口气,将那份项目书郑重放在了胸前,眼中带着感激之情,认真颔首:"我会竭尽全力。"

　　史泰格教授点点头,当着舒桥的面将她写进了回信的邮件之中,又问了一句:"今天下午就要出发,你时间方面没问题吗?"

　　舒桥下意识地侧头去看了一眼窗外。

　　那抹粉色映入眼底,舒桥慢慢眨眼,然后移开视线,笑了起来:"没问题。"

第十二章
所隔为山海

在康斯坦茨多停留了几天的结果,就是商时舟这一趟回到苏黎世后,忙到一天喝五杯咖啡,连吃饭的时间都在看合同。

贾斯汀中途来找过他好几次,结果在办公室坐了一下午,都没能排上队。

好不容易挨到晚上的饭点,商时舟起身的同时,竟拿上了车钥匙。

贾斯汀急急追了两步上去:"商,你去哪里?"

商时舟的眉间有一抹疲色:"有什么事吗?"

"怎么,没事不能来找你?"贾斯汀才顺口反问一句,就看到商时舟拔腿要走,连忙重新追了上去,"有事有事,真的有事!我要去一趟波恩,商会有几位泰斗想要托我问问你这边有没有可能也出席……"

"没空。"商时舟言简意赅,"你不知道我要去哪里吗?"

贾斯汀一顿:"不是吧?你连轴转三天了,都不休息一下?"

商时舟眉毛都没动一下,只留给贾斯汀一个背影。

贾斯汀在商时舟背后露出了不加掩饰的嫌弃表情。

嫌弃之后,他又忍不住羡慕,低头翻了翻手机列表,良久,叹了口气:"算了,工作,工作,工作让我快乐,工作让我充实,工作让我……"说不下去了,再说要哭了。

这边贾斯汀强作镇定,深吸一口气平复心情,继续奔赴工作之路。

那边商时舟揉了揉眉心，到底还是把方向盘交给了司机。

在后座假寐了片刻，商时舟重新睁开了眼。

"先到曼顿庄园。"

瑞士边境的幽深森林中，占地面积极广的私人庄园大门缓缓开启，大家在这里等着一年也未必光临一次的主人，仆从们纷纷忙碌起来。

然后他们发现，商时舟来了以后，仅仅洗了个澡，换了一身衣服，整个过程没超过一小时，那辆通体沉黑的车子就又悄无声息如幽灵般重新驶出了庄园。

管家看着车尾消失，忍不住高高挑起眉毛，深吸一口气，喃喃自语："这是春天要到了吗？"

沉黑的宾利行走在秋日黄昏中，暮色缓缓压下，秋意渐浓，显然距离管家口中的春天还极远。

商时舟在曼顿庄园换了一身定制西服，又在袖口、领口花了小心思，车里的乌木沉香又厚重了。

司机小心翼翼地握着方向盘，目不斜视，兢兢业业。

等终于驶入德国边境线，再停在公寓楼下的时候，司机送商时舟进入电梯，抬眼看向了电梯门上变换的数字，心中冒出一个念头。

所以少爷为什么放着明明也没多远的庄园不住，却非要来这里呢？

商时舟迈出电梯门的时候，五官已经柔和了下来，与此前在其他人面前眉目冷峻倨傲的模样截然不同。

他甚至在心里畅想了一番，舒桥见到他时会是什么表情。

迈步，按上指纹锁，打开房门，是满满一屋子盛放的紫罗兰花叶。

曾经这些花朵乘坐专机，每周都跨越整个欧罗巴飞往北江，只为堆满房间，博舒桥一笑。

往事如梦，商时舟在玄关站了片刻，只觉得恍若回到了那一年的盛夏。

他再次调整表情，向前走了几步，想要露出一个微笑，却后知后觉地发现屋内一片空寂。

舒桥房间的灯没有亮起，那扇房门也没有上锁，书桌上已经落了一层薄灰。

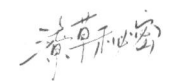

——来清扫的保洁早就被告知不要推开那扇门，为门后的主人保留应有的隐私。

商时舟脸上的表情微微凝固。

他眼神渐沉，掏出手机，发觉自己和舒桥的聊天记录还停留在几天前。

他并不觉得舒桥这是打算搬离这里而未告知他，舒桥不是那种性格的人。

但很显然，这样的短期离开，舒桥也没有任何想要和他分享的意思。

商时舟的手指几次放在了对话框上，却又移开了。

在商场上独当一面、叱咤风云的小商总，在这一刻，竟然词穷，且因心中难言的一丝情怯，打了字又删，删了又打，再改，末了，还是让对话框回归空白。

紫罗兰花叶盛放，三日没怎么合眼，却依然精心打扮的男人站在空荡却馥郁的房间里，目光扫过四周，突然低笑了一声。

是自嘲。

自嘲自己一厢情愿、自作多情……以及自作自受。

她只是把他当舍友。

虽然越界，暧昧不清，但依然只是舍友。

这个词甚至还不如她玩笑的 sugar brother。

即使重逢，即使脸红，即使有那些夜色下对视的纠缠和哑声的情话，她也早已不是那个会坐在他的副驾驶为他清晰地指明前路，会在烛火中对他说生日快乐，还会和他一样在荣誉墙上写下"广告位招租"的那个她了。

更不会坐在这样盛放的紫罗兰中，抬眸看他，对他嫣然一笑，再说一声好久不见。

他终于后知后觉且清晰无比地认识到，他们之间，终究隔了四年的山海。

舒桥已经忙成了一个陀螺。

即使提前了三天抵达现场，与前期筹备人员进行对接，但因为涉及的企业与项目太多，资料也过于翔实，即使是粗略浏览一遍，也需要大量的时间,更不用说对接方还在不断发来一些零零碎碎的更改需求。

譬如某总只喝Fillico(菲利科)的低硬度纯天然矿泉水,另外一位则偏爱lluliaq(卢利亚克)冰川水。

又譬如有人想要在抵达当日品尝科隆Brauhaus Früh am Dom(科隆当地著名猪肘餐厅)的脆皮大猪肘,也有人表示因为私人原因,如果当天的晚宴出现猪肉制品,恐怕便要抱歉缺席。

怎么说呢,一旦想到与会人员的身份,这些细节要求就从匪夷所思变成了情理之中。

然而烦躁在所难免,尤其有那么几位的要求格外多,发来的文字版就已经有足足八百字,后续居然还能再加四百字。

高考作文都没这么长。

繁杂的协调统筹工作像是一片汪洋,连轴转的翔实准备落在里面,就像是一滴看不见的水花。

舒桥的耐心终于在那位只喝Fillico、想吃脆皮大猪肘的柯总秘书再次发来新的要求,说猪肘的配菜一定要有酸黄瓜和土豆球,猪必须是冬季跑步、夏季游泳的有机黑猪,且最好是能直接请主厨团队来现场的时候,到达了阈值。

她面无表情地翻开名单,想要看看这位排场极大、要求极多,还想让黑猪上跑步机进游泳池的柯总到底是哪家企业的神圣。

结果她就看到了眼熟的两个大字。

柯易。

舒桥沉默地盯着那个名字看了片刻,一旁的助理小景也凑了过来,目光落在舒桥手中的资料上,然后"啊"了一声:"舒老师也知道柯总?"

舒桥不动声色:"他很有名吗?"

小景掏出手机,打开短视频APP,翻出某个粉丝过百万的账号:"网红总裁,没记错的话,他一开始是发赛车视频,后来被人扒出来那些赛车都是他家的,他还养了一支车队,纯为爱发电。再扒了扒,自然而然扒出了他身后的集团,他也就顺势露脸,大大方方给自家公司做宣传,路人好感度还蛮高的。我记得他当时还上过热搜,顺势拉了一波他家公司股价,可以说是把流量玩明白了。

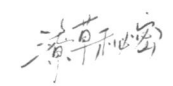

"要我说，这张脸在诸多总裁里确实出类拔萃，关键是年轻，据说是京市著名钻石王老五之一。"小景"啧啧"两声，"只是没想到私底下居然是个这么养尊处优又挑剔'事儿妈'的人，真是互联网人设，不可信啊。"

资料上的证件照成熟正经，舒桥一时之间还没敢认，这会儿见到手机屏幕上那张风骚张扬、比当年风采更盛的脸，她还有什么不确定的？

她翻出通讯录里许久没联系的头像，先发了个句号试探。

发觉自己没被拉黑，对方朋友圈也在照常更新之后，又在对方的名字变成了一行"对方正在输入"时，她拍了张刚刚再次打印出来有一千两百字洋洋洒洒的"柯总食宿需求表"过去。

舒桥：柯总，跟您确认一下，还有什么地方需要改吗？

柯易刚刚意兴阑珊地挂了无人接听的电话。

虽说两个月前去瑞士玩的时候，他死乞白赖硬是蹲点蹲到了后半夜才下班的工作狂商时舟，好歹见了一面，还吃了个……早餐？夜宵？

这辈子第一次在凌晨五点半吃饭的柯易表示自己也分不清。

但在法兰克福机场降落之后，他还是兴致勃勃地开始给八成不会理他的商时舟拨电话。

不出意外，果然没人接。

不过柯易是何许人也，一个不接，就再打一个，今天不接，那就明天再打，顺带信息连环轰炸。

柯易：我在波恩参会，好无聊，老头子非要我来，呜呜。

柯易：参会资料里有你们集团呢，你来吗？等你，等你，等你。

柯易：你不来也没事，我去找你！但上次吃的Raclette（瑞士奶酪板烧火锅）真的太难吃了，换一家好吗？

一条接一条，可谓有恃无恐。

他可是坐过商时舟副驾的人，商时舟总不可能把他拉黑吧？

因为商时舟不接电话也不回信息，柯易将被迫参会的情绪顺手就"嫁接"到了主办方，提了些乱七八糟、匪夷所思的要求。

结果转眼就看到一条微信消息。

柯易凝立当场,捧着手机,瞳孔"地震"。

怎么把这尊大神惊动了?

他脑中电光石火闪过舒桥大学的专业,以及出国后的情况,开始有了大胆的猜测。

难不成他那些随心所欲的要求,一条条都甩到舒桥那儿去了?

离谱,这不就回旋镖到他自己身上来了吗?

拨了一通电话给秘书,确认这次项目的负责人名录上确实有舒桥的名字之后,柯易深吸一口气,大脑开始了飞速运转。

片刻之后,他把一张聊天截图发给了商时舟。

柯易在房间里有些烦躁地来回踱步,他"唰"的一声扯开窗帘,窗外波恩的夜景也变得暗淡,莱茵河寂静一片,水流声便是推开窗户也几不可闻。

他的手机就在这样静谧的夜里突然响起。

看到来电人的同一时间,柯易高高挑起了眉,露出点儿了然又得意的神色,一副"啧啧啧,又被我猜中了吧"的表情,然后飞快将刚才已经编辑好的信息,点击了发送。

柯易:哎呀,怎么还劳烦到舒妹妹这儿来了?瞧这事儿闹的。嗨,都是随口一说,哪有那么多屁事要求,我就一糙人,直饮水也能喝。

舒桥不久就接到了来自柯易秘书满怀歉意的电话,对方连抱歉都说了七八次,态度和之前礼貌但冷淡的样子截然不同。

会场嘈杂,她听筒声音开得大,一时之间忘了调小,于是小景就在旁边听了个十全十,目光缓缓变得震惊。

"舒老师,还得是你。"小景比出一个"瑞思拜"的手势,感慨道,"虽然不知道发生了什么,但我的直觉告诉我,舒老师,不简单。"

舒桥也没瞒着,扫了一眼柯易发过来的消息,随手回了个微笑的表情包,回道:"只是上学的时候认识罢了。"

小景挑眉,不置可否。

认识罢了……

认识能让这种身份的人这么毕恭毕敬?

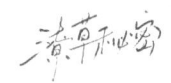

啧。

舒桥看了眼时间,已经是晚上十一点半。她站起身:"明天就要正式开会了,今天就到这里吧,回家抓紧睡,明天还要打起精神。"

长街夜沉。

刚刚降完一场秋雨,石阶湿滑,路上已经没有多少行人,路灯光倒映在街面,反射出一片昏黄模糊的氤氲。

舒桥裹紧大衣,行走在波恩小巷,抬手打了个哈欠。

康斯坦茨的私人机场里,一辆小型私人飞机内灯火通明。

贾斯汀喘着粗气,连滚带爬地一路小跑上了飞机,看向对面因为多等了自己半个小时而满脸写着不耐烦的英俊男人,不满极了。

"怎么我之前问你去不去,你都懒得理我,转眼又改了主意?"贾斯汀见机舱的门已经在关闭,这才连珠炮一样开始"叭叭叭","哟,是不是去康斯坦茨不顺利啊?要去波恩散心?"

"散心去哪里不好,非要去波恩,说你是工作狂好,还是……"

贾斯汀一顿,大胆猜测:"莫不是她也去了波恩?"

商时舟冷淡地看了过来:"机舱门关了,也可以重新打开。"

贾斯汀一顿,用手在嘴上做了个拉拉链的动作,然后坐在对面挤眉弄眼。

商时舟直接戴上了眼罩,眼不见心不烦。

他闭上眼,困意与倦意漫卷,连轴转这么久,任谁也难撑住。

但他睡不着。

鲜少有人知道,他失眠很久了。

不借助药物,他极难睡个好觉。

但那日在舒桥身边,他罕见地沉眠,一夜无梦,因为他知道,梦醒了,身边还有她。

她从来都是他难言的病症,也是他唯一的解药。

第二日的会议进展有条不紊,参会人数虽多,但因为前期准备充足,一切都如预想一般顺利。

舒桥长长松了口气时,在人群中远远看到了气质成熟了许多,眉目却依旧的柯易。

对方显然在有意找她。

但她并没有非要去和柯易见一面的意思。

没必要出风头，就这样隐匿在幕后挺好。

舒桥在会场现场的间隙里小小打了几分钟的盹儿。

期间好似有什么骚动出现，她掀起眼皮随便看了一眼，没看出什么，时间也还早，她便又有些倦怠地合上了眼皮。

有人在路过她时，低语："小商总向来不出席这种活动，之前托关系去请他，也被拒绝了，怎么突然又来了？"

舒桥左耳进，右耳出。

直到小景凑过来，用肩膀顶了顶她，将她从些许惺忪中唤醒。

"舒老师，醒醒，如果不是我的错觉，那位刚刚到场的商先生……好像在看你。"小景声音压得很低，眼神神神秘秘地向某个方向示意。

舒桥没太听清前面的话，只下意识抬眼。

那一刻，周遭一切喧嚣都褪去了。

光鲜亮丽的人群摩肩接踵，觥筹交错，视线尽头的那个人一袭笔挺的定制西服，只是随意站在那儿，便已经是所有人目光的焦点，更引来许多猜测。

想必此刻已经有许多人在暗暗猜测这位素来低调的小商总此次参会代表着什么。

是他背后集团有大动静，抑或是要与某集团达成什么深度战略合作，所以才由他亲自走这一遭？据说还是突然改了主意，连夜坐私人飞机抵达的。

无数猜测，众说纷纭，暗潮涌动。

柯易方才找了许久都没找到舒桥的身影，而商时舟只是沉沉环视一圈冗杂会场，视线就不偏不倚落在她一个人身上，然后勾唇。

对视的这一刻，舒桥清楚地听到了自己心跳的轰鸣。

即使装作视而不见，即使移开目光，即使近在咫尺却因为不愿打扰对方的工作而不再踏近一步，她也知道，他如此风尘仆仆，是为她而来。

小景熊熊燃烧的八卦心到底没能被满足。

因为那位年纪轻轻便久居高位且一身倨傲的商先生，在短暂扫来一眼后便移开了目光。

就好像方才的寻找与对视，都只是大家的错误解读。

只有柯易顺着商时舟方才那一瞥，敏锐定位到了猫在角落里的舒桥，然后顶着商时舟莫测的视线，鬼鬼祟祟沿着墙脚移动到了舒桥旁边。

"舒妹妹，好久不见。"他拉过一张椅子，大大咧咧地坐在旁边，又轻描淡写扫了一眼偷偷竖起耳朵的小景。

小景一个激灵，火速后退，转身离开，动作一气呵成。

开玩笑，八卦哪有命要紧。

而且他也不是全无收获，好歹听到了一声"舒妹妹"。

只是认识而已会这么称呼吗？

他的直觉是没有问题的！

舒老师，果然不简单！

不简单的舒桥正在极其敷衍地回应柯易，她似笑非笑地看向这位网红总裁，然后轻轻颔首，就算是打过招呼了。

柯易一愣，那种被舒妹妹的气势全方位压制的久违的感觉又来了！

自从当年决赛他掉链子，她临时出征替他上场还捧了奖杯回来以后，他就在她面前抬不起头了！

怎么一别多年，死去的记忆还要攻击他啊？

柯易有些没形象地把下巴垫在椅背上，发出了一声毫无总裁包袱的巨大叹气声。

"别不是还生我气吧？"柯易愁眉苦脸，"真不是故意的啊。要怪都得怪我家老头子，本人社恐，还非要我来参加这种会，逼我社交，我这不是一肚子怨气没处发泄，就跑错了地方吗？"

舒桥一言难尽地看了一眼柯易，再想想他在社交媒体上孔雀开屏花里胡哨的样子……

社恐？

这很难评价。

柯易脸皮显然厚得超乎想象，他顶着舒桥微妙的目光，继续说道：

"别的也就算了,我在这儿人生地不熟的,关键是语言不通,到哪儿都是叽里呱啦,什么都听不懂……"

说到这里,他像是一时兴起,随口问了句:"欸,舒妹妹,你忙不忙?我给你开工资,你来给我做几天随行翻译吧?绝不亏待你,日薪五百欧,外加小费,如何?"

说完这话,柯易的心跳都加快了,脑中已经浮现出了无数种舒桥拒绝他外加几句冷嘲热讽的画面。

舒桥拒绝的话确实已经在嘴边了。

开玩笑,她都忙成陀螺了,哪有那个闲心……等等,五百欧?

舒桥迅速掂量了一下自己日渐干瘪的钱包。

这次项目也并非没有工资,但是要等到项目结束后再结算。如果是五百欧一天的话,无论几天,都可以极大地缓解她目前窘迫的经济状况。

舒桥能屈能伸,神情自若地问:"五百欧?好啊。几天?签合同吗?"她边说边低头核对了一下自己的日程表,"18号到22号这五天我有时间,和你的时间能对得上吗?"

柯易惊呆了。

答、答应了!

舒妹妹为了五斗米折腰了!

他柯易的钞票,派上用场了!

柯易喜上眉梢,外加三分自我感动。

助攻助到这个份上,除了他柯小易,还能有谁?

瞧瞧商时舟那样子,一听"舒桥"这两个字,不忙了,也不累了,连夜从苏黎世赶过来了,结果呢?

结果人都见到了,却不敢上前说句话!

啧……

还得是他柯易出马!

柯易就差当场掏出钱包从里面抽紫色票票了,表面还要佯装镇定,翻开手机,一副也在查看自己日程的样子,实际在疯狂给不会回复他的商时舟发消息。

柯易:18号到22号,你务必给我空出来!

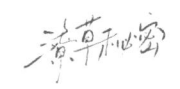

商时舟难得回复得极快,回了个问号。

柯易:舒妹妹!我给你约出来了!谢谢就不用说了,你车库那辆库里南归我了!

发完以后,柯易才转过头来,神色自然,笑眯眯道:"和我秘书核对过了,日程没问题。合同我这边不需要签,走私人账目。你呢?需要预付款吗?"

舒桥摇头:"不必。"

言罢,她看了眼时间,差不多到了她下一项工作开始的时候。

她起身,稍微活动一下筋骨,踩着高跟鞋前行几步,又顿住,扬了扬手机,回头看柯易一眼:"回见。"

风尘仆仆为舒桥而来的男人,此刻镇定自若,周旋在蜂拥而至的人群中,仿佛这一趟大费周章的夜行与她完全无关,方才那一眼,也只是错觉。

如果不是舒桥每次转头,都恰好能对上商时舟好似碰巧投过来的目光,她几乎都要以为是自己一厢情愿了。

这种场合,两人身份差别太大,舒桥多少有点提心吊胆。

但她有些紧张的心很快就回归了原位。

商时舟只是远远看她,没有任何想要上前打扰她的迹象。

克制,平静,且不动声色。

只在某次擦肩而过的时候,他步伐微顿,还引来了与他同行之人敏锐的一声:"商总?"

脚步很快错开,鼻端浅淡的紫罗兰叶的香气,仿佛只是衣料摩挲一瞬的遐思。

午餐是自助。

相比起吃饱这件事,这种场合的午餐更像是某种更直接的社交场合。

靠着口味相似而拉近关系,或是在碰杯之间敲定一项合作,都是非常自然的事情。

舒桥在拿 Tapas(一种西班牙小吃)。

午餐的食材和设计都下了血本，但舒桥并没有在这种场合欣赏美食的心情。

三四个Tapas正好足够果腹。

厨师长明显用了心，连Tapas都玩出了花样，足足做了十七八种不同的口味。

舒桥正在微微皱眉筛选，周围却有了一小阵嘈杂，然后，她就被不轻不重地撞了一下。

中年男人带着歉疚，连声对她说着抱歉，却并没有想要让开位置的意思。

舒桥抬眼，就见嘈杂的风波中心正是商时舟。

她了然，对着已经将名片攥在手心，神色有些紧张的中年男人笑了笑，说："没关系。机会难得，祝您成功。"

中年男人脸上的歉意更盛，感谢也更真挚，微微欠身颔首："谢谢您理解。"

他话音才落，一道低沉悦耳的声音已经在身侧响了起来："吴总。"

胸牌上写着"吴阳文"三个字的中年男人愣了愣，才确定商时舟这两个字是在喊自己。

商时舟脸上甚至带了点儿笑意："吴总的标书一直放在我办公桌最上面，只是近来忙碌，还未与您联系，正好今日有缘相见。"

他话落音，身旁的李助理已经会意，做出一个请的手势："吴总，具体事宜由我与您详谈，这边请。"

吴总一手握着已经被汗湿了一角的名片，带着突然被中标的喜讯砸晕的迷幻，梦游一样跟在了李助理身后。

而商时舟也终于顺理成章地将目光落在了舒桥身上，投去蜻蜓点水的一眼。

或者说，蜻蜓溺水。

因为他灰蓝的眸中仿佛带着温度，让开着冷气的空调在这一瞬骤然失灵。

舒桥捏着食物夹的手指微僵，但她是工作人员，因而很自然地后退了半步："您先请。"

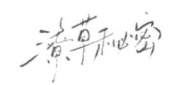

商时舟停步,他周围的人也自然而然停步,恰好给两人之间留出了熙攘之中的一隅之地。

商时舟沉沉看着舒桥,目光再落在她手中餐盘里的两个 Tapas 上,眸色更深了些,声音却平静:"女士优先。"

他都这么说了,舒桥只能重新向前。

太近了。

明明不是没有感受过更近的距离,但这样的场合下,她抬起手肘就能触碰到他小臂肌肉的距离,对她来说,还是太近了。

她当然没有了之前那样慢悠悠挑选口味的闲心,甚至连标签都没有看,打算就近随便夹两个就离开。

这点小小的插曲当然不会打断好不容易接近了商时舟,正在抓紧时间介绍自家公司优势的几位老板。

他们在滔滔不绝中,突然听到商时舟说了五个字。

"那个含酒精。"

几位老板互相对了个眼神,都从对方眼中看到了茫然。

含酒精?

什么含酒精?

……酒?

这是商总在暗示什么吗?

只有舒桥手一顿,默默转向了另一边。

商时舟的脚步这才重新抬起,就像自己只是随意路过此处,而不是专门来与她擦肩而过。

一顿本就食不知味的饭反而因为这样的插曲而有了些滋味。

舒桥甚至还回身多拿了两个 Tapas,然后看了眼时间,去洗手间补妆。

洗手间旁边有一条幽静的小回廊,正适合午后时分偷闲。

舒桥补完妆以后,熟门熟路地转了过去。

回廊不长,尽头是一扇窗户,午后的光从窗户打进来,洒下一片斑驳的秋影。

有极淡的烟味。

舒桥一顿，明白此处也被别人发现，不欲打扰，就要转身。

一只手却扣住了她的手腕，轻轻一拉，下一瞬，她已经被抵在了墙上。

熟悉的凛冽气息将她包裹，很难解释为什么明明是这个人点的烟，他的周身却了无烟草味。

好似点燃的烟与他无关。

而他只与她有关。

商时舟用的力气并不大，也没有想要堵住她的意思，但回廊狭小，他的身形已经能够将她笼罩。

舒桥以为他会质问她的不告而别，或是指责她对他的视而不见，但末了，他只是嗓音低沉地说："舒女士，再不回家，花就要干死了。"

这不是商时舟第一次将她堵在这样的墙侧。

欧罗巴大陆午后的阳光晃眼，交错的光影下，好似彼时忽然停电的黄昏餐厅，他踩着一地碎玻璃而来，只为寻找黑暗中的她。

也仿佛那日竞赛集训会场后的那扇小门一侧，他抬眼看来的一瞬。

依然是那双灰蓝色的眸子。

然而那一眼，和此刻之间，相隔的终究是整整四年的空白。

所以只是一瞬，舒桥就移开了目光。

她默不作声地向侧边错开小半步。

商时舟身形高大，投下的阴影依然不可避免地笼罩她的全身，但那半步依旧落入了他的眼底。

他的双眸微深。

舒桥说不出心头是什么感觉，她逃避般低头翻手机："抱歉，是我的疏忽。如果你不介意，我可以让我的朋友临时帮忙。"

商时舟没有回应。

舒桥下意识地抬头。

"你知道我在说什么。"商时舟的声音里听不出喜怒。

许是他今日一袭正装，周身那种她所不熟悉的摄人与冷冽感还未全部散去，但他看着她的双眸却又是她熟悉的，这样的陌生与熟悉交织在一起，像是密不透风的网。

舒桥心头没由来地升起了一阵烦躁。

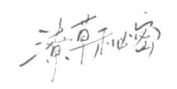

——他的确不会在她工作的时候妨碍她，也的确给予了她应有的尊重，甚至一直等到了现在，才找到这样四下无人的机会，与她单独说几句话。

可这些，本就是他应该做的。

换句话说，如果她没记错，这次的邀请名单里确实有他的名字，但在确定与会人员名单的时候，也已经明确了他不会到场。他的到来，对于无数企业来说，是惊喜与机遇，但对她这样的小小工作人员来说，是忙乱、措手不及和对大佬任性的无奈。

就算她知道他是为她而来，知道他或许还推掉了几个重要会议，放弃了一些东西⋯⋯

但这些都和她有什么关系？

她难道要因此感恩戴德？

舒桥垂眸掩去眼底越发烦躁的情绪，低声道："我会尽快处理好这边的工作，早日回康斯坦茨。"

这不是商时舟想要的答案。

太公式化，太客套，太古井无波。

所以他一动不动地立在原地，直到舒桥终于抬眼，难掩眼中的波动，重新看向他。

"舒桥。"他唤她的名字。

"请让开。"舒桥声音却很平静，"我要去工作了。"

"现在是午休时间。"商时舟笑了笑，"如果你的老板执意要你在午休时间工作，我想我可以帮你提供一些法律上的建议。"

舒桥不觉得这是真正的善意提醒或是帮助。

"我应该说什么呢？"

舒桥深吸一口气，闭了闭眼才终于重新开口，语速极快，声音却依然是低的："应该说那于我来说不过是租的住所，却一定要被称为'家'吗？还是要说商先生您与我不过是约法三章的舍友关系，却莫名其妙将我堵在这里，实在是太过唐突？"

末了，她带了点儿嘲讽地抬眼，语气也变得恶劣："又或者说，你需要的，不是舍友，而是⋯⋯床伴？"

她又换了种更直白的说辞："当然，我也不介意描述为炮……"

后面的"友"字还没说出口，她的下颌就已经被商时舟轻轻捏住，再抬高。

她不知道，她越是这样薄怒的时候，眉目越是生动飞扬，像是莱茵河面被涟漪搅碎的流金浮光，足以照亮一整条暗河。

下一瞬，舒桥剩下的话，已经被堵住。

商时舟俯身，咬住她的下唇，截住了她后面的话，然后才慢条斯理地继续说道："其实我不喜欢这样强迫，但想要阻止你说出更过分的话，目前我只想到了这一种办法。"

他说话的时候，都没有完全离开她的唇。

柔软唇畔的摩挲交错，她的唇齿间沾染了他的味道，他的唇周更晕上了一片她明艳的口红色彩。

像是暗色中唯一的鲜艳。

舒桥抬脚踢他，完全没有收力，商时舟低低"嗞"一声，不避不让，舒桥嘴上却又挨了不轻不重的一下。

"桥桥，你知道我想要的是什么。"商时舟低声道。

舒桥闭了闭眼："我不知道。"

"桥桥，我……"

他还要再说什么，却已经被舒桥打断："我知不知道，很重要吗？"

商时舟所有的动作一顿，他微微蹙眉，有些不解地看向舒桥。

舒桥伸出一根手指，抵在了他的胸前，没有用力，却分明是在隔开她与他的距离。

"我为什么要在乎你想要什么？"舒桥淡声道，"我只需要知道，我不想要什么。"

商时舟喉头莫名发涩，他知道自己不该问，因为答案一定是自己不想听到的。

但他还是开口了："你不想要什么？"

舒桥终于抬眼看向他。

她还是那么美。

从这个角度看过去，她的眼瞳没有变，她眼尾薄红的样子没有变，

213

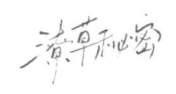

她唇角压平，不悦时皱起的眉峰都是他熟悉的样子。

对他来说，本就连看她发火都是梦里才会偶然见到的奢望。

但她这样看他的时候，眼中的神色，却已经没了四年前的星光。

然后，她粲然一笑："我不想要一个连分手两个字都吝啬，在信息如此发达的现在，却能杳无音信的男朋友。"她抬起手，虚虚点在他的胸前，"商时舟，你没有心。"

商时舟看着她，片刻后，他单手从烟盒里弹出一支烟，再歪头叼在嘴里。

打火机发出一声脆响，火光亮起来，他凑近，他的情绪被照得明灭不定。

舒桥压下自己起伏的呼吸，侧身，从他留出来的些许空隙擦了过去："借过。"

"舒桥。"商时舟没有拦她，却突然在她身后喊她。

舒桥顿住脚步。

商时舟看着她纤细单薄的背影，终于将烟点燃。

那一缕烟雾升腾起来的时候，他带了点儿难明的笑意，说道："你说得对，我确实没有说分手。"

舒桥愣了愣。

商时舟施施然地说道："我确实吝啬那两个字，所以无论从哪个角度来说，你理应还是我的女朋友。"

舒桥沉默片刻。

荒唐。

荒谬。

不要脸。

"商时舟，一别四年，你脸皮的厚度越来越让人叹为观止了。"舒桥感叹道，"你觉得自己说的是人话吗？"

言罢，她嗤笑一声，头也不回地走了。

商时舟盯着她的背影。

她今天穿得很职业，长发全部挽起，口红也换了没有攻击性的豆沙色，套装长裤，八厘米的高跟鞋，走在这样的地毯上，优雅窈窕，但想来并不轻松。

商时舟低头看了一眼腕表。

她会这样说,这样想,他并不意外。

但这一次,他终于有了可以不被任何人左右的时间,来对她认真说一句,好久不见。

距离18号还有两天时间,足够他给她挑一双好鞋,重新铺一条好走的路。

"他怎么好意思?你听听他怎么好意思说这种话!"舒桥对着电话彼端的苏宁菲详细描述了今天发生的事情,"怎么,这年头连不辞而别都成了值得夸耀的事情了吗?"

苏宁菲沉默了一瞬:"其实,他的话也没错。"

舒桥幽幽道:"……你认真的吗?"

苏宁菲果然认真分析起来:"这就和分居了但没有领离婚证一样,缺了那么一纸宣告。那你非要说没离婚,也没什么错。"

舒桥不可置信道:"你应该听过事实离婚吧?分居两年就可以上法院判了,这都四年了。更何况,我们还没有到需要法律来判定的这一步吧?苏大小姐,你低头看看人间吧!"

苏宁菲心虚但嘴硬:"我只是举例!举例而已!不是说他这样是对的!你不要太认真!"

舒桥冷哼一声:"我劝你认清自己的立场,不要坐在歪板凳上,这样是会出事的。"

苏宁菲连声求饶道歉,终于安抚了舒桥的情绪,挂电话之前冷不丁又说道:"但是桥啊,有句话我想了想,觉得还是要说出来。"

舒桥:"嗯?"

苏宁菲顿了顿,说:"重新遇见商时舟以后的你,比之前更有血有肉,更会哭会笑会生气,更让人觉得真实。"

第十三章
她在没有回头地向前走

继续投入连轴转工作中的舒桥并没有时间细想苏宁菲的话。

因为商时舟的突然到来,她和她的小组工作量增加了一倍不止。

小景一边怨声载道,一边跑得比谁都麻溜。

舒桥忍不住调侃他一句,他也不觉得不好意思,贼笑一声:"那可是商总,万一被他……哪怕是被他手下的任何一个人看到,我毕业以后岂不是就有了康庄大道和大好前程!"

舒桥头也不抬,比出一个大拇指:"祝你好运。"

直到17号深夜,柯易的微信发过来的时候,舒桥才猛地想起了第二天的安排。

她从浴缸里起身,腾腾热气让她的五脏六腑都有了放松的感觉。她披着浴袍,将湿漉漉的头发用干发帽随便挽起,开始低头回信息。

木乔:几点?哪里见?有具体的行程安排吗?需要提前预定吗?

木乔:虽然不必遵循朝九晚五,但我的工作时间一般不会超过晚上七点,希望柯先生谅解。

柯易对着一堆问题短暂地发了会儿呆,他哪有这些问题的答案?但柯大总裁完全不慌,他一键转发给了商时舟。

果然,平日里忙到微信三天才回两个字的矜贵商总,这次不过三分钟就已经回了过来。

片刻后，舒桥便收到了柯易的回复。

柯易：十点半，教堂广场的贝多芬雕像下。其他都不需要，具体安排明天根据时间来定。不会超过七点。

舒桥简单回了个"好"字。

她对这个十点半的时间并不意外，毕竟以柯易那副散漫的样子，十点半应该算是很早了。

她吹了头发，将第二天要穿的衣服熨烫好，早早睡了。

另一边，柯易把商时舟的消息原封不动发给舒桥之后，这才好奇地扫了一眼，然后跳了起来。

柯易：兄弟，糊涂啊兄弟！什么叫不会超过七点？七点！欧罗巴的夜才刚刚开始，你就放她回家？

柯易：商老板，商总，你这是单身了四年之后已经忘记恋爱要怎么谈了吗？你不熟，兄弟我熟啊！你发之前倒是先问问我啊！

等了三分钟，商时舟那边没有任何动静。

柯易沉默一会儿，心里突然有了一种奇妙的预感。

他思考片刻，发了个问号过去。

然后，他就看到了非常醒目的红色感叹号：商时舟开启了朋友验证，你还不是他的朋友。请先发送朋友验证请求，对方验证通过后才能聊天。

柯易气得牙痒痒，半晌，对着手机竖起了大拇指。

你牛。

遇见舒桥的事情就秒回。

听到我讽刺你单身四年就拉黑。

我柯小易刚刚可是准备认真分享自己沉淀了足足四年的恋爱小贴士，结果你这小子转头就删了！

我倒要看看，你商时舟能有多大的本事，要多久才能重新追到舒妹妹！

舒桥睡得挺早。

以她对柯易的了解，说是地陪，应该就是日常的翻译而已，八成会变成购物旅游吃喝玩乐一条龙，不会涉及太多的专业术语。但保险起见，

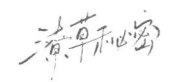

她还是仔细看了一遍目前柯易旗下几家公司的业务范围,确认都属于自己翻译的舒适区后,很快就躺平了。

很久没有过这么轻松又能赚这么多的工作了。

舒桥确信自己值这个价格。

普通地陪的市场价本来就是三百五十欧元到五百欧元一天,她并没有拿到超出自己能力范围的薪酬。

最多是因为认识柯易而获得了这份薪水而已,但也不算占便宜。

不是她,这工作也要落在别人身上,柯易还是会付出这笔钱。

连轴转这么多天,难得轻松,舒桥睡得不错,还做了个梦。

梦里是北江市的星夜。

那年夏天的热浪格外汹涌,商时舟带她去郊外避暑,看新闻说有流星雨,便带她去了山顶,还买了酒,结果她过敏,他便也滴酒不沾,却偏要把酒都打开,说这样才有氛围。

星空璀璨,黑夜只有蛐蛐声,他们等了大半宿,什么也没看见,她困得睁不开眼。

她记得这一夜,却早就忘了这一天他们有过什么对话。

但梦里的一切就像是让深埋于记忆深渊中的话语重新浮现,连带着商时舟的眉眼和声线都变得清晰起来。

她睡意蒙眬,说如果真的有不得不分开的一天,那么之后宁可此生不复相见。

梦里像是有很多噪点,却又放大了所有的声音。

所以这一次,她听清了商时舟的呢喃。

他说:"可我想见你。"

骗子。

"可我想见你。"

他的声音又响起。

"骗子。"舒桥喃喃,"骗子。"

他说着想见她,却分明一次都没有来见她。

四年来,一次都没有。

舒桥像是分裂成了两半,一半是大声喊着骗子的梦醒之人,另一半是沉睡之时还依然与商时舟十指紧扣的梦中人。

撕扯难辨。

黑夜里，舒桥猛地睁开眼。

她双目无神地盯着天花板看了一会儿。

"王八蛋。"

舒桥清晰地骂出三个字，没有继续沉溺于梦中的场景，很快闭上眼，翻身继续睡了。

十点半的约见，地点又在舒桥酒店楼下的广场，她睡到九点二十分才起床。她一起床，便进入了工作状态。

要穿的衣服前一天早已熨烫挂好，酒店含早餐，她没有穿着睡衣吃早餐的习惯，将自己一丝不苟地收拾好，化好妆，拿着房卡去了二楼的餐厅。

时间把握得刚刚好。

舒桥选了靠窗的位置，恰好能俯瞰整个广场。她点了杯拿铁，刚喝了一口，随意向门口看了一眼，就正好看到穿着睡衣睡眼惺忪的柯易不修边幅地走了进来，然后和她四目相对，愣在原地。

舒桥看了眼表，又看向他，露出了一个完美的笑容："柯先生，早上好。"

柯易一个激灵，什么瞌睡都没了。

他哪里能想到，自己竟然好巧不巧和舒桥住了同一个酒店，还提前遇见了！

他是昨晚专门换到这儿的。无他，完全是因为附近就这一间酒店的靠窗位置可以看到广场。而他掐点下来吃早饭，目的是想要围观一下商时舟和舒桥的会面，不然他才不会起床。

算盘打得噼里啪啦，柯易甚至提前预定了客房叫醒服务，这才好不容易将自己从床上拉扯起来，就是为了目睹自己一手操办策划的这一幕。

结果，他在这儿和舒桥狭路相逢了！

计划被全盘打乱，这一霎，柯易的汗毛都竖了起来。他尴尬地打了个招呼："嗯……早上好。"

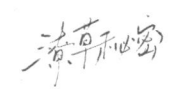

连"舒妹妹"三个字都叫不出来了。

他有点僵硬地转身:"我先去拿吃的。"

然后同手同脚地走向自助餐台。

啊啊啊——

柯易一边在心里尖叫,一边假装自然地掏出手机,噼里啪啦打字,想干脆将计就计喊商时舟来找自己,反正以他们的关系,住在同一间酒店也很正常。

他一气呵成地打完字,点击发送。

一个红色的无情的感叹号冒了出来。

哦,对,他昨晚被拉黑了。

商时舟,你好样的。

柯易沉默三秒,放下手机,同时放弃了给商时舟打电话的念头。

毕竟打了他也不一定接,接了他也不一定方便开口。

柯易的脑子转得很快,有点庆幸自己和舒桥是在这里相遇,转而不动声色地火速看向窗外。

以他的了解,商时舟极为守时,说十点半,一般会提前十分钟到,也就是说,如果不出意外,他应该能透过窗户找到商时舟的身影。

柯易现在的脸都快要贴在落地窗上了,而不远处,舒桥看他的目光和其他客人一样,带着古怪和一丝疑惑。

就像是在说:出于礼貌,我不会多问,但你真的好奇怪哦。

柯易准确解读了舒桥的目光,心里更痛了。

呜呜呜,谁懂,他真的只是单纯想要吃个瓜罢了!

这边柯易一边一遍遍地搜索整个广场的每一个角落,不放过任何一个走入广场的人。以商时舟的气质,他相信自己绝不可能漏看,一边在心底苦苦思索,找到以后他要怎样做。

冷不丁有一只手落在了他的肩膀上,吓得他差点原地起跳。

"谁?"

柯易猛地转头,却见自己遍寻不见的商时舟单手插在裤兜里,不知何时站在了他的身后。

商时舟的目光落在不远处的舒桥身上,再将她眼底一刹那的错愕看得清清楚楚。

他施施然走了过去:"我想你应当不介意这里多两把椅子。"

舒桥都快吃完了,哪有什么介意的,方才的那一点错愕已经被压下去,平静地点点头。

于是,商时舟拉着还有点蒙的柯易一并坐下,点了咖啡,然后看向舒桥。

舒桥已经用纸巾擦拭了嘴,将见底的咖啡杯放下,目光在商时舟和柯易身上转了一圈。

商时舟和柯易是否住在一起,是否恰好与她是同一间酒店,这些都并不重要。

舒桥打量了桌子对面的两人片刻,终于开口:"如果今天的地陪对象是两个人的话……"

柯易心头一抖,生怕舒桥原地起立转身就走。

但舒桥话锋一转,看向两人的目光不夹杂任何私人感情,诚恳地说:"可以,但要加钱。"

柯易的一颗心颤颤巍巍地落回原地,甚至没有一刻比现在更庆幸,自己最大的优势就是有钱。

虽然,比不过身边这位。

然后更多了一分感慨。

坐在对面的舒桥简直就像是仙女下凡,一身世俗烟火气,带着点别扭的坦荡和理直气壮,反而显得她周身的那股明艳更洒脱。

这么想着,柯易反而带了点儿同情地看了一眼商时舟。

没下凡的仙女天真赤忱,可爱纯善,在柯易这种王八蛋眼里,就是大写的"好骗"。

但如今下了凡之后……

他赌商时舟车库里那辆新开回来的布加迪 Black Bess,想要追回舒妹妹,商时舟非得被抽筋扒皮一次不可。

再怎么着,也要被拒绝个千八百遍吧?

这么一想,柯易心情就格外愉悦了起来,连着对舒桥的亲切程度都上了一层台阶。

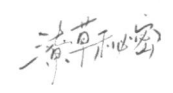

"行,加……"

柯易笑眯眯点头开口,却被商时舟不动声色地截断:"谁说是两个人了?还是一个人,只是换人了,换成了我。"

直到这会儿,舒桥才将目光落在商时舟身上。

当地游玩闲逛罢了,这人竟还是一身笔挺的西装,甚至打了温莎结,坐在那儿肩宽腰细,赏心悦目,与他身边穿着睡衣游荡下来的柯易实在格格不入。

哦,不仅是柯易,还有其他随性的客人。

一定要说的话,可能也就此刻同样精致到头发丝的舒桥与他……还挺搭。

意识到这一点后,柯易悄悄把椅子往旁边挪了挪,然后被舒桥一个眼风止住。

"怎么,不想付两个人的钱?"舒桥挑眉,看向对桌,"所以说,凡事还是应该先签合同,协议也行。吃一堑长一智,两位慢用,我先走了。"

言罢就要起身。

柯易顿时急了:"哎,等等,不是不是,你先坐下,我……"

"三倍。"商时舟手中的咖啡杯落下,与他的声音一并出现的,是从他推过来的一式三份的短期雇佣合同,一份他的,一份舒桥的,还有一份是见证人柯易的。

舒桥的动作顿住,从善如流地坐了回去,快速看了一遍合同。

非常完美,没有任何偏向甲方或乙方的漏洞,各项条款明白至极,甚至还备了中英德三语。

舒桥下意识露出了一个职业微笑,抽了一支笔,在上面写了自己的卡号和签名:"成交。"

商时舟目光沉沉地盯了她片刻。

这是两人那日不欢而散后,第一次面对面。

不得不说,顶着这么一张脸,哪怕是这么一间再普通不过的酒店自助餐厅,商时舟往那儿一坐,周身的气势就已经沉沉地压了过来。

周遭不断有视线落过来,舒桥有点头皮发麻,掐青了掌心,笑容到底没垮。

勉强算是势均力敌的对峙。

"那么请问，身为雇主，是否可以提出一点简单的意见？"商时舟终于开口。

舒桥笑容不改，矜持颔首："自然。只要不过分，不触及法律和我个人的道德底线，不越界，自然可以。"

"简单说第一条意见。"商时舟轻轻挑眉，目光在她脸上落下，才说："我不喜欢你这样笑。"

舒桥慢慢眨眼，脸上的笑容像是褪色一样消失，变成了面无表情，然后抬手比了个"OK"的手势："没问题，给老板安排您最喜欢的'公事公办脸'。"

商时舟微愣。

柯易倒吸一口冷气，连人带椅子悄悄往旁边移，觉得自己今天可以功成身退了，再不退……

再不退，他怕自己知道太多商时舟的吃瘪瞬间，以后有他好果子吃。

舒桥没管柯易逐渐远去的身影，商时舟也没管，他盯着舒桥看了片刻，然后笑了："也行。"

舒桥愣了愣。

商时舟慢条斯理地用餐巾擦了擦自己方才抿了一口咖啡的唇角："比起假笑，顺眼多了。"

舒桥庆幸自己方才已经喝完了咖啡，才不至于一口喷出来，并且开始在内心问自己，这钱是非赚不可吗？

这个问题没有让舒桥纠结太久。

因为她的手机上很快冒出了一条到账信息。

三倍的佣金已经付款到位。

四天，每天一千五百欧，加起来足足六千欧。

一分不多，一分不少。

六千欧，足够她度过一个宽松的圣诞节……甚至新年了。

行。

舒桥飞快做出了决定。

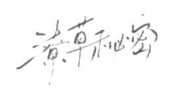

这钱她是非赚不可。

不就是被商时舟这张嘴再多"叭叭"几句有的没的吗？

她左耳进，右耳出，轻松得很。

但舒桥盯着余额的数字，所剩不多的良心到底有点不安。

"你们商氏就没有别的人来陪你？"

商时舟神色自若："没有。"

骗人。

别说商氏，他只要释放出自己有时间、需要人陪的讯息，恐怕有人相隔万里也会不舍昼夜地匆匆赶来。

舒桥为了骗过自己的良心，只能当作真的没有。

如此挣扎片刻，舒桥还是没忍住："我不觉得自己值得这么高的地陪费用。"

她确实缺钱，但也不想这样赚钱。

她也不想装傻。

柯易为什么约她？商时舟为什么会出现在这里？又为什么宁愿出三倍价格也想留住她？

"后悔了？晚了。"商时舟慢条斯理，"合同上写了十倍违约金。"

十倍？

六千欧的十倍，是六万欧。

杀了她吧。

舒桥仅存的良心瞬间消失。

装傻挺好的，人，就应该难得糊涂。

商时舟慢悠悠地继续说道："你如果实在觉得良心不安，那你退回来点儿？"

舒桥拿起包，起身将椅子推回桌前，轻轻俯身向前："你想得美。"她微微扬起下巴，"工作时间还没到，恕不奉陪。我在大厅等你。"

言罢，她头也不回地走出了餐厅。

柯易早就没了踪影，舒桥坐在了大厅的沙发上。

商时舟来的时候，随着舒桥一并从大厅沙发上起身的，还有好几个一身正装的人。舒桥下意识上前的时候,甚至没能先一步挤到商时舟的身前。

她还在愣神这是什么情况,一只手就已经将她拉了过去,让她并立在他身边。

"这位是我今天的助理兼翻译。"商时舟唇边有了一个短暂的笑容,他环顾一圈,"诸位,老规矩,请。"

舒桥有点蒙。

老规矩什么?

什么老规矩?

舒桥想过很多种可能,但唯独没有想到这一种。

她完全没想到,商时舟在合同上写的要她来当翻译和助理,居然是真的!

商时舟这个人,怎么不按常理出牌啊?

酒店并不怎么宽敞的大厅一下子变得熙熙攘攘,度假悠闲的氛围被打破,仿佛变成了高端商务酒会的现场。

舒桥在收大家恭谨递过来的资料时,甚至产生了一种自己是 HR 在收简历的错觉,好似这些人接下来的生杀大权就握在自己手上。

埋头整理资料的时候,有那么一个瞬间,舒桥觉得自己误会商时舟了。

说不定他确实就是来这里洽谈商务的呢?正好缺一个人手,所以才提前让柯易联系了自己。事出突然,她又专业对口,与其临时招募,不如直接让她这个还算熟悉的人来做这件事。

这么多的恰好,所以才造成了自己的误解。

这样的商务场合对舒桥来说并不陌生,她很快就进入了状态。

然后,她发现,这几个项目涉及的商贸领域竟然完全符合她的专业。

她本科专业是国际关系,硕士又在攻读商科,对两国贸易方面的问题本就驾轻就熟,只是突然面对这么多专业的资料,她还是有些生疏。

但将书本上的知识转换为真正的经验,其实所需要的,也只是时间、更多的实践机会和案例。

商时舟将这些都给了她。

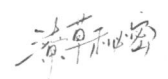

她不是喜欢自作多情的人，但在翻阅完所有资料后，还是看了商时舟一眼。

这个世界上不可能有这么巧的事情。

商氏集团涉猎的行业实在太多，而此刻汇聚在她手里的资料针对性如此明显，如果她连这个都看不出来，不如原地退学。

回头时，她对上了一双沉静的眼。

商时舟灰蓝色的眸子里带着很浅的笑意，姿势舒展，再普通不过的一张沙发被他坐成了 Baxter（巴克斯特）。他在对上她的眼神时，很轻地挑了一下眉，眼中沉静的笑也变成了某种得逞的轻快。

但只是一瞬。

在这一瞬，他不是居高临下执掌无数企业生杀大权的小商总，只是那个盛夏午后，坐在方向盘前侧头看向她，扬眉一笑的商时舟。

——前提是忽略他那身价值不菲的手工定制西装。

舒桥转过头来。

这么多上千万的项目，商时舟说是她只用做助理，整理一番资料，但在具体商讨的时候，他却总会先将目光落在她身上，让她先说自己的见解。

有的时候，他直接颔首采纳。

有的时候，他会引导式地让她进行更深层次的思考。

与其说是她做他的助理，倒不如说，他像是在拿这些东西给她练手。

舒桥当然知道如今商氏集团的市值，或许这些数字对于商时舟来说不算什么，却依然为这样的大手笔感到心惊。

不止她，其他人也感到心惊。

无他，他们不是没有和商时舟打过交道。和以往一样，这些洽谈的一手资料都是先由助理秘书过目的，无论是那位李秘书，还是商时舟带来的其他秘书们，专业程度都让他们惊叹，每一次都不得不提起三百分的精神来应对。

但这次……

与其说这位年轻貌美的女孩子是小商总今日的助理，倒不如说是反过来的。

几人悄然对了一个眼神。

如果连这点儿眼力见都没有,他们也不配坐在这里了!

其中一人起身,直接去将酒店的会客厅订了下来。

更多的信息量涌入了舒桥的脑海中,这一天结束的时候,舒桥觉得自己的脑子快要爆炸了。

傍晚饭点时分,商时舟起身和几人一一握手。几位赴约的老板也都满面笑容,显然,商时舟对他们的表现很满意。

而满意的结果,等同于事成。

所有人都满意,除了两眼有些放空的舒桥。

太累了,她现在只想一头栽在酒店柔软的大床上,彻底放空自己。

谁能想到,她做了万全的准备,结果一天下来,连酒店的门都没出啊!

偌大的会客厅在一声关门声响之后,彻底安静下来。现在只剩下了两个人,显得过分空荡。

商时舟斜倚着靠近门边的廊柱,顶灯落在他的睫毛上,让他的瞳色像是一片蔚蓝的汪洋。

他什么都没说,只是这样看着舒桥,然后在她埋头要整理资料的时候才开口:"今天辛苦你了。"

舒桥顿了一下:"谢谢你。"

商时舟笑了一声:"我以为你会怪我。"

"我不是这么不识好歹的人。"舒桥也难得在面对他的时候眉眼如此温和,"我学到了很多。"

商时舟侧头:"如果你想……"

"这是你私人的邀请,还是商氏集团给我的聘书?"舒桥收拾好了东西,直起腰来,已经猜到他想要说什么。

"集团聘用有流程,就算是我,也不能违背。但你的教授同时也是商氏的特约顾问,如果有他的推荐信,我想这个流程对你来说也并不是难事。"

前两日在会场的时候,舒桥是看到了史泰格教授与商时舟相谈甚欢

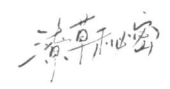

的,但……

舒桥愣了片刻:"史泰格教授的履历我了解过,商氏集团的资料我也看过,都没有提到过特约顾问这件事。这是没有公开的资料吗?"

"算是吧。"商时舟点点头,"毕竟是前两天才谈的,算算时间,聘书现在应该刚刚抵达史泰格教授的邮箱。"

舒桥目瞪口呆。

"这应该和我没关系吧?"她到底没忍住。

"商氏集团的特约顾问含金量确实不低,年薪也是一个让人很难拒绝的数字,从资历来说,史泰格教授本来就在候选邀请名单中。"商时舟道,"从这个角度来说,没有。"

言下之意,从其他的角度,有。

果然,他继续说道:"可以选他,也可以选别人。但我选了他。"

舒桥抿了抿嘴:"你……"

"一举两得,何乐而不为?"商时舟目光愈深,"我只是不想再像这次一样,突然失去你的所有音信。"

舒桥所有的动作倏而顿住。

她闭了闭眼。

在商时舟说出这句话之前,她觉得自己已经放下了。

那些无望的日子,那些明知没有结果却依然会在午后短暂发呆,然后惊觉自己的脑海里还是有他的时刻,那些自我厌弃,觉得自己怎么这么没出息的瞬间……所有这些,都源于他的消失。

她曾失去所有关于他的音信。

整整四年。

如今,他怎么能站在自己面前,说出这句话来?

她的胸膛剧烈起伏了几下,到底还是将这样汹涌的情绪压了下去。

再开口的时候,她的声音比平时还要冷几分。

"商时舟,"舒桥道,"我看到过一句话。"

商时舟转头看她。

"如果一个人想要联系上你,那么他想尽一切办法也会做到。"说着,她甚至笑了一声,只是那笑容在这个时候像是带着无尽的嘲讽。

商时舟看着她的侧影，张了张嘴，却见她举起手机扬了扬："比如我的老板。"

她站起身来，此前两人之间所有的暗潮涌动、试探和针锋相对都被她拂落在地，不留一点痕迹。

舒桥神色太过自然："到合同约定的下班时间点了，我老板喊我去加班，明天还是十点半吗？"

商时舟已经很久没有过忐忑的情绪了，尤其是在等人的时候。

想起昨日那样的分别，他不知道舒桥还会不会继续履约。

她性子又倔又要强，脾气从来不小，说不定真的能咬牙打三份工，回头将合同的违约金打到他的账户里。

第三次低头看时间，商时舟唇边不由得有了一抹带着些许哑然的笑。

过去这几年，从来都只有别人等他，他都快忘了等待是什么感觉。

但旋即他又有些怔然。

他不觉得舒桥等过他。

他虽然没有直白地说过一句告别，甚至连离开都匆匆，但他始终觉得，以他对舒桥的了解，她也许会对着空荡荡的房子发会儿呆，会哭一场，但她会很快重新启程。

她从来都是这样的性格，也应该是这样的性格。

就像她会平静地放弃当年的保送名额一样，她从来都知道什么最适合自己，也知道自己想要的是什么。

她想要的是他的时候，便是热烈坦荡的盛夏。而当这条路上只剩下她一个人，她便是点燃自己的太阳。

他会像个潦草的秘密一样，被她深埋。

不是现在，也会随着时间消失。

他从来都是这么觉得的。

从那些他得知的事情里，她也确实是这样。

她在向前走，没有回头地向前走。

她曾经说过，想做外交官，所以在国际关系学院每年成绩都是名列前茅，实习也去了相关部门，一切都一帆风顺，就像是她早已规划好的那样。

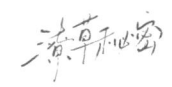

是的，没有他的生活，她也一样从善如流，过得很好。

追求她的人很多，和他想象中的一样多。

高考后，她上了热搜的那段时间，甚至连柯易都被约了好几个饭局，全是圈子里的富二代们，只为拿到舒桥的联系方式。

所以更不用说在学校里了。

就连他在康斯坦茨的街头再次见到她的时候，她也正在被纠缠。

她确实没有再交过男朋友，但也从没有回头。

商时舟说不出自己是欣慰还是空落，只是将那些有关她的资料都放在他的办公桌最上面的抽屉里，上锁。

他甚至不敢多看一眼她的照片。

他怕自己忍不住去找她。

她有自己的路，有自己的世界，有自己规划构建的未来。

他闯入过一次已经足够，又怎么能重新搅乱这一切？

他不配，也不能。

直到后来，他突然得知她研究生转了专业，还申请到了德国。

再到此刻。

商时舟从来都笃定的事情，变得不那么确定了起来。

……如果，如果她当初，也等过他呢？

她是不是……也像他如今此刻这般心中空荡、茫然无措？

这一日晴朗许多，天光洒下，天空极蓝，像是要将过去的阴霾都一扫而光。

唯独没扫掉商时舟的。

他像是被遗漏的一隅苔藓，格格不入地生长在阳光之下，像是在等待一个被救赎的机会，也像是在自甘被蒸发掉所有水分，等待干枯再被碾碎。

是救赎还是碾碎，都不在他的掌控中。

他能做的只有等待。

一道身影落在他面前。

舒桥的神色如常，冲他露出了一个公事公办的笑容，然后又想起了他昨天说过的话，敛了表情。

她穿了一身休闲西服，长裤包裹着均匀修长的双腿，上衣勾勒出腰线，枪灰色衬衣是修身款，脖子上配着一圈珍珠项链，但她实在太瘦了，所以修身款也被她穿得有些空荡，露出一截过分纤细的腕骨，白得有些刺眼。

商时舟手指动了动，压住了自己想要去握住那一截腕骨的冲动。

"今天还是在这里？"舒桥左右看了一眼，并未看到前一日那些已经有些熟悉的面孔。

商时舟那颗飘忽的心慢慢落下，"格格不入的苔藓"抬头直视太阳。

"不在这里。"他看着她，抬手的时候，露出腕骨上那只有些陈旧的表，他垂眸看了一眼时间，"要出差。"

"还要出差？"舒桥低头核对自己的日程，"也不是不行……"

"价格另算。"商时舟从善如流地加上后半句，然后舒桥的账户里已经多了一千欧，"差旅费。"

对比日薪五百欧，这是非常公道的价格。

向金钱低头惯了，舒桥拒绝的话在嘴边转了弯："最迟后天傍晚就得结束差旅。"

"好。"商时舟转身就走，"车票已经买好了，还有半小时上车。"

舒桥一愣："啊……啊？"

现在？

舒桥知道商时舟有私人飞机。

随着商时舟登上火车之前，她还以为是先去机场。

但商时舟却选择了火车。

当然，商务车厢。

舒桥不是没坐过，但这还是她第一次见到只有两个人的空荡荡的商务车厢。

她左右看了看，脸上露出了没有掩饰的疑惑。

上车前，她看了一眼，这是从科隆通往巴黎的列车，从来都是人群熙熙攘攘，又怎么会……

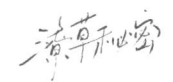

"我包了这一节车厢。"商时舟适时解惑,"本来会有更舒适的班次,但时间对不上,只能委屈一下了。"

舒桥懂了。

接地气,但没完全接。

她没想反驳那句"委屈一下"的话。

委屈的可能是他商大总裁,而不是她舒小秘书。

可能这就是万恶的资本家吧。

她脸上的神色太过明显,商时舟光是看一眼就知道她在想什么。

恰逢列车员过来询问要什么口味的咖啡,商时舟礼貌道:"一杯冰美式,一杯热拿铁,谢谢。"

不是很喜欢这样,好似自己的口味都被他掌握。舒桥头也不抬,故意道:"我也要冰美式。"

商时舟毫无意外地颔首:"冰美式是你的,热拿铁是我的。"

舒桥抬头看他一眼。

"那我改主意了,车厢冷气太足了,我也要热拿铁。"舒桥道。

商时舟勾了勾唇:"看来我还是要喝冰美式了。"

舒桥一看到商时舟这股子一切尽在他掌握中的劲儿,就很想找点事儿。

所以她重新看向列车员,说:"抱歉,我要卡布奇诺,配脱脂牛奶,谢谢。"

列车员保持微笑,征求意见地看向商时舟。

商时舟靠在椅背上,阳光打落在他的发梢:"一杯冰美式,一杯热拿铁。"

于是片刻后,两个人的桌子上出现了三杯咖啡。

商时舟端起冰美式,却并不喝,只是摇了摇里面的冰块。

一杯在舒桥眼中味道堪比泔水的冰美式,硬是在商时舟手里被摇晃出了麦卡伦M威士忌的优雅矜贵。

然后,他笑了一声,先舒桥一步说道:"资本家就是这样,喝一杯,倒一杯。如果你不想资本家浪费,可以帮资本家喝一杯。"

舒桥咬咬牙。

深呼吸。

她确实不喜欢卡布奇诺,更不喜欢脱脂牛奶。

舒桥有点愤恨地拿过那杯热拿铁,明知这是商时舟给自己的台阶,但实在下得不情不愿,显得她无理取闹。

落日的余晖是金色的。

金色散落在欧罗巴的田野,散落在比利时和卢森堡每一座城市的城墙,也散落在三个半小时后到站的塞纳河畔。

河边雕塑下的鸽子载着落日展翅,对游客掉落在地上的薯条不屑一顾,偏爱停落在花神咖啡厅的桌子上,静待热气腾腾的新鲜薯条上桌。

巴黎的晚风比德意志缱绻许多,香榭丽舍的风里,是法兰西的馥郁芬芳。

商时舟穿了一件黑色的长风衣,周身的那股冰冷气息好似悄然被法兰西的浪漫中和,实在引人注目。

舒桥也不例外。她本来就不觉得"欣赏"这个词不能用在前男友身上。事实上,商时舟无论是外貌还是履历,都绝对配得上这两个字。

世界上也没有人比他更适合。

下了火车后,站外有车在等。

那位面熟且神通广大的李秘书双手递上车钥匙,低声与商时舟说着什么,还顺势拿出了一沓合同,递过笔。

商时舟垂眸,手中的签字笔在纸面游走,他一面侧耳听着李秘书的汇报,一面还能分神抬眉,向着舒桥的方向扫了一眼。

那一眼在触碰到她的视线时,带了点儿含着钩子的笑意。

等在一侧的车,是一辆过于眼熟的斯巴鲁 Impreza。

道路上川流不息,灿阳将每一道影子拉长,再镀上一层金灿灿的边。

舒桥的心突然重重地跳了一下。

商时舟不适合连绵的雨,灰白的天,他应该站在这样的璀璨之下,披上一层灿烂的柔软。

就像她最初认识他时那样。

舒桥一直很难将过去她熟识的那个商时舟与重逢后的商时舟真正联系起来。

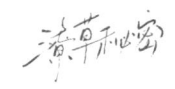

太割裂。

但这一刻,他的衣角被塞纳河畔的风吹起的时候,舒桥终于在重逢后有了一点情绪。

像是尘封许久的汽水,本以为早就已经寡淡平静,却在这一刻倏而被开启,发出了"砰"的一声。

然后才发现,原来过期汽水的味道,是带着涩味的甜。

舒桥看着商时舟的侧影,突然眼角微湿。

商时舟很快处理完手头的事情。

李秘书向着舒桥的方向遥遥递来带着恭谨的笑,旋即回身向着斯巴鲁后面停着的那辆奔驰走去。

这一幕多少有点滑稽。

秘书的一辆车够买老板的好几辆了。

李秘书的表情也有点僵硬,但没办法,他接下来还要去参加好几个重要的会议,老板可以为所欲为,他总不能开一辆 smart 去出席商会。

他可以不要脸,商氏还要。

李秘书脚底抹油地迅速离开,等到商时舟看过来的时候,舒桥的神色已经恢复了平常。

她问:"怎么突然想到开这辆车?"

"我以为你会先问为什么我还有这辆车。"商时舟弯腰,为她打开车门,手很自然地放在了门框上,"或者问我们现在要去哪里。"

偏偏这两个问题,舒桥都不想问。

所以她笑了笑,坐进车里,再抬眸看他一眼。

这样的沉默,已经足够说明她不好奇。

他们之间不过是合约关系,她刚才那句已是极限,她无意探究更多。

商时舟绕去驾驶位,神色并没有什么起伏,启动车子。

舒桥有些走神。

到底是市区,拉力赛用车的改装会让避震变差,在性能面前,舒适性会被无限压缩。商时舟这辆斯巴鲁的内里改装一新,最大限度保持原貌的基础上,在舒适性上大做文章。

如果闭上眼，舒桥恐怕会觉得自己坐的不是斯巴鲁，而是迈巴赫。

但坐在驾驶位的人，是商时舟。

她已经有四年没有见过他触碰有斯巴鲁车标的方向盘了。

那些后来连在午夜梦回时也很少出现的记忆和影像，在这一瞬间闪回，变得清晰。

握着方向盘的那只手依然修长漂亮，腕骨上戴着的依然是她送的那块表，但表带却早已有了岁月的痕迹。

舒桥盯了一会儿，又收回视线。

下车后，她下意识地跟在商时舟身后走了几步，才有些恍然地抬眼。

是杜乐丽花园。

商时舟取了两张橘园美术馆的票回来，舒桥捏着手里的票，慢慢眨了眨眼。

"来巴黎就是为了……看画？"

她的表情十分好懂。

商时舟忍不住弯了弯唇："你要是有别的解读也不是不可以。"又说，"莫奈的真迹我家也有，他画了二百五十一幅睡莲，我外公年轻的时候为了讨我外婆喜欢，收藏了三幅。"

舒桥腹诽：资本家，既然你家有，为什么还要来这里？

很快她就知道了答案。

商时舟不是来看那几幅举世闻名的睡莲的。他径直下到地下一层，穿过那些来自世界各地的不同面容，引得不少人投来惊艳的目光。

他所过之处，总是不会缺乏追随的注视。

商时舟腿长，走得即使不快，舒桥也要快步跟上，完全没有时间再去看周围墙上的画作。

他们穿过雷诺阿，穿过塞尚，再穿过马蒂斯和高更，人群和不同语言的喧嚣逐渐被抛在身后。

在某个拐角处，商时舟终于驻足。

相比起睡莲厅的熙熙攘攘，这里只有零星几个人。

舒桥没想到商时舟来看的是柴姆·苏丁。

商时舟喜欢的是他的静物。

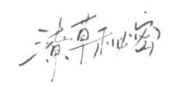

那些静物笔触扭曲，透过油画布能感受到一股撕心裂肺的痛苦扑面而来。

舒桥站在商时舟旁边，陪他看了一会儿，目光落在柴姆·苏丁画的那块著名的牛肉上，又看了会儿那幅剑兰，最后停顿在画家简介处。

寥寥几语的生平，将一个人颠沛流离的几十年浓缩在短短的几句话里。

而作画者将一切的情绪都停留在画中。

舒桥辅修过一门艺术史，对这位一生都沉浸在痛楚与自我剖析中的白俄罗斯画家有印象。

"他出生于斯米洛维奇，那是白俄罗斯明斯克附近的小镇，鲜为人知。"商时舟突然轻声道，"那也是我外婆的家乡。"

舒桥有些诧异地看了他一眼。

纵使在过去，他们最为亲密的那些时候，他也极少提及他的家人。

这是第一次。

"那个小镇总共也只有几千人口，走在街上，遇到的都是相熟的面孔，我外婆在那里出生，后来对那里感到疲惫和厌倦，所以她离开了，向南去了德国。她是幸运的，也是不幸的。"商时舟的目光依然落在面前的那幅火色剑兰上，"二战的时候，那个小镇被纳粹德国彻底占领。"

舒桥没问商时舟有没有犹太血统。

他说过，自己身上的四分之一是高加索血统，与犹太无关，但这并不意味着他的外婆就可以逃过那一场席卷整个欧洲大陆的战火。

商时舟无意说太多过去，跳过了大段让整个欧罗巴大陆都痛苦的时间："她之后没有离开过德国，依然选择在这片土地定居。我小时候是随她长大的，问过她为什么不离开这里。她问我，离开这里，她还能去哪里？"

顿了顿，他似是叹息，也似是意有所指："离开这里，还能去哪里？"

纵使已经重建，外婆的家乡也已经不是原来的模样。

站在那片熟悉的土地上，她没有了归属感。

她纵使已经创造出了属于自己的商业版图，拥有了家庭、朋友和别人看起来艳羡无比的一切，但她的内心深处，却依然是站在斯米洛维奇街头充满无力和愤怒的小女孩。

她已经不属于那里,可也不属于这里。

她拥有了改变这一切的能力的时候,所有的一切也都已经无法改变。

就像他。

他在德国和瑞士的交界处长大,又回到中国完成了基础教育,在进入高等学府后,刚刚开始计划和畅想自己的未来,遇见了人生里第一个心动的女孩子。

然后一切戛然而止。

他不属于中国。

也不属于德国或瑞士。

更不属于外婆的那片斯米洛维奇。

因为无论他在哪里,他都没有任何一丝归属感。

世界上最爱他的外祖母天性内敛含蓄,将一切情感都压抑在对他更严苛的要求之下。

他其实本不太会表达情感。

他拥有让人眼馋艳羡的财富,在这个世界上却没有一个真正的容身之处。

所有的地方对他来说都是排外的。

除了……

除了短暂的,她的身边,北江的那一隅天地。

可很快,他的父亲因为自己的仕途而不允许他再踏入国土半步,他甚至无法体面地告别。

因为这一场告别的起因无从开口。

他离开得狼狈,也不想这样的狼狈为人所知。

那一日,他坐在机场捏着护照的时候,他的护照封皮上甚至已经没有了汉字,且不能再回头。

他不是没有反抗。

但他从知道自己这一生都无法随父姓的那一刻起,就知道反抗是没有用的。

倒不是在乎自己姓什么,而是他与父亲之间亲缘淡薄,那一层血缘

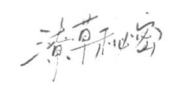

关系堪比纸糊。

他从不做无谓的事情。

唯独在舒桥这里,无谓他也心甘情愿。

舒桥侧脸看商时舟。或许他自己都不知道,他的眼瞳比起用简单的灰蓝色形容,更像是在海蓝上蒙了一层雾气。

柴姆·苏丁画中的色彩倒映入他的眼底,像是将他不被人所理解、也从未向任何人吐露过的内心投射出来,以如此隐晦的方式。

他不是辩解,也不需要怜悯,所以这样的情绪也只是一瞬便收回。

下一刻,再看向舒桥时,他的神色已经恢复如常,好似刚才那一刻的脆弱不过幻觉一场。

"有你想要看的画吗?"商时舟垂眸看了一眼腕表,"还有时间。"

舒桥静静看着他。

有游客在这里驻足,短暂停留又离开,鞋底与地面碰撞出不规律的清脆声响。

她像是在等什么,却没有等到。

商时舟依然体面,依然光鲜,依然披着密不透风的铠甲。

舒桥终于慢慢收回目光:"没有。"

"舒桥。"他突然叫她的名字,"对不起。"

迟到四年的对不起。

在舒桥垂眸的这一刻,他终于将从见到她的第一瞬便想说的话,认认真真地说了出来。

他重复,每个字都很清晰:"对不起。"

舒桥顿住了。

那些嘈杂像是海浪一般重新翻涌,她重新听见人声,而他重新步入人间。

这一刻,舒桥说不出自己是什么感觉。

她其实不觉得商时舟欠她一个对不起。

那段埋藏在那年夏末的记忆对她来说并非负担,偶尔想起时确实会有怔然,但四年的时光,早已将浓烈的情绪冲淡。

会在初见到他时爆发是因为醉酒,仅此而已。

她以为仅此而已。

但在真正听到这三个字的时候,舒桥心底那一瓶开了口的过期汽水,却依然泛起了更多细密的泡泡。

"回答你上一个问题。"舒桥侧着脸,没有看他,"我想看睡莲。"

第十四章
我想重新爱你一次

睡莲不止橘园有。

那辆斯巴鲁 Impreza 开进 Giverny（吉维尼）小镇后，舒桥才知道，原来睡莲也可以欣赏完画，再欣赏画中的景色。

"我外婆很喜欢中国的一句俗语，"商时舟说，"原汤化原食。所以她坚持要将画放在它的出生地，为此买了这座庄园。"

舒桥对"原汤化原食"有了一些新的企业级理解。

她之前来过 Giverny 小镇。

跟着游客排了足足两公里的队，到了以后惊鸿一瞥，流水线一般匆匆拍照，感慨一番，离开。

照片至今还留在她的朋友圈里。

她从来不知道竟然还可以站在一尘不染的对开落地大窗户前，将整个睡莲池尽收眼底。

是美的。

落地大窗户被拉开，视线全无遮挡，偶有游客向着这一隅投来视线，看着油画般景色中的中国少女，也有种恐惊画中人的感觉。

来的时候，Giverny 正在落雨，舒桥下车到进入庄园的这一小段路上湿了裤脚。商时舟推开满满一整间的衣橱时，舒桥欲言又止，低声说了句"谢谢"。

他主动解释："我外婆的喜好之一，她喜欢将收集的成衣和高定按照景色分类放在各个庄园里。"

言下之意，这个衣橱中的衣裙，正适合在此处穿。

老人家的眼光确实非常好。

舒桥挑了一条到小腿的灰色格纹毛呢伞裙，宽腰带将腰线掐得极细，上身未湿不必换，依然是烟灰色的衬衣，倒也极搭。

她走出来的时候，商时舟手持她的大衣，体贴地为她穿上，又低声道："等我一下。"

再出来时，他掌心多了一枚正中镶嵌了大颗克什米尔蓝宝石的女式领结，垂眸为她戴上。

于是，原本低调的一身变得熠熠生辉，舒桥看了一眼自己戴的蓝宝石，再看向商时舟的袖口，那里镶嵌的也是克什米尔蓝宝石。

看样子是对这个和他眼瞳色彩有几分相近的颜色情有独钟。

她倚在窗边，身后距离两步的男人举起了手机。

这是四年来，他手机里第一张她的照片。

只是一个背影，她在侧过脸的时候露出了一小点侧脸和下巴，看不清脸上的神色。

舒桥没觉察到商时舟在做什么，她看了许久。转过身的时候，她没想到商时舟就在身后，手臂碰到了他。

商时舟手里的东西没拿稳，掉在了地上。

舒桥下意识去捡，看到是他的钱包，小心拿起来的时候，里面的东西掉在了地上。

几张卡，还有一张有些旧的拍立得照片。

舒桥无意探究，正要歉意地递回去，眼神却顿在了照片上。

照片有点褪色，但上面的人依然眼熟。

本已褪色的记忆重新涌上她的心头，那个混合着尘土与喧嚣的北江盛夏里，她带着所有人的质疑，登上了他的副驾驶，却以远超预期的稳定发挥跑出了折服众人的成绩，有人欢呼雀跃，放起了烟花。

她还记得这照片是路帅拍的，一头蓝毛的路帅大喊着让她看镜头，却不知道她看镜头的时候，商时舟正在看她。

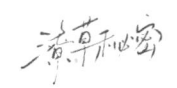

他们的身后是盛放的烟花,他看她的眼神缱绻宠溺,带着散漫的笑意。

那是后来他的脸上再也未能出现过的神色。

舒桥的手指僵硬。

这张照片,她还是第一次见到。

"就这一张。"商时舟从她手里接过东西,将照片飞快塞进了钱包,像是生怕会被舒桥撕毁。

他又看了看窗外,雨下得比他们来到这里时还要大了一些:"这种天气,怕是不适合去迪士尼了。"

舒桥愣了愣:"……迪士尼?"

商时舟的表情有一瞬间的不自然:"嗯,巴黎迪士尼。"他又沉默了片刻,转眼看向她,"你提过的。"

舒桥恍神,是提过。

那个时候上海迪士尼还未开放,她躺在商时舟腿上,指着手机里的新闻说:"要到2016年才试运营,那岂不是还要两年?"

他笑着说:"等不及的话,还有巴黎迪士尼,东京迪士尼,你有想去的吗?"

她翻身起来,想了想:"那还是巴黎吧。"

商时舟问她为什么,她掰着指头说:"到时候我可以先去橘园看画,再去吉维尼看看他画得像不像,然后晚上去迪士尼看城堡烟火!"

"这么贪?"商时舟挑眉,"吉维尼和迪士尼可不是一个方向,你确定赶得上?"

舒桥信誓旦旦:"你开车,什么都能赶上。"

回忆刹那翻涌,将此刻站在 Giverny 的两人吞噬。

舒桥直到现在才明白,为什么这一路是这样的行程安排。

她都忘了自己曾经还想要看看莫奈的睡莲到底画得像不像 Giverny 的睡莲,但商时舟还记得。

说不清他们到底是谁还活在过去。

舒桥抬手想将大落地窗关上,窗外的雨开始转大,溅了几滴到舒桥的手上,远处有来自各国游客的语言传来,隐隐约约分辨不清。

商时舟抬手来帮忙,舒桥的动作却突然顿住了。

"可以忘了。"她突然说，然后抬眸看他，弯了弯唇角，"过去的那些没有兑现的事情，已经可以忘了。"

雨声从没有闭合的落地窗传进来，像是要将这一瞬的两人拉得更遥远，但空气中浓郁的水汽却好似将这份遥远重新粘在了一起。

有风刮进来，将纱帘撩开，拂动舒桥的长发和裙边，再将商时舟心底最后一面墙彻底吹塌。

或许，那堵墙早已不再坚固，只剩强撑，只用舒桥的一句话就会倒塌。

正如此时……

商时舟垂了垂眼。

他一丝不苟，舒桥却觉得自己从没见过他这般颓然的样子。

商时舟的额发挡住了一点他的视线，他望过来的目光里带着自嘲和苦笑。

他似乎在尽力让自己镇定下来，只是他的声线带了几分无奈。

"可是桥桥，如果不这样，我要怎么重新靠近你？"

舒桥用手比画了一下两人之间的距离，笑了一声："一步之遥，还要多近才算近？"

商时舟注视着她那个近乎冷漠的笑容，叹了口气："你知道我说的不是这个。我……"

商时舟灰蓝色的眸子在骤暗下来的天色下，比他袖口的克什米尔蓝宝石更让人沉醉。

"我想重新爱你一次。桥桥，这一次，我绝不会半路离开，也不会……"他终于开口，声音并不低，但舒桥却从中听到了乞求之意。

舒桥闭了闭眼。她在隐忍了这么久后，终于不耐烦地打断了他："可我已经不会相信任何人了。商时舟，你知道吗？你走了以后，我不是没有试着去接受别人，但我发现我已经没有力气去相信任何承诺，也不会去爱了。"

她的长发被风吹乱，露出一张冷白的脸，她近乎嘲讽地看着他："当然，其实你也没有给过我任何承诺。要说的话，不过是我一厢情愿而已。"

商时舟下意识反驳："不是。"

舒桥笑了起来："那么……商时舟，你觉得我需要多大的勇气，才

243

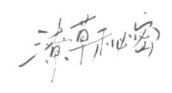

能再接受一次？"

听到她说曾经试着接受别人，商时舟的心泛起了一阵难以抑制的恐慌。可他明明是这个世界上最没有资格为这件事情牵动情绪的人。

踏上那一架私人飞机的时候，他神色麻木，侧头最后看窗外一眼的时候，心中除却不甘，只剩下对舒桥的祝福。

不甘的祝福。

祝福她之后的人生顺风顺水，得偿所愿。

他会在她看不到的地方永远爱她。

这些年来，有关舒桥的消息他掌握得事无巨细，然后一一封存，锁在办公桌里。

然而，在知道舒桥来德国的时候，他反悔了。

到康斯坦茨找她是真，偶遇是真，恰巧买了她住的那一间公寓也是真。

无论是在街上遇见她的那一刻，还是送她下车，再被她推开门的那一刻，或在地下车库里看到斯巴鲁的那一刻……他的表面不动声色，心底却像是有烈火在燃烧。

这么多的巧合，明明就像他们的重逢是命中注定。

他不是没有想过舒桥对他会是什么样的态度。

但或许是之前的接触中，舒桥太温和、太有礼貌、太没有攻击性，仿佛很快就会接受他，所以他才慢慢地忘记了自己之前的那些设想。

他紧紧抿着唇。

窗外已经彻底暗了下来，有闪电照亮了一瞬他的面容，未全部闭合的落地窗缝隙变得更大，交织的风雨泼墨一般倒灌进来。

商时舟下意识侧身半步，将风雨挡在身后。

他心绪大乱，对着舒桥冷峭的目光微微闭眼。他心知肚明，她想要扯掉他脸上最后的面具，再将他所有的情绪、所有的自尊、所有的自持、所有的冷静，全部击碎，直到他能够以最原本的样子去面对她。

窗外的风雨连绵，已经没有了游客的声音。

就在舒桥以为商时舟不会再说什么的时候，他却忽然抬起了眼。

"舒桥。"他连名带姓地喊她，似乎这样才够郑重，"我不知道应该如何形容自己现在的心情，但我知道，我只要一想到你出现在这里，又即将彻底离我而去,我却连伸手挽留都做不到,我应该会恨自己一辈子的。"

这一次,商时舟是真的带着乞求地看舒桥,雨水将他的眉眼润湿,让他看起来像是一只落水的狼狈小狗。

他就这样看着她,慢慢继续说:"再给我一次机会好吗?就一次。"很快他又改口,"不,不是一次机会,而是……给我一点,可能性。"

他明明会讲多国语言,明明已经习惯了位高权重居高临下,却在此刻几乎难以组织语言。

最后一句,他甚至无意识地换成了德语:"你不用接受,也不用爱我,只要你允许我爱你。"

舒桥深吸了一口气。

深埋心底这么多年的委屈终于说出口,她反而冷静了下来。

许久,她终于说:"可我不会再对你有任何回应了。"

舒桥看向商时舟的眼睛,在他的眼瞳变得黯淡之时,重新开口:"……就算这样?"

于是,那双被风雨浇灭的灰蓝色眼瞳重新被点燃,他几乎是一动不动地盯着她,似是生怕她反悔。

"就算这样。"言罢,他呢喃般重复了一遍,近乎愉悦,"就算是这样。"

即使这一次,你连向我迈步的力气都已经彻底失去,也没关系,所有的步伐,都让我来走。

商时舟的额发已经湿透,耷拉在他的额头。上一次舒桥见到他这个样子,还是在那一场拉力赛结束后,他将一整瓶矿泉水浇在自己头上的时候。

可那时是放浪形骸,纵情狂欢,而这次,他那双灰蓝色眸子被淋湿,他的手工定制西服被淋湿,他昂贵的皮鞋也淹在积水之中,雨水落在上面,溅出一片水花。

然后,他上前,低头吻住了她。

她什么都不用做,只要她不要后退。

他便甘之如饴。

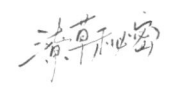

两人没能去迪士尼看烟火,也没有机会在巴黎街头继续游玩,更不可能按照商时舟原本的计划去南法的海边晒晒太阳。

因为他们都感冒了。

舒桥虽然瘦,但体质还算不错,虽然着凉,却并不妨碍她的日常行动。

但显然商时舟不这么觉得。

他将斯巴鲁 Impreza 换成了加长林肯,还在后排放了一张柔软漂亮的床。

商时舟刚刚挂了一通电话,讲的是法语,音色带着喑哑的缱绻。

舒桥忍不住掀起眼皮,正对上他的视线。

"Giverny 的庄园虽然漂亮,但不适合养病。"商时舟向前倾身,连音色都温柔了,"所幸巴黎近郊还有其他地方可以去。"

舒桥斜靠在床上,被裹成了一个包子,背后是软软的靠垫,怀里还有她喜欢的玉桂狗抱枕。她被暖风吹得晕晕乎乎,完全不想去思考商时舟说的地方是哪里,只点了点头,"哦"了一声。

商时舟又接了一通电话,鼻音有些重,被电话那边的人敏锐地察觉到了。

"你感冒了?"

商时舟冷漠道:"没有。"

电话那边的声音顿时高出了几个分贝:"你在哪里?撑住!商!等我来救你——"

两人距离太近,听筒里的声音传入了舒桥耳中,她听出是和自己有过一面之缘的贾斯汀。

她还在想这个人和初见面的印象差不多,依然是一贯的浮夸时,侧头看了一眼重新闭上了眼准备挂断电话的商时舟。

他看起来和正常人没两样,但耳根几乎烧红了。

舒桥盯了会儿,抬手在上面碰了一下。

商时舟猛地睁眼看过来。

舒桥与他对视片刻,开口:"……你发烧了?"

商时舟还是那两个字:"没有。"

舒桥没信。她从床上爬起来找行李，然后掏出了一个电子体温计。

商时舟扫了一眼："你怎么还随身携带体温计？"

舒桥的动作顿了顿，然后拎着体温计在商时舟的面前晃了晃："眼熟吗？"

商时舟本能觉得哪里不对，但没反应过来。

舒桥咬牙切齿道："足足47欧的电子体温计，我不得到哪儿都随身带着？"

商时舟沉思片刻，完全抓不住重点："是当初没有附购物小票？"

舒桥瞪他一眼。

重点是购物小票吗？

重点是明明有其他便宜好用的牌子，他偏偏要选贵的！

商时舟看着舒桥的神色，确定自己说错了话，慢慢眨眼："我觉得我应该是发烧了。"又补充一句，"但我药物过敏种类比较多，所以不能吃退烧药。"

言下之意是，既然如此，其实测不测体温都无所谓。

反正不能吃药，全得靠自己。

舒桥果然忘记了四十七欧的问题，她抬手在商时舟额头扫了一下，38.9℃，体温计的面板变成了触目惊心的红。

她盯着这个数字缓缓拧眉，又扫了一下自己，37.5℃。

四目相对，舒桥又瞪了明显在逞能的商时舟一眼，然后掏出了一盒降温贴，不由分说地在他额头贴了一片："不能吃药就物理降温。"

冰凉的触感从额头传来，原本已经有些浑浑噩噩的脑子变得清明了一些，头也没那么沉了。

下一刻，商时舟就被舒桥不由分说地按倒在了身后的床上，怀里还被塞了玉桂狗抱枕。

"我觉得你比我更需要躺在这里。"舒桥双手托腮，撑在床上，吸了吸鼻子，鼻音有点重，"你觉得呢？"

加长林肯悄无声息地平稳前行，若非偶尔的转弯带来的偏离感，她几乎要忘记自己其实身处车中。

商时舟看着舒桥近在咫尺的脸，弯了弯唇，抬手将舒桥也拉到了床上，

247

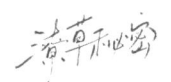

背靠他躺好，圈过她的腰，然后不由分说地将自己的额头贴在了她的脖颈处。

很烫。

又很痒。

舒桥有点不安分地扭动了一下，却被商时舟一把按住："别乱动。"

车路过一处减速带，有些颠簸，舒桥与商时舟之间此前还留着的一点缝隙都被填满了。她浑身僵硬，连呼吸都放轻了。

直到均匀的呼吸从耳后传来。

舒桥愣了愣，极轻缓地起身，撑着身体向后看去。

商时舟睡着了。

他的皮肤本就偏白，高温让他的脸颊多了点红晕，唇色很淡，头发也因为这个姿势而凌乱了许多，让他看起来有种吸引人的病态美。

舒桥忍不住多看了一会儿。

直到她的视线里多了一点动态的白。

她有些恍然地抬头看向车窗外，是一片秋末衰败的麦田，有乌鸦振翅盘旋，而天穹之上，不知何时飘起了细碎的雪花。

像是梵高的那幅《麦田上的乌鸦》。

舒桥曾经去阿姆斯特丹的梵高博物馆看过真迹，她长久地在那幅梵高生前最后的画作前驻足，然后闭眼掩去泪光。

而此刻，她长久凝视窗外，然后突然意识到了一件事。

冬天来了。

这是漫长深秋后，初冬的第一场雪。

她度过了四年独自一人穿行的初雪，而今年，有人重新握住了她的手。

是的，商时舟纵使睡着了，一只手依然紧紧攥着她，仿佛生怕她偷偷离开。

舒桥抬手，帮他舒展开眉间的一点褶皱。

车外风雪连天，逐渐模糊了视线，却不会影响到车内半分，这样的温暖舒适像是能隔绝一切，也让人紧绷的神经都放松下来。

等到车子平稳地驶入一处幽静的庄园时，车里的两个人都已经睡着了。

司机小心翼翼地停车,哪里敢叨扰半分。

沉黑的车顶不多时就落了一层薄雪。

商时舟有些昏沉地睁开眼时,看到的就是半跪在地上,上半身趴在床边的舒桥。

窗外已经稠蓝,飞雪让夜色变得模糊。她的手还在他的掌心,以这样一个并不舒服的姿态沉沉睡去。

额头上的退烧贴已经失去了效用,商时舟却有点舍不得摘掉。

沉默片刻,他就这样顶着退烧贴,俯身将舒桥抱了起来,用毛毯将她裹了裹,开车门走入了雪夜之中。

在门边等待许久的管家眼神微顿,哪里见过小商总头顶退烧贴的样子。再见到他怀里的人,管家飞快开门,恭谨躬身。房间早已收拾好,连床榻都是温热的,家庭医生也已经带着药箱和助手等候多时。

舒桥躺在床上睡得极沉,中途被短暂唤醒吃药,但她连吃药的过程都没太记清,就继续睡了过去。

许是药效作用,她这一觉无梦,再次醒来时天光大亮。她有些愣怔地看着陌生的房顶,感受着身下舒适的床垫,足足愣了两分钟。前一日的记忆有些不怎么完整地回到了脑海里,舒桥有些迟疑地掀开被子,发现自己换上了一身质地极柔软的睡衣。

她从床头柜上找到了自己的手机,还没来得及发信息问商时舟在哪里,就听到隔壁房间传来了交谈声。

声音压得极低,听不清内容,舒桥等了片刻,房间门传来了轻微的转动把手声,然后打开了一条缝,门后是商时舟的身影。

他看到舒桥坐在床边,目光清明地望过来,稍微放下心来。他推门走来时,舒桥看到他穿了少见的居家服。

"早安。"他说,"方便让医生现在来看看吗?"

这倒是也没有什么不方便的。

舒桥点了点头:"好。我觉得我已经好多了,可能未必需要……"

但她这么说着,也知道商时舟肯定不会采纳她的意见。

家庭医生温斯顿先生已经为商氏服务了三十余年,可以说是看着商时舟长大的,这还是他第一次见到商时舟带异性回家。

他看着舒桥的眼神很温和,也带了几分长辈的慈祥,叮嘱也多了点平素不会有的内容。

他和商时舟的交流用的是俄语,舒桥第一次听商时舟说俄语,虽然一个词都听不懂,但她听得津津有味。

温斯顿先生不由得笑了起来,这次他换了英语:"我听 Eden 说你不会俄语,怎么反而听得这么认真?"

听到"Eden"这个名字,舒桥微微一愣,很快反应过来这是商时舟的外文名。她抬眸看了商时舟一眼:"有的时候听不懂,反而更能欣赏一门语言的音韵美。"

俄语是温斯顿先生的母语,他眼中笑意更盛:"以后让 Eden 教你说俄语。"

舒桥对年长和蔼的人向来很尊敬,闻言,她也笑了起来:"倒也不是完全不会,我会说一个词。"

然后她振臂道:"乌拉——"

温斯顿先生大笑:"Eden,我和你说她没有任何问题,只是普通风寒而已。你看,她精神这么好,现在总该相信我了吧?"

他起身,忍不住想要再数落两句:"反而是你……"

"时间不早了,该吃早饭了。"商时舟不动声色地打断他,"谢谢您走这一趟。"

温斯顿先生摇了摇头,叹了口气,关上了房间门。

快走到楼下的时候,满面忧色的温斯顿先生突然一拍脑门:"哎呀,忘记告诉 Eden,他外祖母一会儿也要来这里。"

"算了算了,不用我说,他自己也会知道的。"满头白发的老头子一边摇头,一边走入风雪之中,上了车,"我看他的样子,是一秒也不想让我多待了。"

房间门隔绝了外面的所有响动,室内又恢复了一片安静。

舒桥有些在意方才温斯顿先生被打断的话语,但她什么也没有问,只是向着商时舟的方向抬起了手。

商时舟愣了愣,突然反应过来,俯身将额头贴在了她的掌心。

已经不烫了。

温斯顿先生对商时舟的情况极其了解，对症下药，一晚上就将他的病症压了下去。

舒桥这才放心了，面色柔和许多。

"难得见到你这么关心我。"商时舟顺势握住她的手，放在唇边吻了一下，"早知道我就应该多病两天。"

舒桥挑眉，并不缩回手："好啊，你病着，我反正要先走了。"她指了指手机上的日期，"我可是还有工作在身的人，后天这个时候，我必须到汉堡。"

商时舟的神色一顿。

舒桥笑起来，双手捧住他的脸："你呢？要回苏黎世，还是要和我一起去汉堡？"

她主动提到了一起。

商时舟一时有点怔然，纵使舒桥松口，他又哪里敢想象她会如此温和地待他。

他这神色落在了舒桥眼中。

"你不必太过小心翼翼，那会让你变得不像你。"她神色坦荡，"我知道你对我的心意，只是你要给我时间，我……"

商时舟一把将她揽入了怀中，示意她不必再说下去："桥桥，这样已经很好了。"

真的已经很好了。

一别四年，她变得比当年更加优秀、更加耀眼。她说自己丧失了爱人的能力，说自己不会再轻易交付真心，说自己不会再相信，但即便如此，她依然不会逃避，无论是对自己的内心，还是对商时舟。

她最不勇敢的时候，也依然是坦然自若的。

从最初的相遇到现在，在他心中，其实耀眼的，从来都是她。

舒桥又说："合同都签了，钱也付了，恕不违约。"

商时舟啼笑皆非，想说自己难道还缺这点钱，但话到嘴边就变成了："能续约吗？"

"再续约就真的是要商总做 sugar brother 了。"舒桥扫他一眼，却

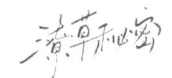

也明白他隐含的一点担心,"我总不能真的靠我爸一辈子。放心,我这次跟项目是有报酬的,不多,但加上你打到我卡里的,足够支撑我半年时间了。"

商时舟垂眸看她:"半年以后呢?"

舒桥装模作样想了想:"我地库里还有一辆车,实在不行就卖了吧。"

"不行。"商时舟斩钉截铁地说,随后又反悔,"……也不是不行,我可以买。"

舒桥万万没想到还有这个解题思路,她忍不住又笑了起来:"那可是我花了大价钱从国内运过来的,不是普通价格能出手的哦。"

商时舟半跪在她的床边,还保持着微微向前倾身的姿势,抬头仰望着她。

他当然知道她是在玩笑。

他也知道,那一辆车拿到二手市场可以售出不俗的价格,至少可以彻底解决舒桥在德国这段时间的学费和生活费。

但她却从来没有想过要出手。

即便是最困难的时候。

他只觉得万般情绪涌动,却难言一语。

舒桥忽然用手盖住了他的眼睛,声音变得更加轻柔却不容置喙:"我不喜欢你用这样的目光看我。商时舟,我不知道怎样才能重新爱上你这件事和我依然记得我们过去的感情这两件事之间,并不冲突。"

她纪念缅怀的,不是某个人,而是自己的那一段真正肆意的岁月与青春,只是在那一段时光里,恰好带她经历这一切的人,是他。

她放下了那段感情是真,感念那段时光,也是真。

也许与商时舟重逢于异国的街头时,她的内心是有震动,但至少现在,她还没有做好要重新爱上他的准备。

商时舟听懂了,他感受着她手指的若即若离,倏而弯唇:"你刚才是真的觉得俄语好听吗?"

"也许不是俄语本身好听。我是想说,你讲德语好听,法语好听,俄语也好听。"在对商时舟的赞美这一点上,舒桥并不吝啬,"如果你有时间教我,我也可以学几个单词。"

商时舟问:"你有什么想学的吗?"

舒桥想了想,反问:"你有什么想教的吗?"

商时舟沉默片刻后,抬手,将舒桥覆盖在他眼睛上的手取了下来,握在手里,口中发出了一个音节。

舒桥轻轻歪头,等待他的解释。

商时舟看着她,睫毛在眼下投出一小片阴影:"是苹果的意思。"

я б л о к о,俄语中"苹果"的意思。

Apple,英语中"苹果"的意思。

Der Apfel,德语中"苹果"的意思。

La pomme,法语中"苹果"的意思。

You're the apple of my eye,英语中"你是我眼中的苹果"的意思。

Du bist Apfel meines Auges,德语中"你是我眼中的瞳仁"的意思。

你是我眼中的苹果。

也是我此生放在眼中也不会觉得痛的挚爱。

初雪覆盖了薄薄一层便开始消融,等到舒桥用完早餐,窗外已经变成了湿漉漉的一片。庄园里的花草都被染湿,有些蔫蔫地耷拉下来,看起来并不讨喜。

舒桥有点恹恹地掩上窗帘,捧着热拿铁,陷在柔软的扶手椅里。

烧是退了,但精神还没有完全养足,好在前一天睡得足够好也足够久,饭后吃了药,她也有了点精神抱着 iPad 看看汉堡商会相关的资料。

书房很大,是舒桥最喜欢的那种满墙面通顶的深木色书柜,有带滑轮的梯子固定在上面。她回头看了一眼坐在书桌前的商时舟,他戴着耳机在低声讲电话,双手不断地在键盘上翻飞,显然是在回复积压了好几天的邮件。

舒桥一时兴起,轻轻起身。

等到商时舟听到了点儿响动,下意识抬眼时,看到的就是已经爬到了梯子最高处的舒桥。

她没有换衣服,房间里的暖气开得极足,真丝红睡裙下是一双只没过脚踝的地板袜,再向上便是纤细白皙的小腿。

253

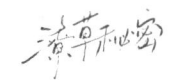

吸引她视线的是更高一层的某本装帧非常漂亮的硬壳书,事实上,她甚至不知道那本书是什么内容,单纯是被外表吸引。

商时舟向后靠在椅背上,顺着舒桥的目光看过去,显然一眼就看出了她的目标:"那是18世纪从梵蒂冈流传出来的圣经原本。你确定要看吗?"

舒桥犹豫了一下:"对于非教徒来说,那确实没有太多的吸引力。"

说是这么说,她脚下却完全没有要离开的意思。

商时舟挑眉。

果然,舒桥下一句就是:"但是皮相好看,实在太吸引人,我还是想要看看,哪怕不翻开都可以。"

商时舟总觉得这话哪里怪怪的,等到他扔下邮件,起身爬上梯子,帮舒桥取下来这本弥足珍贵的圣经后,站在最高处,低头看向正目光灼灼向上看来的舒桥,突然有了一丝明悟。

"你确定你刚才的话没有意有所指?"他神色微微有些古怪。

舒桥眨了眨眼:"就算我有,难道你不应该为此感到高兴?"

商时舟沉默:"……高兴什么?"

舒桥示意他先从梯子上下来,然后接过那本厚重的圣经,侧头看向他,不以为意地说:"高兴至少你还有皮相可以吸引我,让我觉得不翻开也可以看看。"

商时舟愣了愣。

这句话的结果是,舒桥低头看了会儿书,再抬头的时候,重新出现在她眼前的商时舟衣冠楚楚,西装革履,蓝宝石的袖扣熠熠生辉,温莎结工整漂亮,连发型显然都是刚做好的。他重新坐在办公桌后面的时候,整个人都散发着一种精英霸总的光芒。

舒桥这下书也不看了,拉开办公桌对面的椅子,撑着脸,看向仿佛孔雀开屏的商时舟。

一言不发,就只是看,赏心悦目的那种看。

商时舟的目的确实也是为了让她看,但她真的这样不加掩饰地看过来,他反而不自在了起来。

他这个人做事极难分心,向来一心一意,效率极高,但短短这么一会儿,已经为舒桥破例了两次。

一次为她取书。

一次在她的目光下,连眼前大片的文字都变成了虚影。

直到敲门的声音响起。

敲了三下,不轻不重。

舒桥示意:"有人找你。"

商时舟当然也听见了。他原本是懒得理睬的,但他也知道,若非要事,绝不会有人来打扰在书房的他。

商时舟无奈起身,回来后,他俯身飞快地再回了几封邮件,然后神色有些郑重地看向舒桥。

"我外祖母来了,她听说你在这里,你愿意见见她吗?"

舒桥愣了愣。

商时舟对自己家里的事情极少提及,上次在莫奈花园里第一次说起这位有高加索血统的外祖母,虽然不过寥寥数语,但也足以见她对他的影响之深,更显出商时舟对她的敬重。

他来问,应当是他的外祖母想要见她。

舒桥认真想了想,摇了摇头:"我愿意见她,但不应该是现在。谢谢她愿意先征求我的意见。"

有管家原句转告,又在舒桥换好衣服后很快回来,手里多了一个深红丝绒礼盒。

是见面礼。

舒桥知道这是老人家的礼数,不应该拒绝,道谢后收下。打开,里面是一条豪镶的克什米尔蓝宝石手链。

在舒桥眼里,自己应该这辈子都没有佩戴这条手链的场合。

结果没想到,戴这条手链的时机来得这么快。

回汉堡,舒桥坐的是商时舟的私人飞机。他不许她再舟车劳顿,说担心高铁上会有交叉感染,反而耽误工作。

他没有随她一起来。

分开的时候,商时舟几次都想要将手头的工作推掉,一只脚都踩在飞机边缘了，还是被舒桥劝了回去。

"我是去工作的。"她一根手指点在他的肩头，"就像是我在的时候，你没法专心，你在的话，我也一样。"

只有在乎，才会分心。

商时舟失笑，最终败在了舒桥这句话下，心甘情愿上了另一架飞机，在李秘书喜极而泣的目光里，回了苏黎世。

汉堡的冬天很冷。

舒桥御寒的衣服带得不太够，但等她下了飞机，被商时舟安排的司机直接送到他偶尔下榻、常年为他空着的五星级酒店最高层套房时，房间的衣柜里已经多了许多漂亮衣服。

完全能够满足舒桥所有日常所需，没有太过张扬的奢牌Logo，低调，却质地绝佳。

舒桥没有拒绝的理由，她选了一件足够厚实的黑色羽绒服，又挑了一条围巾。

冬日港口城市的寒风嚣张，她不得不戴上帽子，免得头发也被吹乱。

一回生二回熟，这一次的商会，她已经算得上游刃有余，得到了史泰格教授不少夸奖。

待人群终于散去时，史泰格教授也卸下社交笑容，有点揶揄地看了一眼舒桥："商先生没来？"

舒桥这两天忙起来，连商时舟的电话都没回。这会儿突然从史泰格教授的嘴里听到这个名字，她还有点恍惚，想起来了商时舟说过的特约顾问的事情。

既然史泰格教授这么问，自然是多少知道什么。无论他是从哪里知道的，舒桥都没有藏着掖着的必要。

她大方地笑了笑："这次没有。他也有自己的事情要忙。"

史泰格教授看着面前这位得意门生，神色慈祥："今天有一个晚宴，我有意将你介绍给我之前的几位门生。都是你同专业的学长，也有中国人。日后无论是你想要归国走外交仕途，还是做中欧贸易往来，他们都可以成为你的人脉。"

说到这里，他又顿了顿。

他很看重自己的每一个门生，纵使德国的研究生学制并非导师制，但他依然会以自己的方式对学生进行栽培和指导。

他是有意引导舒桥走向更广阔的舞台的，而且她也确实有这样的能力。

在他不知道商时舟与舒桥的关系的时候。

那日他收到邮件，问过商时舟一句。

一身风尘仆仆，临时从康斯坦茨赶来的男人并不逃避，神色坦然，含笑点头："我是为她而来。她是我穷尽一生也不想再放手一次的人。"

商时舟顿了顿，又带了几分苦涩地补充："当然，无论如何，我都会先尊重她的意见。"

他语气郑重。

商时舟的人品这些年来大家有目共睹，史泰格教授虽然在大学任教，但同时也兼任几家公司的CEO，同属一个圈子，自然早有耳闻。

有了商时舟这一层关系，他不确定舒桥是否还需要他的帮助。

舒桥很快就明白了史泰格教授的意思，她认真道谢，想了想，回道："我有我想做的事情，可以与他有关，也可以与他无关。"

重要的是，这是她自己的事业。

史泰格教授的神色松软许多。这些年来，他见过太多出色的女孩子嫁入豪门，从此依附于夫家，做慈善，为家族博声名，协助打理家族事业，循规蹈矩。

这没有什么不好的。

但史泰格教授觉得，舒桥可以拥有真正的、自己想要做的事情。

于是，他递了一张请柬过去。

赴宴时间是晚上六点半，史泰格教授特意提醒舒桥要穿礼服。

商时舟为她准备的衣柜帮了大忙，她不必临时冲向商场。

舒桥不欲张扬，挑挑拣拣，选了中规中矩的黑色。

简单大方的黑色礼服裁剪得体，勾勒出纤细窈窕的身姿，只缺一点珠宝点缀。

舒桥犹豫片刻，戴上了那条手链。

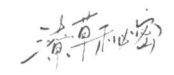

但脖颈还是空荡荡的。

她顺手打开衣柜里装珠宝的那一层，目光顿住。

里面有一条与手链一套的、更大颗的克什米尔蓝宝石项链。

舒桥失笑。

她把项链戴在脖子上，对镜拍了一张，发给商时舟。

出门时，舒桥在礼服外裹了很厚的外套。

司机早已等在楼下。

住这样的套房，还配了二十四小时待命的司机……

平时她觉得没必要这么隆重，今日还是有车更方便，就是没想到司机是熟人。

"李秘书？"舒桥有些讶异，"怎么是你在这里？这是不是有点……大材小用？"

李秘书想苦笑，忙到一半突然被"发配"到这里远程办公，电脑不离手，只为给舒桥待命。包括现在她脖子上的这一串价值连城的蓝宝石，也是商时舟一天前才拍回来，命他送到舒桥的首饰柜里的。

但他也是高兴的。

老板虽然没说什么，但他在老板身边这么多年，自然能看出老板眉梢眼角的愉悦。

老板高兴，年终奖就多。

远程办公算什么？就算发配他去因纽特人的家乡，他也愿意。

李秘书不动声色俯身为舒桥开门："商总让我来的。"

舒桥顿了顿："他不会也来了吧？"

李秘书看着舒桥上车，折身去发动车子，回答得滴水不漏："商总今日有很重要的会，所以理论上不会来。"

只是理论上。

他想到那日商时舟连夜赶到波恩的架势，哪里敢把话说满。

舒桥笑了笑，听懂了。

既然要引荐，史泰格教授当然不会让人生地不熟的舒桥一人徘徊，而是早早就等在了门口。

等到舒桥下车，礼节性挽上老教授的臂弯，他的几位门生也都迎了上来。

会场有驻外大使，也有地区商会的负责人，舒桥得体应对，不动声色地环顾四周。

商时舟没来。

舒桥与大家交换了名片，觥筹交错一阵后，去露台透气，站在纱帘之后，恰好听到帘外的对话。

"穆勒那小子平素眼高于顶，就算看着老教授的面子前来，也从未真的给教授的门生留过名片，更不必说今日这么和善地说话。他这是改性了？"

另一人嗤笑一声："改什么性？那位舒小姐脖子和手腕上的项链看到了吗？"

"自然，如此华贵，想必所有人都忍不住多看两眼。"

"你啊，只知华贵，却不知到底有多华贵。"那人唏嘘，"她的项链，是前一日佳士得拍卖会最高价的成交品，今日就戴在她的脖子上了。背后拍下这条项链的人，是那位苏黎世的小商总。豪掷千金博美人一笑也就罢了，但她的那条手链上，有商氏的族徽。你说，她与商氏是什么关系？"

众人一片哗然。

舒桥也是愣了愣，重新抬手去看。

蓝宝石的底座下，紫罗兰叶交织蜿蜒，她本没太在意，却没想到，原来紫罗兰叶便是商氏的族徽。

她想到了商时舟身上紫罗兰花叶的特调香水，想到他从欧洲空运回来塞满房间的紫罗兰。

12月的欧罗巴，空气里已经隐约有了圣诞的味道，馥郁的肉桂与烤橙皮气味从远方刚刚搭建起来的圣诞市场飘来。

那日舒桥抵达汉堡，收拾行李的时候，又拿出那只漂亮的暗红天鹅绒盒子，偶然发现，原来这个盒子有两层。

第二层，是一串钥匙。

钥匙旁边是一张写了地址的卡片，最后以漂亮的手写体加了一句邀请的话：希望你愿意来与我们共度圣诞。

地址在柏林。

舒桥每年都有三周左右的圣诞节假期,去年她的圣诞节是一个人在康斯坦茨的房间里,看着冬日平静灰白的博登湖度过的。后来苏宁菲不想看她在家里发霉,硬是把她拖出来,带她去了西班牙南部的塞维利亚,她这才晒到了几天太阳。

对于欧洲人来说,圣诞节本就是阖家团圆的节日。

这一份邀请,比所有贵重的蓝宝石都要更加珍贵。

舒桥本来不想去的。

但现在,她改主意了。

第十五章
我的愿望已经成真

抵达柏林的那天,漫天飞雪。

金融高峰论坛被推迟到了圣诞节后,舒桥在这里过完圣诞节也不必着急回康斯坦茨,还要工作一段时间。

舒桥隔着车窗看街景。

她在德国这么久,还是第一次到柏林,看这个国家首都的模样。

"我外祖母到德国的时候,先是在汉诺威住了一段时间,后来定居于柏林。东西德分裂时期,她居住的区域归为西德。那段时光……"商时舟握着舒桥的一只手,声音很低,像是要与街边那些有苏联特色的灰黑建筑融为一体。

说到这里,他又顿住,因为没有什么言语可以形容那样的一段岁月。

所有的个体,在滚滚前行的历史洪流中,都是不起眼的、被车轮碾过的尘埃。

那些沉默矗立的建筑见证了一切,将岁月书写,也将岁月记录。

后来,外祖母积攒了许多财富,她的庄园遍布整个欧罗巴大陆、太平洋的小岛、曼哈顿、皮特金县、贝弗利山庄、澳大利亚的皇后镇和蔚蓝湖水边,但没有任何一个地方如柏林,承载了她所有的欢喜与悲怆,也见证了她所有的辉煌与落魄。

所以,这些年来,无论身在何方,她都会选择让全家人来柏林过圣

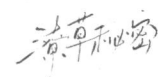

诞节。

她已经没有了自己的家。

也只有在站在这片土地上时,才敢望向北方,遥思那些已经过去了半个多世纪的记忆。

彼时居住的街区早已修缮一新,旧人大多不在了。

地界进行拍卖时,商时舟的外祖母花高价将这一片都买了下来,但没有固执地恢复原貌,她不是将自己困在过去不愿走出的人。

所以舒桥没有看到自己想象中的旧宅。

车子缓缓驶入幽静的宅院。这里早已停了好几辆车,想来是商时舟的其他近亲。

舒桥的目光只是顿了一下,商时舟就已经倾身过来:"能被外祖母叫来过圣诞节的,都是最亲近的人。"

顿了顿,他又说:"他们都知道你。"

舒桥有些诧异地回头看他。

商时舟却不再多说,折身下车。

他为她开车门的同时,厚重的别墅铜门也被从里推开,室内的暖气驱散了门前的这一点风雪。

商时舟握紧舒桥的手,带她一步步上前。

所有人都知道商时舟今年不是一人回来的,更知他身边的人有着外祖母亲手送出的钥匙,自然明白其中含义。

商时舟一个一个向舒桥介绍。

人数不多,有纯粹的高加索面孔,也有明显混了地中海血脉的热情笑容。

有叔伯、姑妈、表兄嫂,唯独没有父母。

他分明在这里,却也仍旧孑然一人。

热闹的间隙,某个低头喝水的瞬间,舒桥的心头悄然刺痛。

再抬头时,她重新带笑。

晚宴开始前,管家请舒桥上楼一趟。

舒桥知道,这是商时舟的外祖母想要单独见自己。

"不要怕。"商时舟轻轻握了握她的手,"她是个很和善的人。"

舒桥不觉得能建立起这样一个商业王国的女人会有多和善。

舒桥步入茶室时，坐在丝绒沙发上的老夫人端着英式茶杯，正有点嫌弃地蹙眉对旁边的管家用长串俄语说着什么。她头发已经纯白，有点微卷，却一丝不苟地梳起，是典型的精致凌厉的高加索长相。

但在对上她那双与商时舟相似的眼睛时，舒桥竟然丝毫没有紧张。

老夫人示意舒桥坐下，自然地切换成带了点儿俄罗斯口音的德语，开场白像是与她已经相熟很久："英国佬的茶比中国的差远了，也不知道这次的圣诞礼物里，有没有有心人给我带中国的茶叶。"

舒桥凝滞一瞬，眨眨眼，下意识说道："……我带了。"

——中国人的血脉觉醒之，送茶叶。

外祖母也没想到这么巧，弯了弯唇表示笑纳，顺手将手中的杯子放在旁边，示意舒桥坐在她的对面。

她的语气很家常，眉眼冷峻精致却并不刻板，纵使是如今的年岁，依然是明艳光鲜的大美人，可以想象她年轻时又是何等的风姿绰约。

许是上了年龄，顶灯暖黄，让她的面容变得更柔和了一些，她的眼瞳是纯粹的浅蓝，像是一汪迷人的湖泊。

这一刻，舒桥突然明白，为何商家人都格外偏爱克什米尔蓝宝石。

"知道你的名字，是五年前，"外祖母的目光很轻地落在舒桥身上，"你们一起夺冠的那一次。"

舒桥有些愕然，竟然这么早。

"我抚养 Eden 长大，便是再忙，对他的事情，总要格外关心一点。"

外祖母的笑意很浅，但并不让人觉得冷淡："后来他不得不来欧洲，与你断了联系。"

舒桥其实不太想提往事，但出于对老人家的尊重，她没有插话，只是倾听。

"无意旧事重提，过于冒犯，毕竟那段时间，无论对你还是他，应当都不是什么值得回忆的过去。"外祖母及时止住了话头，将一个没有上锁的铁盒子放在了两人之间的茶案上，"只是有些事情，我还是不太想让你误会。"

舒桥垂眸看向那个盒子，心底漏跳了一拍。

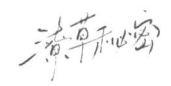

一种莫名的预感涌上来。

她直觉这个并不大的盒子里承载的，或许就是商时舟这四年来的一部分岁月。

这种直觉反而让她手指微缩，迟迟没有动作。

外祖母并没有催促，只是平静地看着舒桥，直到舒桥终于将那个盒子打开。

里面是无数张机票，寄出却被拦截的信件，机票上的名字并不相同，甚至还有两本……照片是商时舟，名字却并不相同的假护照。

机票的时间一开始很密集，看得出每个月都在不断尝试，过了一段时间，又以新的名字再次出现。

如此周而复始，直到戛然而止。

只是那些护照都是空白的，没有海关戳。

那些机票都绝对完整，没有被撕下使用的那一联。

"每一次，都是我叫人在机场拦下他的。"外祖母注视着舒桥，她久居高位，满身气魄，但这样看着舒桥的时候，舒桥却觉得她的眼神是温和的，"包括他给你发的邮件，所有试图与你联系的方式，我都拦截了下来。"

舒桥攥着机票的手指慢慢缩紧。

"年轻人的爱情……"外祖母的声音很淡，"我是过来人。时间、空间，这个世界上能够冲淡一场爱情的因素太多。你是个好孩子，有自己的人生，有自己的志向，没必要，也不应该为 Eden 改变你的世界。"

直到后半句，舒桥才有些讶然地抬眼，对上那双经历了太多颠沛流离贫贱富贵的瑰蓝色双眼。

外祖母看着她："除非，是你的人生本就要与他交叠。"

是她的人生本就要与他交叠。

一次，两次……直至汇聚成同一条川流不息的长河。

外祖母是阻止，也是成全，成全舒桥自己的人生与梦想。

"你想做的事情，本就不应该被任何其他因素打败。"她凝视舒桥，眼瞳中是某种慈祥与难言的缅怀，"商氏确实拥有巨大的财富，而这样的财富，反而会成为某种束缚。"

"舒桥。"她发音字正腔圆，平和且富有力量，"你是很优秀的女孩子，希望 Eden 和我们的存在，不会让你困扰。"

舒桥从茶室走出来时，商时舟正在稍远处等她。

他穿了黑色缎面的定制西服，一丝不苟，比平时开会还要隆重许多。

舒桥的神色有些恍惚。

商时舟低头看她："我外婆说什么了？"

舒桥张了张嘴，却发觉自己极难将那些太有力量的话语复述出来。

片刻后，她终于道："如你所说，她确实……很和善。"

不是普通意义上的那种和善，而是即使拥有权利和财富时，却依然对简单纯粹的尊重。

她驻足，回头看了一眼甬道尽头的那间茶室，转过头来对商时舟绽开了一个笑容："忘了告诉你，这次实习结束后，我就要开始写毕业论文和找工作了。"

舒桥没有将那个埋藏了商时舟四年的挣扎与彷徨的铁盒带走，而是留在了那张茶台上。

她一边说，一边抬手挽住了商时舟的臂弯，在他变得稍显凝重的表情里，继续说道："我记得，我和你说过我的梦想。"

怎么会不记得？

商时舟眼底的光有些暗淡下来，但他依然是笑着的："当然。"

旋转楼梯一侧的壁灯逐次亮起，从三楼的中庭看下去，恰好能看到矗立在客厅中央的巨大圣诞树顶部的那颗璀璨的金色星星。

无数礼物堆在树下。

舒桥给大家准备的几份礼物的外包装是带着吉祥纹的中国红，与那些世界各地的元素融合在一起，并不突兀。

有人看到了站在三楼楼梯过道台上的她，笑着冲她招手。

她也笑着给予回应。

黑发从颊侧垂落，大吊灯洒下的光芒落在她的发顶，她头上戴了一个漂亮的丝绒蝴蝶结，是和商时舟的西服同样的质地，顶灯给她镀上了一层璀璨的光。

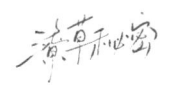

"因为不是很想考公,所以我想试试给一些国际机构投递简历。史泰格教授已经答应帮我写推荐信,我也会再争取一下其他教授的推荐。"

说着,她转回头来,看向商时舟:"方向是贸易政策审议和评估。我的经验不足,可能依然需要先从实习做起。等圣诞节结束,我就要开始投递简历了,你愿意帮我做简历的润色吗?"

楼梯下的一隅,小型室内管弦乐队拉响了第一个乐符,音乐开始流淌。圣诞星星像是坠入了舒桥的眼瞳之中,再慢慢点燃商时舟方才有些冷寂的灰蓝色双眸。

他久久凝视着舒桥,喜悦分明已经溢上眉梢,他却还是问道:"不是为了我?"又补充一句,"我的意思是,我希望,如果你想要留在欧洲的话,是你自己想,而不是因为我。"

舒桥心底动容。

她想,她知道为何面对外祖母时觉得亲切和熟悉了。

因为他们的双眼同样写满了对她的尊重与包容。

舒桥抬手,商时舟下意识俯身。她的手环过他的脖子,将他带向自己,第一次主动在他颊侧落下一吻。

"是我自己想。"

大提琴拉出悠扬空灵的和弦,家中有几人是虔诚的信徒,请了神父来一侧的小祈祷室做弥撒。

空灵与凡俗的声音混杂,像是交织的尘世间,而舒桥的声音将漂浮在其中却从未有归属感的商时舟拉回地面。

"世间难得两全法。"舒桥说,"但我偏要。"

她偏要两全。

圣诞节的假期,舒桥哪里都没去,埋头把毕业论文的开题写完了。

难得商时舟有空,可以薅免费劳动力,舒桥托腮笑眯眯地看着他帮她修改了几个语法错误,顺便和他讨论了一番论文思路。讨论到兴头上的时候,家里其他几个人听到了,也参与了话题。

舒桥觉得自己这波算是赚了。

窗外依然有雪,却也有阳光穿透雪色洒下。

商时舟向后靠在沙发的靠垫上,看着阳光洒落,舒桥坐在他身前厚厚的羊毛地毯上,姿态随意,和人谈笑风生,时而在笔记本电脑上噼里啪啦记录下什么。

她的黑发上浮动着一层浅浅的金色,和她的笑容一样耀眼。

商时舟觉得自己心里始终空缺的那一隅,终于被填满。

他的目光太过灼热,舒桥忍不住回头瞪了他一眼,换了中文:"干吗老看我?"

商时舟依然用德语:"因为你好看。"

于是一屋子的人都笑了起来。

舒桥的脸一下子红了,甚至都不好意思再瞪商时舟一眼。

商时舟的表叔适时说道:"Eden,真不需要我们帮忙?这个圈子里,我们熟人很多……"

"如果被录用了,再找人帮忙给她几个好项目。"商时舟扬眉,又看向舒桥,"你说呢?"

舒桥点头:"至少这扇门,我想自己来敲开。"

大学之后,舒桥的作息一直都不规律,尤其是忙起来的时候,昼夜颠倒,她见过自己生活过的每个城市凌晨四点半的夜空。

商时舟时常失眠,但绝对不允许舒桥十一点半以后睡觉。

舒桥一开始还装模作样十一点开始洗澡,甚至关了灯,却不料商时舟有次居然半夜两点来查岗,硬是抓包舒桥挑灯夜战。

黑夜中,两人四目相对。

那一天之后,商时舟就打着监督舒桥健康作息的幌子,搬进了她的房间。

舒桥被迫早睡早起,每天甚至还要跑步半小时,如此健康的人生持续一周后,她发现自己拥有了马甲线。

而商时舟也终于拥有了这些年来最正常的睡眠,而且不用任何药物辅助。

舒桥是第二天发现商时舟床头柜上的药的。

上面的字密密麻麻,是她看不懂的法语,但有些词的词根来源是拉

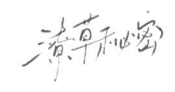

丁语，她模糊地猜到了这些药物的作用。

她没有声张，将那些瓶瓶罐罐原封不动地放了回去。

当天晚上，舒桥主动提前上床，一脸乖巧地看向商时舟。

她拍了拍自己身边："早睡早起身体好。"

那一夜，商时舟确实睡得极其安稳。

第二天醒来后，他俯身，拨开舒桥脸颊上散落的头发，落下一个吻："早安。"

假期结束后，舒桥奔赴金融峰会。商时舟作为特邀嘉宾短暂现身后，当夜便飞往洛杉矶。

等到金融峰会结束，舒桥回到康斯坦茨，推开公寓大门的时候，新鲜的紫罗兰花叶已经插好，暖气开得很足，冰箱也已经被填满，就像是两人从未离开过。

一切像是回到了原点，但商时舟的微信在舒桥的聊天列表里悄然变成了置顶。

舒桥上下学偶尔会开那台粉色星空顶的劳斯莱斯。

某位她都快要忘记姓名的陈姓同学挨了打后，嘴巴确实闭紧了许多，但每每看到那抹显眼的粉色，表情都很扭曲。

而等到他听说舒桥已经提前修完了所有学分，只剩下毕业论文，且正在申请世贸组织万里挑一的实习岗，已经杀入第二轮面试的时候，陈姓同学看着自己刚刚收到的一门5.0的挂科成绩，觉得德国今年的冬日比过往的任何一年都要寒冷。

而对于坐在劳斯莱斯里的舒桥来说，这一年的冬日，比以往更加明亮温暖。

笔试面试交错，她俯首于浩瀚知识海洋之中，恍然间，像是回到了高中蝉鸣的夏季。

跨年的那天，她久违地接到了舒远道的越洋电话。

"事情都解决了！"舒远道的声音里洋溢着喜悦，"爸爸向你保证，下一场恋爱绝对不会看走眼了！这次都是爸爸糊涂，被人联手设了局，还好小商借了两个律师给我。你这个朋友，真是不错！"

舒桥沉默片刻："你说谁？"

舒远道"咦"了一声："他说是你高中学长，和你蛮熟的。他没和你说这件事吗？说起来……他叫商什么来着？老跟着律师们喊他小商总了，事情都解决了，还不知道人家的名字，可得好好感谢人家一番。"

舒桥陷入沉默。

新的一年，舒远道同志还是一如既往的不靠谱。

挂了电话后，舒桥发信息向商时舟道谢，又看了眼时间，他那里现在是深夜。

于是没有期待他回复。

但手机屏幕很快亮起。

Z：*只是兑现我的承诺而已。*

舒桥没反应过来，回了一个问号。

商时舟发了一张照片。

是莲花灯。

那一年，她在北江的燕归院长桥下俯身放了三盏莲花灯，而他在她走后，将满河捞起，只为寻找她的三个愿望。

她说，愿望被看见就不灵了。

他却说，没人看到的话，谁来实现她的愿望。

他看到了，所以他来做她的圣诞老人，福禄寿星，阿拉神灯，厄尔庇斯，哆啦A梦……

他未能兑现所有，幸而还有机会弥补。

舒桥的眼眶突然湿润了。

圣诞节那日，她没有带走外祖母给她看的那个铁盒，但她拿走了其中几张机票。

这四年来，她每一年生日前夕，他都试图跨越山海来到她的身边，哪怕后来这成了他自己也知道不可能的事情，却也依然执拗。

他会在2月20日的机票背面写"我的桥桥生日快乐"。

每一年的这一日，年复一年。

如银钩铁画。

力透纸背。

我要舒桥的所有愿望都成真。

彼时说那句一起过生日,舒桥不过是顺口一说。

却成了此后岁岁年年,他执拗地想要履行的约定。

他的生日是四年一度的2月29日,而他的所有愿望从那之后都是关于她。

舒桥蓦地想起了在康斯坦茨的街头重逢那日,他车上播放的那首舒缓的法语歌。

"J'aime quand tu joues dans le noir."

——我在黑暗中爱你。

他确实在无人知晓的黑暗中沉默地爱着她。

舒桥深吸一口气,压下鼻尖的涩意,拨了电话过去。

"你怎么还不睡?"

商时舟的声音带着点笑:"在等你谢我啊。感动吗?"

舒桥咬咬牙。

原本是感动的,但现在没了。

商时舟,真有你的。

舒桥突然问道:"你现在还会失眠吗?"

商时舟并不意外她这么问:"偶尔。"

舒桥看着窗外的夕阳,慢慢眨眼:"如果我现在说爱你,你会闭上眼睛安心入睡吗?"

商时舟那边陷入了一片沉默,不久又有了一阵窸窸窣窣,然后他说:"眼睛本来都闭上了,现在又睁开了。"

舒桥大笑了起来。

"舒桥,真有你的。"他幽幽道,"这我还怎么睡?"

"我只是突然发现,我好像想起来怎么爱一个人了。"舒桥一只手托腮,另一只手将话筒凑近耳朵。

"认命吧,舒桥,如果人的一生只能爱一个人,那你爱的人,注定是我。"

舒桥难以置信地睁大眼，身体有些僵硬："……商时舟，你是真的很自恋。"

商时舟笑了起来，本就寥寥的睡意荡然无存："你又不是第一天认识我。"

片刻，他心绪涌动，看向窗外东京的夜色："今晚的月色很美。"

我很爱你。

那一通越洋电话打了很久，舒桥临睡前，看到某个群里有人说今日的金融峰会上，商大佬迟到了，但看起来心情极好，唇角带笑，也不知道发生了什么好事，还猜测是不是商氏又要有什么大动作了。

舒桥笑了一声，截图发给商时舟。

片刻，商时舟才幽幽回复。

Z：商氏要有女主人了，你说这个动静大不大？

舒桥慢慢缩到被子里，用被子盖住自己的眼睛，却还是没有掩盖住眉眼弯弯。

那段时间他们分明聚少离多，还有时差，舒桥都来不及校准时间，商时舟就飞去了另外的地方。

她自己也奔波，面试笔试一轮轮地过，又要做毕业论文的调研，等到反应过来的时候，已经到了二月。

商时舟终于回到德国，舒桥却去了挪威出差，好说歹说才打消了商时舟想要飞来见她的想法。

"只是差一天而已。"她说，"你在康斯坦茨乖乖等我，我一大早就回来。"

商时舟答应得不情不愿。

她一边这样说，一边却在她生日的前一天登上了从挪威回瑞士的飞机，中途又因大雪延误，等她从苏黎世开车回到康斯坦茨的时候，时针即将指向 12 点。

路上行人寥寥，她将车停在路边，抬头一看，公寓的灯亮着，勾勒出一道正在工作的剪影。

——商时舟确实如约定那样，在这里等她。

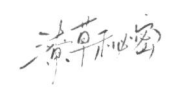

二月的德国寒风料峭,舒桥哈了一口气,瞬间在空中凝成白雾,模糊了她的视线。

她还记得那一年除夕夜,她一人在家,商时舟让她看向窗外那一刻的惊喜。

只是这一次,由她奔向他。

她拨通电话。

"商时舟,看外面。"

窗边那道人影愣怔片刻,猛地起身,因为力度太大而将身后的椅子掀翻在地。他推开窗户,不可置信地探身看过来。

舒桥双手拢在唇边,大声道:"商时舟,生日快乐!"

"我也快乐!"

舒桥与商时舟分别了五年,如今她二十二岁,他二十六岁。

商时舟用奶油写字的水平进步不大,依然歪歪扭扭的。

舒桥拍了照,照例嘲笑一番,然后问他:"有什么愿望吗?"

他不语,而是拿出了一张机票。

这一次,是被撕去了两联,使用过的,她奔向他的机票。

机票后的字迹在灯光下无比清晰。

　　我的桥桥生日快乐。

　　我要舒桥的所有愿望都成真。

这两句话下面,还有一行字。

　　我也快乐。

一如五年前,她一觉睡醒,他已经离开,却在蛋糕下面加了这样的一行。

舒桥的眼眶瞬间湿润。

那一夜,舒桥已经睡着,商时舟点开朋友圈,看到舒桥发的照片里的蛋糕,发现并不是今晚的这一块。

那是她十八岁那年,他在北江的夜里,为她用紫罗兰花叶和玫瑰铺就了一条通向他的小路,再在蛋糕上用奶油歪歪扭扭地写下的那个"桥"字。

旧时的回忆突然喧嚣,那个夏天的蝉鸣原来也可以永不止息。

她写的是:

我的潦草秘密,原来也可以不潦草地结尾。

我的愿望已经成真。

生日快乐。

——《潦草秘密》·正文终——

番外一
生日

    生日来临之前，商时舟心底做了很多预期。

    结果恋爱脑上头，脑补煽情场面过分，反而搞得自己大半夜又在失眠，对着夜空久久难平心绪。

    是的，直到现在，他依然觉得自己像是经历了一场梦。

    一场舒桥回来了的梦。

    然后在无数次的呼吸后，慢慢回神。

    原来这一场美梦也可以成真。

    他早就给舒桥准备好礼物了。

    准确来说，不是一份礼物。

    他的生日自小便四年一度，每次都格外盛大，像是在弥补平时不必过生日的缺憾。

    然而四年的间隙实在太长，更像是偶发事件。

    他对于生日也没有什么期待。

    他从来都觉得自己其实不应该出生在这个世界上。

    他的父母或许相爱，对对方有过真心，但真心在很多时候反而是最容易被舍弃的东西。

    有许多次，商时舟都想要问他的父亲是否后悔。

    后悔让他出生，后悔因为他的存在阻碍了父亲更进一步。

父亲久居高位，积威深重，面对这个在青春期格外叛逆、从事全家人都不能理解的极限运动的儿子时，从来都是暴怒的。

但是在这件事情之外，他的父亲除了不会给予他家的温暖，其他的一切，并不吝啬。

钱这种东西对父亲来说向来都只是数字而已，唯独吝啬陪伴。

父亲太忙了。

小时候，他想念父亲，只能在报纸和电视上寻找他的身影，甚至傻傻地做过一本剪报。

某次再度惹怒父亲时，他摔门而出，反而让父亲在他的房间看到了那本剪报。

也是在那之后，他被带回了国内，完成了接下来的教育。

有一段时间，他对父爱是抱过幻想的，也觉得这世间的父子关系总不可能千篇一律，或许这就是他与父亲的相处方式。

直到某日，他得知父亲已经再婚，甚至有了新的小孩。

他全然不知自己什么时候多了一个弟弟和一个妹妹。

而他，不过是父亲秘而不宣的一段过去的遗留物。

纵使他是高考状元又如何，进入 Q 大又如何，他可以是任何一位父亲的骄傲，唯独永远不可能与自己的父亲并肩。

所有的一切都像是失去意义。

他就是在这个时候认识舒桥的。

外祖母要他回欧洲接手生意，她虽然身体尚好，但到底上了年纪，想转去幕后半隐退了。

他没有拒绝。

本也没有更多牵挂，只剩下想要将这一段拉力赛跑完的执念。

他没有想到会在北江遇见舒桥，更从未设想过会有之后的那些如灿阳盛开的日夜。

他不是没有努力克制，但飞蛾见到火的时候，又怎么可能自控？

他确实动过带她一起走的心。

舒桥的资料非常简单，母亲早亡，父亲从商，亲戚之间来往不多，理应不会有太多亲情牵挂。

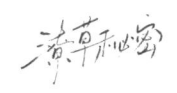

论教学质量，欧洲高校绝不会耽误她的前程。

直到他听到她想做外交官……

她需要进入外交学院或国际关系学院，熟练掌握某门或某几门外语，拥有一段海外生活经历，然后在国内进行实习。

这所有的步骤都与他无关，她的梦想不应该被打扰。

预想破灭，一切都开始失控。

生日那天清晨，商时舟起了个大早，他和舒桥约定好了，2月20日两人共度生日，但在他的私心里，便如他说过许多次的那样——

舒桥快乐。

他也快乐。

他对于这一天的所有期许，都落在舒桥一个人身上，以至于他在等待时有了久违的紧张感。

贾斯汀站在他旁边，看着他短短一分钟看了四次表，整理了两次领结，忍不住开口："……商，要不是我知道今天的日子，我还以为你这是准备进入婚礼现场。"

商时舟自然也知道自己紧张过度，但这种东西又不是自己能控制的。好在他还能进行表情管理，神色淡定地抬眸："是吗？我不这么觉得。"

居然还能反驳。

贾斯汀高高挑眉，开始细数商时舟晨间的表现，其中包括但不限于四点就起床开始摆弄发型，由于舒桥喜欢游戏里某位银发角色，于是他也染了一头银发等等，在贾斯汀看来大为迷惑的操作。

末了，贾斯汀神色凝重地感慨："爱情真是一种会让人面目全非的可怕东西。"

某种意义上来说，确实面目全非的商时舟有点后悔自己怎么告诉了这个家伙自己要过一次生日。

商时舟等啊等，也没等到舒桥下楼。

贾斯汀站得腿都麻了，拉了把椅子，没什么形象地坐下，然后就见到管家有些惊慌失措地急急奔来："舒小姐她……她不在房间里！"

商时舟难得有了一瞬间的惊愕。

贾斯汀错愕之后，大笑起来："我说商，该不会你在这里认真准备，她转头自己把这件事忘了吧？哈哈哈……"

很快，他的大笑声止在一声轰鸣中。

那道声音以一种极快的速度由远及近，不过瞬息，就到了近前！

商时舟的银发被带起来的热风吹起，他有些走神，慢了一拍侧头，正好看到驾驶位一侧的窗户缓缓降下，露出舒桥明媚张扬的脸。

四目相对。

双双愣住。

舒桥愣住，毫无疑问是因为商时舟的那一头她险些没能认出来的银发。

商时舟银发蓝瞳，身高腿长，腰窄背宽，又是一身格外正式的定制西服，站在廊柱高耸的庄园主宅门前，侧头向舒桥看来的时候，舒桥以为自己穿越到了二次元。

舒桥眼睛都直了，脚无意识地踩了一下油门，车往前窜了一下，她才瞬间回魂，猛地刹车。

至于商时舟愣住，则是因为舒桥开的是一辆斯巴鲁 Impreza。

正是她从国内运过来的那一辆，又进行了彻底的翻新，变回他们相遇时的样子，甚至连上面贴的赞助商的拉花都如出一辙。

德国二月的风并不缱绻，斯巴鲁的尾气味道也依然弥漫在空气中，有一股硝烟气。

但对视的那一霎，空气仿佛一瞬间被点燃，北江夏日潮热的风、聒噪的蝉鸣和炫目的日光都在这一瞬重现。

他们的故事从一声轰鸣和一脚刹车开始，就算曾经短暂结束过，按下的却并非中止键。

就像坐在驾驶位的可以是商时舟，也可以是……

"既然要重温旧梦，是不是我来开更合适？"商时舟拉开车门。

舒桥看着他那头银发，觉得这色彩稍显中二却又刚刚好，连说话都变得温声细语了许多。

"你要不先看看自己穿了什么？"舒桥熟练挂挡，"商总，我不觉得你这一身适合开车，尤其是开这辆车。"

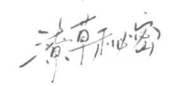

说话间，舒桥俯身过去，帮目瞪口呆的商时舟拉过安全带系好，然后在他还没反应过来的时候，油门刹车同时踩死，来了一个突如其来的弹射起步。

商时舟一声惊呼差点溢出嘴边，心跳迅速在这样的推力之下飙升，同时飙升的还有许久都没有分泌如此旺盛的肾上腺素。

感谢这一处庄园的地面足够平整，让舒桥载着商时舟扬起喧嚣的尘土，甚至还来了个漂移过弯。

挂了满脸尘土的贾斯汀沉默地看着扬长而去的斯巴鲁，许久，抽出一张纸巾，往里吐了两口带着尘土的唾沫，觉得有点牙酸。

他看到车里的那头惹眼银发被一只纤细的手臂环绕着，两人身形交叠，显然是在热吻。

贾斯汀腹诽，什么爱情让人面目全非，明明是他面目全非！

他忌妒得面目全非！

番外二
回国

收到实习录用通知书后,舒桥决定回国一趟。

因为父辈的原因,商时舟的国籍早就变成了瑞士,想要和舒桥一起回国需要手续复杂的申请。

但他并不死心。

"不行,绝对不行。"商时舟拧眉,闷闷不乐的,"第一次面见未来岳父,怎么能让他出国来见我?这不合礼数。"

商时舟的银发维持的时间并不长。

到底与他如今所在的位置格格不入,于是在舒桥的劝说下,他又染了回去。

舒桥放柔了声线劝说:"我只是去十来天而已,还是坐你送我的那架飞机,四舍五入,等于你陪我去了。"

是的,这一年,商时舟送给舒桥的生日礼物,是一架湾流G650私人飞机。

那天,她送了商时舟一辆车,结果对方笑吟吟地开着那辆车,带她一路风驰电掣,停在了一处私人停机坪。

有人将覆盖机身的薄藤色绸布用巨大的机械臂掀开,绸布上落满的紫罗兰花叶顺着绸布如流水般倾泻而下,直至铺满舒桥脚下的路。

那是一场幽紫色的梦。

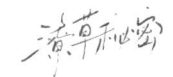

后来，在那一架奢华的私人飞机上，两人从衣冠楚楚到衣冠不整、西装、领结、衬衣乱扔一地。

只是想到，舒桥都忍不住脸红。

虽说再次登机的时候，所有的一切都已经焕然一新了无痕迹，但是她很难将曾经在这里发生过的事情从自己脑中彻底挥去。

喝助眠的红酒时，想到的是他将高脚杯高高举起，极稳地落在她的锁骨上，他再垂眸，低头，用舌尖一点点卷入腹中。

当时他是怎么说的来着？

"赛车手的手，当然极稳。"

她被气笑，气息却又不稳，仰着脖子，一只手撑着自己，另一只手扯着他的头发："很稳，就用来做这个？"

商时舟动作不停，又带了笑："当然还可以做别的。"

别的？

舒桥还在想是什么，很快就知道了答案。

她咬住商时舟的肩的时候，是用了力气的，但他却仿佛感觉不到，又或者说，正是这样的疼才让他更轻拢慢捻，惹得她攀附在他身上阵阵颤抖。

舒桥深吸一口气，不愿再想。

她有些赌气地将眼罩拉下来盖住眼睛。

手机已经自动连接了飞机上的 wi-fi，商时舟的声音从耳机里传出来，带着点儿散漫的笑意，因为信号不稳定而有些失真。

舒桥应得心不在焉。

"桥桥，你在想什么？"

舒桥的鸡皮疙瘩都起来了。

商时舟极少这么喊她。

大部分时候，他对她的称呼都是简单直接的"舒桥"，她也更习惯。

被叫"桥桥"，要么是他贴着她的耳朵说一些让人面红耳赤的话的时候；要么是他的汗珠顺着下颌滑落，滴在她的胸前，他眼底暗潮涌动的时候。

舒桥一个激灵。

"干吗这么叫我？"

电话那边的人笑得很猖狂："干吗这么紧张？"

舒桥背脊挺直，还在嘴硬："你才紧张。"

商时舟："你是不是想我了？"

舒桥下意识反驳："……你才想我了！"

商时舟笑出声，很诚实地"嗯"了一声。

舒桥这才反应过来自己说了什么。

商时舟重复了一遍："桥桥，我是想你了。"

不管过去多久，也不管听了多少次，舒桥对于这样直白的话语永远会感到羞赧。她顿了顿，明明整个机舱里服务她的机组人员都与她保持着绝对的距离，但她还是下意识压低了声音："那你多想想。"

商时舟说："好。"

于是舒桥在回家的这十来天里，收到了商时舟无时无刻的关怀。

但舒桥到底是舒桥，她飞快学会了已读不回。

倒也不是故意的，完全是因为……

回国实在是太快乐了！

烧烤串串小龙虾，火锅冒菜大排档！

舒桥的每个毛孔都散发着快乐，每一分快乐的背后都积攒着商时舟远在欧罗巴散发出的幽幽怨气。

就算已经在欧洲居住多年，也早就适应这边的饭菜，但有些记忆一旦被勾起，就一发不可收拾。

毕竟舒桥虽然不怎么回复他，却始终牢记着分享这件事。

所以商时舟得到了舒桥每一顿快乐大餐的照片。

对此，舒桥振振有词。

"我每次都让手机（也就是你）先吃的！足以表现对你的重视！"

商时舟咬咬牙。

他是不是还应该说一句，我谢谢你。

美食分享的间隙里，某一日，舒桥突然发来了一张照片。

是北江一中后面的那条巷子。

那张象棋案子依然在，油光发亮，谁都舍不得换。

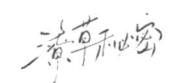

五年过去,路老爷子的身子骨依然硬挺,还战斗在巷子口象棋案的第一线。

初春的北江已经有了鲜嫩的绿意,照片里是明亮的日光和路老爷子灿烂的笑脸。

一场疲惫的会议后,商时舟收到这张照片,他看着里面那些熟悉的面容,有了久违的放松感。

下一场会议开始前,又有一张照片发了过来。

依然是熟悉的地方。

那是北江一中的荣誉墙,这么多年过去了,荣誉墙也已经重修翻新,排版时兴了许多,也有了更多新面孔。

他和舒桥的照片却依然在上面。

明明不是同一届,却因为某些老师(指路程)的私心,以巧妙的排版,硬是变成了肩并肩。

Z:赏心悦目。

商时舟留下了如此评语,喊来陈秘书:"给北江一中捐几个实验室,再设一个奖学金吧。"

陈秘书一头雾水,低头飞快记笔记:"奖学金有拟好的名字吗?"

商时舟想了想:"就叫'小桥'吧。"

陈秘书的笔一顿,好潦草的名字。

行吧,不就是老板、老板娘爱情里的一环嘛,他去落实就是了,能为学子带来切实的帮助,就是好事。

这边,舒桥还不知道母校即将设立以后会成为爱情传说的"小桥奖学金",她刚刚从自己的某本旧书里面找到了很久以前留下来的一点痕迹。

她小心翼翼地取了出来,然后举起来,对准阳光。

商时舟看到这张照片,是在舒桥的朋友圈。

那张照片里,是一只如今他已经牢牢握在了掌心的手,那只手高举起一片已经干枯的紫罗兰花叶,北江的阳光透过花叶,背景有些模糊,是北江一中的教学楼和操场。

舒桥低头,在朋友圈发了这张照片。

什么字都没有配,仿佛那只是一片再普通不过的叶片标本。

但商时舟眸光闪了闪。

他倏而想起,当年他临走之前,留了满房子的紫罗兰花叶在旧居。那些他以为未曾在她心里留下过什么痕迹的事情,原来一直都被她用自己的方式埋藏。

那是他在五年前不告而别时留下的痕迹。

那些痕迹拖曳过长长的时光,独自在书页里不问年岁地栖息着。

他险些就要让这片紫罗兰叶片干枯碎裂在不见天日的书页之中。

还好。

还好。

他终究是幸运的。

终于还是可以和命运说一声再会。

福利番外
新年小剧场

舒桥对于"年"的执着非比寻常。

几个大箱子通过海关,抵达柏林的庄园。商时舟一身定制西装,也要单膝跪地,兢兢业业地用美工刀帮她拆快递,顺便还要听舒桥在旁边得意扬扬地告诉他,自己如何找了转运公司,足足省了三百八十五块钱。

商时舟没有任何不耐烦的意思。

他的手上确实每日都有千万流水,但那些数字哪有舒桥这样晃着小腿掰着指头的三百八十五块生动。

快递箱子里的年味极浓,其中还有一份是舒远道专门寄出的。

舒远道原本说好了今年要来欧洲过春节,结果在年前偶遇了人生的第不知道几春,耐不住小女友软磨硬泡,便说要先陪小女友两天,大年初三准时降落柏林机场。

舒桥翻了个白眼,心道自己这个爹还真是几十年如一日地本性难移。

这些快递箱里有巨幅的春联,还有墨水、毛笔、中国结、灯笼、零嘴,甚至还有好几个几乎和舒桥一样高的旺旺大礼包。

舒桥抱着其中一个旺旺大礼包,非要商时舟给她拍一张。

拍完她还威胁商时舟也抱一个站在她旁边,两个人像是旺旺站桩一样一左一右,管家憋着笑,还是兢兢业业拍了照。

然后商时舟一垂眸,就看到舒桥把这张照片飞快地加上了"舒桥携家人祝诸位新年新气象，新春大吉"的字样，然后"嗖"地群发了出去。

商时舟愣住了，一时之间不知道应该为自己荣升"家人"而高兴，还是为自己的手机即将收到一连串哈哈哈而沉默。

他还在低头整理灯笼，扔在一旁的手机果然已经开始"嗡嗡"振动了。

不用看都知道是柯易和许深的大声嘲笑。

要将整个庄园都装点出中国的年味儿，可不是小工程，舒桥和管家早就敲定了方案，这会儿整个庄园里的人都忙了起来，待到夜幕将落的时候，大灯笼已经亮起。

舒桥换好了专门为新年准备的旗袍，准备推开侧厅的门，去喊商时舟的外祖母一起来贴春联，却见一片觥筹交错之中，戴着全套祖母绿满钻首饰的华贵老妇人的唇角噙着一抹笑。

"我的孙媳妇在WTO（世界贸易组织）做政策审议和评估工作。"

"不，我没有插手，这是她的事业。"

"当然，有需要的话，可以随时给她电话。"

老妇人戴着玻璃种帝王绿蛋面戒指的手指夹着的，是舒桥转正后才刚刚制作出来的制式名片。

说话间，老妇人感受到了门外的那道视线，她冲舒桥颔首，笑容依然。

"我为我的每一个孙辈骄傲，当然也包括她。"

舒桥站在侧厅外，眼眶突然湿润了。

贴好门扉上的倒"福"时，已经稠蓝的天穹上有烟花炸开。

那一年的烟花足足持续了半个小时，整个柏林市区都可以看到，许多海外游子在这个特殊的日子里红了眼眶。

烟花之下，舒桥看向身侧英俊的青年，抬臂勾住他的脖颈，吻上他的唇，然后在他被烟火照耀得璀璨的目光里，贴着他的耳朵大声说：

"商时舟——

"我爱你。"

出版番外一

毕业后，舒桥比商时舟还要忙。

她日常辗转于大洋两岸，一年里有大半年都在出差，剩下的小半年里，还要昏天暗地整理资料案卷和开会。

商时舟想要见她一面，简直难如登天，他只能见缝插针地占有一点点她的时间。

甚至很多时候，就算他提前预约了，也时常被放鸽子。

就像现在。

商时舟已经能做到，在看见舒桥发来的微信自带表情包里的那张苦涩小黄脸的时候，脑海中自动浮现接下来的话了。

果然，在"对方正在输入"后，紧接着的便是——

木乔：呜呜呜，又要出差加班！我都没有回家收拾行李的时间！还好因为我的懒惰，上次出差的行李都还放在办公室没拿回去！不然又要到目的地再采买了！家里一模一样的牙具已经摆满一个柜子了！

木乔：不过，不得不说，转头看到比我更狼狈的同事的时候，很想感慨一句，没想到有朝一日，懒也是一种幸运。

商时舟哭笑不得。

有一说一，如果舒桥也能和"懒"这个字沾边的话，这个世界上或许就没有真正勤快的人了。

他一边想，一边将鼻梁上的金丝眼镜摘下来，放在桌子上，喊了李秘书进来。

这些年来，李秘书调整商总日程的能力越发炉火纯青，就算紧急会议突然被推迟，又或者苦苦通知完与会各方要推迟的会议突然又不用推迟了，李秘书也能面不改色地重新进行各方协调沟通。

为此，李秘书在圣诞节前拿到了200%的年终奖，也就是足足两年的年薪作为单独的奖金，外加一份丰厚的股权奖励，还有十五天的带薪休假。

看到银行卡余额的那一刻，李秘书觉得，再苦再累，头发掉得再多，也值了。

不就是为老板的爱情添砖加瓦嘛，这事儿，他小李熟！

熟到李秘书这会儿推开门进来，看到老板的神态，就已经知道发生了什么事情。

他将本来要汇报的事情咽了回去，娴熟地打开日程，话锋一转："正好 M.Y.J 集团的执行总裁 Becker 先生来电询问是否可以将会面改成今天下午三点半。今晚的餐厅预订可以不必取消，更改之前布置好的陈设，修改菜单就行，我这就去安排。"

言罢，李秘书一抬头，就看到了商时舟似笑非笑地盯着他的目光。

直译过来就是——你懂得是不是太多了？

李秘书一个激灵。

职场上，需要秘书懂，但也需要秘书装不懂。

他刚才明显就是懂得有点太多了！

半响，商时舟笑了一声，有些无奈地轻轻舒了口气，说："就这么办吧。"

李秘书如获大赦，蹑手蹑脚准备去安排。

他手都碰到办公室门把手了，又听到一道声音在背后响起。

商时舟神色难辨地盯着窗外灰雾的天穹："总不能一直这样下去，得想个办法。"

李秘书呼吸都快停了，他在原地足足僵硬了三秒，才意识到商总这话是自言自语，不是对他说的。

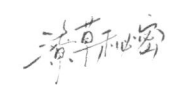

出了办公室的门后，李秘书回头看了一眼。

厚重的门板隔绝了一切探知，李秘书却能在脑海里勾勒出坐在宽大办公桌后面的那道身影。

他当然知道商时舟这话是什么意思。

可是，能想什么办法呢？

总不可能让老板娘辞职。

……也不可能老板自己辞职。

李秘书摇摇头，将不需要自己操心的事情置诸脑后，飞快去忙手头的事情了。

这一次之后，李秘书平平无奇的日常持续到年终的圣诞节假期结束。

去上班之前，李秘书收到了一封 Email（邮件）。

光是标题摘要就已经让他不安的 Email。

发件人是他的顶头上司商时舟。

标题内容是"交给你了"。

李秘书盯着这四个字，陷入沉思。

不是，等等！

什么交给他了？

什么就交给他了？

李秘书的心跳频率都变了。

他深吸一口气，拉了把椅子坐下，沉思片刻，又拉开冰箱门倒了一杯冰气泡水，甚至还往里面加了威士忌，一口闷了，沉默许久，这才惴惴不安地打开了那封邮件。

怎么说呢，人有的时候，第六感太强，是好事，也是坏事。

李秘书预想中的情况如期发生了。

如他所猜，这邮件里确实是一封甩手邮件。

有多甩手呢？

商时舟商大总裁说，下一个季度所有工作都调整为远程办公。

是的，一整个季度，也就是从一月到四月都不要"骚扰"他。

除此之外，一应会议他全部不参会，除了最重要的几场关系到整个集团命运走向的董事会，其他电话会议和视频会议他都不参加，由李秘书代为参加。会议记录自然也由李秘书整理成最简洁的文字版本给他过目,他会在相应的时候给出批复。

一目十行看完,李秘书又一字一字看了一遍。

怀着某种复杂的心情,李秘书的目光继续向下。

"甩手掌柜"大约是出于多年来对他的信任和认可,到底还是解释了两句自己要去做什么。

李秘书开始瞳孔"地震"。

很好。

他们商总,时隔七年,在即将而立之年,重新披甲上阵,去参加汽车拉力赛了!

李秘书觉得自己悟了。

经过一整个圣诞假期,他们商总用了足足两个礼拜的时间,终于想到了自己要怎么样才可以不动声色且正大光明地让舒桥的目光在自己身上多停留一会儿了。

李秘书目光深沉地转向窗外,仿佛要透过此刻灰白色的天空,再穿过数百公里,落在商时舟身上。

许久,李秘书缓缓竖起一根大拇指,遥遥给自家老板比了一个表示佩服的手势。

商时舟的这一招无疑是奏效的。

对于商时舟的这一决定,众人的反应各有不同,有诸如柯易这般看热闹不嫌事大,闻讯飞快买了机票向欧罗巴大陆赶来的,也有贾斯汀这种尖叫完一边用"你没事吧"的眼神看着商时舟,一边啪啪为他鼓掌叫好的。

舒桥得知以后,飞快下了结论。

"我觉得你这些年来的交友……"她斟酌了片刻用词,"都很妙。"

商时舟俯身调试车上的一个小零件,头也没回:"谢谢你,明明可以一语破的,但还是选用了一个这么阴阳怪气的折中词。"

"过奖,我的阴阳怪气哪里比得上你的妙语连珠?"舒桥忍不住说,"别说,在这样的环境里,你的中文居然一直没有退步,还能娴熟运用

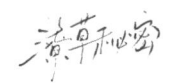

中文成语，这实在让我很欣慰。"

商时舟彬彬有礼："可能这就是基因影响，天赋异禀。"

舒桥托腮："宝贝，有没有人告诉过你，你是真的很自恋？"

商时舟动作突然停住，直起身来，回头看向舒桥："你再说一遍那两个字。"

舒桥想了想："……自恋？"她眨眼，"你居然喜欢听人这么评价你的吗？"

商时舟人高腿长，两步就跨到了舒桥面前。阳光透过侧窗打进来，将他额前的头发晕染成了一片暖棕，也将他眼底的那抹蓝色勾勒清晰。

他就这样俯下身来，双臂撑在舒桥两侧的扶手上，整个人的阴影投落下来，将舒桥彻底笼罩。

这么多年过去了，岁月好像没有在他身上留下丝毫印迹。都说欧罗巴的男人花期很短，但这句话显然在商时舟这里并不奏效，年岁的增长只让他变得更加具有侵略性和压迫感，却无损他那张依然英俊逼人的脸。

舒桥一脸无辜又警惕地看着商时舟："你干吗？"

商时舟的鼻尖几乎要蹭到她了，鼻息呼出的温热在过分暧昧的距离中铺洒在她的肌肤上。

他这样俯身下来，带着满身的侵略感，舒桥连指尖都是麻的，但他的眼神却是温柔缱绻的。

"你明知道我说的不是这两个字。"他深深地看着她，"我再给你一次机会。"

舒桥歪了歪头："如果这次机会我也没有把握好呢？"

商时舟笑了起来："那我不介意用一些其他方法让你说。"

"好啊。"舒桥故意说。

这么多年过去，她从当年面皮极薄、十分容易脸红的少女，变得能屈能伸了起来。

然后，她就在商时舟挑了挑眉，凑过来的时候，含含混混地在他耳边开口："宝贝。"

商时舟的所有动作都停了下来。

她的声音带着气音，温柔得不可思议，就像此刻她不退反进，将两只手臂环住了他的脖颈,将他拉近自己的动作一样,充满明确且坚定的爱意。

你愿意为我放下一切,只需要我等在原地,你就会向我走出一百步,我当然也愿意将你圈住,再拉近一点,让你我的距离靠近一些,再近一些。

然后对你说:

"商时舟,我爱你。"

过去,现在,未来。

我爱你。

比你想象中的还要更爱。

出版番外二

　　舒桥抱着领航员的衣服时，只觉得又熟悉又陌生，像是回到了北江的那个喧嚣的夏日，也像是某种与过去的自己的重逢。

　　那个夏日，她与商时舟遇见，阴错阳差成了他的领航员，开始了他们之间的故事。

　　在八年后的这个夏日，他们的故事又要在欧罗巴的秋季重新上演。

　　"你真的想好了？"舒桥抬头，"真的确定要去参赛？"

　　商时舟正在对着镜子整理自己的头盔："都走到这里了，难道还会反悔？"

　　舒桥笑了起来："不，我的意思是，如果你真的想好了，那我就陪你走这一段。"

　　商时舟的动作停住。

　　他透过镜子看向身后的人。

　　事实上，他已经很久没有见到她了。

　　在WTO实习工作了这么长时间，转正至今也已经过去了足足两年，少女已经蜕变，但她依然还是那个他最爱的她。

　　无论舒桥是什么样，她都总是他最爱的模样。

　　商时舟看着镜子里舒桥的眼睛，头盔遮住了他的大半张脸，只露出了一双含笑的眼睛。

"不。"

闻言,舒桥有些莫名地抬头看他。

商时舟说:"你要陪我走的,可不止这一段。"

不只是这一段,还有人生的每一段,直到余生终焉。

拉力赛的那一日,正好遇见北半球难得一见的日全食。

拉力赛进行到一半的时候,天狗开始食日,整个天穹的亮度渐弱,风沙被扬起,模糊了驾驶员的视线。

在这样的情况下,驾驶员只能完全相信领航员。

舒桥的声音稳定、清澈,她比之前更加镇定,或者说波澜不惊。

车子的颠簸,外界的风沙,天穹的骤暗,所有这一切似乎都与她毫无关系,只要有她在,这辆车仿佛就有根定海神针。

他们路过一辆辆因为失误而歪在一边的车,灰尘从车尾扬起,从起点,一直到终点。

欢呼声与彩带喷筒的声音一同响起,他们再次爬上彩虹门下斯巴鲁的车顶时,舒桥摘了头盔,大口大口吸着混着香槟和尘土味道的空气,有那么一刹那,只觉得恍若隔世。

北江的夏天与欧罗巴截然不同,北江更潮热,蝉鸣满街,聒噪,让人心不得宁静,承载着他们的青春。

喧嚣中,商时舟的耳边响起了舒桥的声音。

"李秘书都告诉我了。我知道你参加拉力赛的初衷,其实是想要我能多陪陪你,多分出一点时间给你,多看看你。"

商时舟心里一紧,心想:李秘书这个季度的奖金要不还是找个理由扣了吧……

但是紧接着,舒桥又继续说:"可是,你知道吗?无论我在哪里,我的目光其实一直都在你身上。"

商时舟长久地注视身边的女孩子。

距离两人并肩的上一场胜利,已经过去了足足八年。

八年前牵着的手,八年后也依然在他的掌心与他肌肤相贴。

商时舟俯身,在所有人的欢呼声中,贴着舒桥的耳朵说:

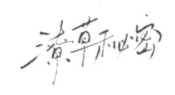

"舒桥,我们结婚吧。"

下一个八年,下一个八十年,他希望永远牵着的,还是她的手,与她共享人生的所有瞬间。

出版番外三

202×年，北江一中超话。

——有人看前几天欧洲段的拉力赛吗？这个赛段夺冠的是中国人耶！好像是华裔！而且有人和我一样觉得有点面熟吗？

很快有人回帖。

——原来不止我这么以为！而且这么小众的运动，我校居然不止我一个人在看！楼主留个联系方式，以后一起约着看比赛啊！

——只有我觉得眼熟的不只是赛车手吗？那个漂亮的领航员小姐姐我怎么也觉得似曾相识？

——真的吗？我去看看。

又过了半小时，这个原本已经快要沉底的帖子突然涌入了大量回复。

——啊啊啊！是校友啊！

——谁？什么校友？你说清楚！

——啊啊啊，我也回来了！真的是校友！赛车手和领航员小姐姐都是校友！天哪！难怪大家觉得眼熟呢！咱们的光荣榜上有这两人肩并肩的广告位招租啊！距离他们高考都过去多久了，这两人怎么一点都没变化啊？

——是商时舟大佬和舒桥女神！

这话一出，很快就有人贴上了两人的科普帖。

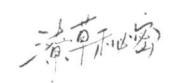

从一前一后双双放弃保送,到舒桥高考完自信满满、冲上热搜的"Q大见",还有两人都是全市状元的新闻,再到有人扒出了同年北江段的拉力赛冠军的名字和新闻照片,上面并肩而立的,赫然还是这两个人。

随着越来越多的爆料,这个帖子也开始发酵,有人从北江一中的超话截了图,投给了其他营销号,于是神通广大的网友们飞快地扒出来了更多爆料。

比如舒桥在毕业后进入了WTO工作,商时舟如今也已经是在欧洲商界说一不二沉稳冷峻的总裁。

有人贴出了自己在苏黎世旅游时的自拍,那人背后的某个街角,有一名穿着全套定制西装的男士,毫不在意地单膝跪地,给吃着冰激凌的女孩子系鞋带,而这两个身影赫然是舒桥和商时舟。

瑞士的天空很蓝,云层很低,阳光打在两人的身上,像是给两人一起镀上了一层柔和的暖光。

已经有人将两人的事迹按时间线剪成了视频,还配上了感人的背景音乐,不出一天的时间,就被各大营销号疯狂转发。

评论区里,诸多感慨。

——本来今天上了太久的班,整个人都要行将就木了,看完以后觉得真好啊,像是欧洲的阳光也洒在了我的身上。

——又相信爱情了,我也想谈一场长长的恋爱!

——原来这才是双向奔赴的不离不弃,所爱隔山海,山海皆可平。呜呜呜,太好磕了!

过了两天,又有网友上传了一个视频。

——是这样的,我在德国康斯坦茨旅游,这是德国最南边的一个小城市,和瑞士接壤,不算什么大热门的旅游城市,我也只是以前在这里上过学,这次来德国玩,想要专门来看看而已。录视频的初衷也是想要怀念一下自己的上学时光,但是……你们看看,这一段,是不是商先生和舒小姐?

视频有些晃动,博登湖的波光穿透画面,湖天连接成一片绵延的蓝。这一天的天气非常好,远处阿尔卑斯山的雪峰清晰可见。

湖边,有穿着红色长裙的女人席地而坐,托腮望向湖面,恬静美好。

稍远处的停车场，有男士从车上下来，绕到一边，取下来了一大捧灿烂的红玫瑰，快步向这边走来。

接过花的时候，女人眉眼弯弯，抬起下巴，与面前的男人拥吻。

没有激烈的情绪，也没有太过惊喜的流露，因为这一切，都只是他们再自然不过的相爱日常。

视频里有白鸽振翅而起，也有川流不息的人群，但男人的声音依然穿过嘈杂，清晰地出现。

那道声音有些冷冽，却温柔缱绻。

"桥桥，我爱你。"

——《潦草秘密》·全文终——

清草秘密

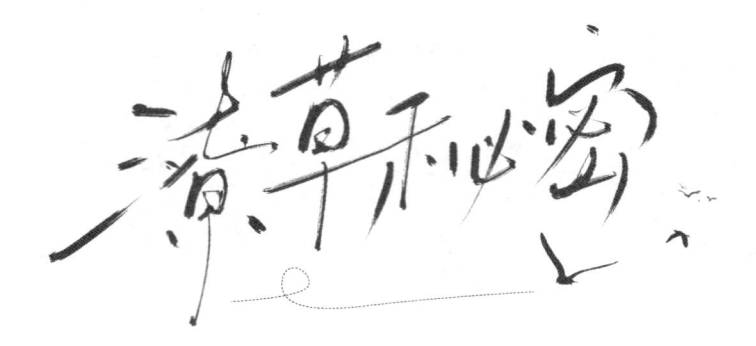